三言两语话"三言"

程慧琴／著

吉林大学出版社
·长春·

图书在版编目（CIP）数据

三言两语话"三言" / 程慧琴著.—长春：吉林大学出版社，2019.11
ISBN 978-7-5692-5829-5

Ⅰ.①三… Ⅱ.①程… Ⅲ.①话本小说–小说研究–中国–明代 Ⅳ.①I207.41

中国版本图书馆CIP数据核字(2019)第248239号

书　　名：	三言两语话"三言"
	SANYAN-LIANGYU HUA "SAN YAN"
作　　者：	程慧琴　著
策划编辑：	黄国彬
责任编辑：	马宁徽
责任校对：	张宏亮
装帧设计：	刘　丹
出版发行：	吉林大学出版社
社　　址：	长春市人民大街4059号
邮政编码：	130021
发行电话：	0431-89580028/29/21
网　　址：	http://www.jlup.com.cn
电子邮箱：	jdcbs@jlu.edu.cn
印　　刷：	北京光之彩印刷有限公司
开　　本：	787mm×1092mm　　1/16
印　　张：	17.5
字　　数：	340千字
版　　次：	2020年1月　第1版
印　　次：	2020年1月　第1次
书　　号：	ISBN 978-7-5692-5829-5
定　　价：	88.00元

版权所有　翻印必究

自 序

冯梦龙（1574年—1646年），明代通俗文学家、思想家、戏曲家。他才高八斗，传世著作达七八十种，涵盖经史子集，涉及小说、戏曲、诗文、民歌、笑话、经学、史志等诸多领域，为后人留下了三千多万字的文学遗产；他在寿宁为官四载，廉洁奉公，勤政为民，留下了令人称道的政绩，堪称封建官吏的典范，乡贤文化的翘楚。

"三言"（《喻世明言》《警世通言》和《醒世恒言》）是冯梦龙编纂而成的通俗短篇小说集，是明代通俗小说的杰出代表。它的出现，标志着中国古代白话短篇小说整理和创作高潮的到来。

"三言"题材广泛，内容丰富，思想解放，劝人为善，追求真挚情感，对封建礼教和官府黑暗进行无情抨击，表达了市民阶层的喜怒哀乐。本书是对"三言"的全面品读与赏鉴，主要运用哲学、心理学、社会学、文艺学等理论和方法，从作品本体和中心切入，结合明代的政治、经济、文化等"语境"，多向度地阐释120篇作品的文化意蕴及其审美价值，挖掘作品所蕴含的积极向上、劝善惩恶等真善美内容，探索其现代意义，以引发当代读者的情感共鸣和深层次的思考。本书中所选用的图片均源自明代刊刻的"三言"插图本（《古今小说丛刊》之第三十、三十一、三十二辑，刘世德、陈庆浩、石昌渝主编，中华书局出版）。这些插图是创作者阅读"三言"之后的艺术理解和再创作，既可以给单调的书籍增添一些阅读趣味，使之更具形象感、生动感和美感；又可以帮助和启发读者在愉悦的赏读中，深入理解和把握文意。

或许有人会说"三言"120篇作品良莠不齐，需挑选阅读。其实阅读是一种慢功夫，需"慢品细读"，"熟玩本文，深绎本意"，即从本体性出发探讨文学的审美意蕴，又注重以"人本"为落脚点发掘文学的文本意蕴和劝善惩恶等功能，这样才能品出味道，才能充分领会作者的创作意图和作品所要传达的主要信息，从而提炼出作品的合理性和可取之处。

对于"三言"的艺术成就，本书只是略做分析，没有对具体作品的艺术特点展开详细论述。在此，借机对"三言"的艺术特色琐碎几句。

"三言"文学艺术色彩缤纷，五个方面比较突出。首先，"三言"十分关注人物的内心活动，善于表达复杂的心理纠结过程，深刻揭示情绪与理性的矛盾，开辟了古代短篇小说心理描写的新境界。其二，"三言"经常采用对比的手法塑造人物形象，作品中的人物群像就像硬币的两面，有正有邪，有好有坏，有阳有阴，辩证客观地反映了人类多样的品格和生活的纷繁复杂。其三，"三言"的一些作品时常将历史人物、社会现象和时代特征等进行归类描写，努力探究事物发展规律，不仅丰富了作品内容，而且具有社会学意义。其四，"三言"中出现了不少文学创作艺术的新元素，如象征、嘲讽和暗喻等手法，从而增加了想象空间，作品也更加开放。其五，"三言"多数作品都在因果报应中降下帷幕，让无奈的百姓看到一点光亮，或许这光亮有点飘忽不定，但还是有扬善惩恶和慰藉心灵的作用。

"三言"是中国古代文学史上的一块瑰宝，细细品读，必有体悟。本书仅为偶得浅说，望共勉指正。

程慧琴
2019年8月福州

目 录

上 篇 《喻世明言》

一、敏锐的心理洞察能力 … 3
二、生命与观念 … 7
三、夫妻还是原配的好 … 10
四、善良与情欲 … 12
五、野百合也有春天 … 15
六、主题之外的精彩 … 17
七、想象无极限 … 19
八、生命的另一种形态 … 21
九、行贿须谨慎 … 23
十、鬼神背后的真相 … 25
十一、读书人的无奈 … 27
十二、孤寂的灵魂 … 29
十三、治病与治心 … 32
十四、养蓄待发 … 34
十五、动乱年代的豪赌 … 36
十六、民无信不立 … 38
十七、卑微不是错 … 40
十八、困境和选择 … 42
十九、困难是把双刃剑 … 44
二十、小利益与大损失 … 46
二十一、时势造英雄 … 48

二十二、书生并非百无一用……………………………………50
二十三、情景交融诗意浓 信手拈来俱天成 ………………52
二十四、诺言和情欲的两难抉择………………………………54
二十五、当思想遇到刀剑时……………………………………56
二十六、荒诞的背后……………………………………………58
二十七、男女有别………………………………………………60
二十八、种得来生一段缘………………………………………62
二十九、佛光普照………………………………………………64
三十、救人须救彻………………………………………………66
三十一、权力的轮回……………………………………………68
三十二、有天堂就一定有地狱…………………………………70
三十三、黄金不老………………………………………………72
三十四、蛇有善恶 人须善良 ………………………………74
三十五、张弛有度的诗词魅力…………………………………76
三十六、始知官好民自安………………………………………78
三十七、杀戮与慈悲……………………………………………80
三十八、理性与情绪……………………………………………82
三十九、罪魁祸首………………………………………………84
四十、巧妙的对比………………………………………………86

中　篇　《警世通言》

一、知音难觅……………………………………………………91
二、虚伪与情欲…………………………………………………94
三、笔墨落处皆是情……………………………………………96
四、百姓利益高于天……………………………………………98
五、都是金钱惹的祸……………………………………………100
六、秀才功名皇帝梦……………………………………………103
七、人间并非净土………………………………………………105
八、阳光下的罪恶………………………………………………107
九、别样的李白…………………………………………………109

十、时代的力量……………………………………… 111
十一、重复的意义……………………………………… 113
十二、内忧外患离乱苦………………………………… 116
十三、理性的批判精神………………………………… 119
十四、被馅饼砸伤的秀才……………………………… 121
十五、求签问卜非正道………………………………… 123
十六、人品与财富……………………………………… 125
十七、女中豪杰美娇娘………………………………… 127
十八、老而弥坚………………………………………… 129
十九、慢藏诲盗 冶容诲淫…………………………… 132
二十、欺贫重富的悲哀………………………………… 134
二十一、左右难抉择…………………………………… 136
二十二、无法忘却的过去……………………………… 138
二十三、潮水无情人有情……………………………… 140
二十四、侠义与性别无关……………………………… 142
二十五、生财有道……………………………………… 144
二十六、笑容如沐阳光………………………………… 146
二十七、真妄由来本自心……………………………… 148
二十八、无处话悲凉…………………………………… 150
二十九、两心既坚 缘分自定………………………… 152
三十、情能生人 亦能死人…………………………… 154
三十一、劝君还是莫贪花……………………………… 156
三十二、无言的结局…………………………………… 159
三十三、愚昧的牺牲品………………………………… 162
三十四、始乱终弃酿苦酒……………………………… 164
三十五、为人切莫务虚名……………………………… 166
三十六、愚昧的代价…………………………………… 168
三十七、不好的请走开………………………………… 170
三十八、纵欲的后果…………………………………… 172
三十九、儒生不易……………………………………… 174
四十、人间万事善为先………………………………… 176

下 篇 《醒世恒言》

一、洞察与智见	181
二、唯贤是举	183
三、真心与真情	185
四、你惜花来花爱你	187
五、人生处处是矛盾	189
六、刀枪和思想	191
七、弄巧成拙	193
八、鸳鸯谱中有情怀	195
九、娃娃亲的烦恼	197
十、慈悲的回报	199
十一、诗意才女	201
十二、趣闻轶事皆文化	203
十三、真情在民间	205
十四、人鬼情未了	207
十五、尼姑也疯狂	209
十六、礼教不废 女人难活	211
十七、浪子回头	213
十八、说时容易 做时难	215
十九、惊奇与情理	217
二十、利字摆中间	219
二十一、性格就是命运	221
二十二、佛与道	222
二十三、此事古难全	224
二十四、后人而复哀后人	226
二十五、梦与现实	228
二十六、娴熟的暗寓手法	230
二十七、理性的思考与归纳	232
二十八、反抗礼教的赞歌	234

二十九、黑暗中的一点光亮·················236
三十、奇妙的攻心术···················238
三十一、跨越与联想···················240
三十二、人间正道是沧桑·················245
三十三、祸从口出····················247
三十四、蝴蝶效应····················248
三十五、虐待狂和受虐狂·················250
三十六、最后一击····················252
三十七、浪子回头金不换·················254
三十八、行善为民便是仙·················256
三十九、理性的光芒···················258
四十、天上人间同此凉热·················260

参考文献·······················262

上 篇

《喻世明言》

卷 二

《訪問對論》

一、敏锐的心理洞察能力

——《蒋兴哥重会珍珠衫》

有人认为，中国古典短篇小说缺乏细腻的人物心理描写，从而影响了人物性格和形象的塑造。其实，没有刻意的心理描写，并不意味着作者没有深刻的心理洞察能力。言行是思考的产物，也是人物心理活动的结果。人物生动鲜活的言行背后，折射出来的往往是作者观察和了解人物心理的高超技艺。《蒋兴哥重会珍珠衫》是"三言"的代表作之一，如果将作品中人物言行背后的心理活动过程进行复原并细细咀嚼，那么，拍案叫绝并非不可能。

"忽见陌头杨柳色，悔教夫婿觅封侯。"[①]婚后第三年，外出经商的丈夫蒋兴哥未能如约归家，三巧儿思念心切，就请盲人占卦，算算丈夫何时会回来。收了钱，算卦先生当然要迎合她，就妄断其丈夫已在回家的路上，说得三巧儿欢天喜地。书中说，这叫"望梅止渴"，"画饼充饥"。

"大凡人不做指望，倒也不在心上；一做指望，便痴心妄想，时刻难过。"[②]可惜三巧儿就是个凡人，她偏偏信了算卦先生之语，而且"越陷越深越迷惘"，甚至产生了错觉，把徽州商人陈商看成了蒋兴哥。"三巧儿远远瞧见，只道是他丈夫回了，"这廖廖数笔，就将一个人期待焦急的心理状态表现得入木三分。这样的描写，作者如果没有深刻的心理洞察力，是不可能做到的。当然，作品最惊艳之处，还是薛婆诱导三巧儿与陈商偷情的情节。薛婆的"步步为营，引君入瓮"之技巧，精彩绝伦，其中既不乏随时喷发的情欲，又充满着心理学的智慧。

"只是因为在人群中多看了你一眼，再也没有忘掉你容颜"。"三巧儿远远瞧见，只道是他丈夫回了，揭开帘子，定睛而看。陈大郎抬头，望见楼上一个年少的美妇人，目不转睛的，只道心上欢喜了他，也对着楼上丢个眼

[①] "忽见"句：是唐代诗人王昌龄的诗作名句，出自其《七绝·闺怨》。写一位少妇登楼为春色所感，巧妙细腻地从情绪的骤变表现出春闺之怨。有后人评论此句"以无情言情则情出，以无意写意则意真。"

[②] 明·冯梦龙.喻世明言[M].北京：人民文学出版社，2018：7.

色。一个思夫心切,一个却一片精魂,早被妇人眼光儿摄上去了"①书上说,眼为色媒,心为之根。谁不想多看漂亮的女孩子几眼,但一般有妇之夫也就看看而已,转过头来,心里想的还是老婆孩子热坑头。这陈大郎却是走过风月场子的人,有钱有闲,有色心还有色胆,但他是外地商人,对当地的环境不熟悉。这三巧儿又像其他守空房的怨妇一样,足不出户,所以现在电视里经常出现的利用人类普遍存有的感恩心理而制造假象并获利的泡妞套路,比如请朋友假扮歹徒,尾随美人并用武力威胁弱不禁风的小女子,危难之时,突然英雄从天而降,一场英雄救美的闹剧便从此开始……等等根本用不上,也行不通。情急之下的陈大郎,只能去找卖珠子的薛婆。可怪就怪在这薛婆和三巧儿根本互不相识,又怎么能扯得上关系?

与素不相识的人搭上关系,这对一般人来说或许是件难事,而薛婆可就不一定了。她可是个不简单的人,一张生意巧嘴,能说会道,常走街串巷,满脑子的计谋,对别人的心理猜测和把握可谓"斤两不差"。陈商找到了薛婆,两人一拍即合,三巧儿也就成了待宰的羔羊,慢慢入瓮吧。

有些人爱围观,爱看热闹,哪怕是莫名其妙的热闹,也会跟着津津有味地看着。鲁迅先生称这样的人为"看客"。这薛婆是卖珠子的,长期的交易生涯给了她灵感。珠子是装饰品,购买者主要是生活富裕而又爱打扮的女人,如果在交易时,买卖双方弄出个动静来,不就有人围观吗?而这一围观就有可能引来三巧儿的关注。

如此一想,薛婆便计从心来。果然不出所料,薛婆和陈商在三巧儿住处的对面店里假装大声地讨价还价,看热闹的围观者越来越多,寂寞的三巧儿果然也来凑热闹了,一切都朝着薛婆谋划的方向发展。薛婆虽然不知道什么"看客心理",但运用起来却得心应手,前后三招就搞定了三巧儿。

薛婆的第一招"登堂入室"旗开得胜,紧接着便是第二招"潜濡默化"。她先是借卖珠的机会与三巧儿混熟,再慢慢由浅入深地编造故事吸引对方。比如在与三巧儿的闲聊中,薛婆总是有意无意地提及一些与自己有关的饭后谈资,皆有所指,却又不引起三巧儿的警觉;薛婆反复谈及自己的女儿嫁给有钱人家当二房,活得很滋润;强调自己也曾感受过守空房的痛苦,引发三巧儿的同病相怜,等等。一旦发现三巧儿喜欢并信任自己之后,薛婆

---

① 明·冯梦龙.喻世明言[M].北京:人民文学出版社,2018:7-8.

便找个借口,搬到三巧儿家里住,进行更加有效的攻心战术。什么"一品官,二品客",哪个在外做生意的男人没有外遇?哪个寂寞少妇不思春?随风潜入夜,润物细无声。在逐渐动摇了三巧儿对外出丈夫的信心,瓦解了三巧儿坚守空房的意志之后,薛婆终于放大招了——第三招"引君入瓮"。

现代推销员为了推销手中的产品,经常会以自己或亲戚朋友来说事儿,说自己或亲戚用了这款产品效果有多好多神奇,当然这十有八九是编造的,但不管编造得多粗糙,也总是有人会相信,现代心理学称之为"自我暴露"推销法。薛婆就是个卖珠子的,对此手法显然了然于心。在夜间睡前的"絮絮叨叨"中,"凡街坊秽亵之谈,无所不至"。薛婆"或时装醉诈风",说起自家少年时领略男欢女爱的快感,勾得三巧儿春心荡漾,口干舌燥,心痒难耐。但远水救不了近火,没男人在身旁,不都是干着急么?此时,薛婆便开始吊胃口。什么哥哥外出,自己就和嫂子两个女人热乎起来,以解燃眉之急。这是怎么回事?三巧儿急于要答案。薛婆说,自己有秘诀。那赶快说呀!看到这一段,就连读者都欲罢不能了,好奇连连,更何况三巧儿这堆干柴?薛婆无疑是个无师自通的"民间心理大师",不但将人类的好奇心和情欲吊到了半空中,而且吊绳子又握在她手中,只要轻轻一放,三巧儿不就应声坠地了?

在薛婆强大的心理攻势之下,三巧儿的心理防线全面崩溃,陈商终于偷袭成功,从此一系列的奇巧故事便一环紧扣一环地闪亮登场。《蒋兴哥重会珍珠衫》也因此走进传统的说唱、戏曲、电影等艺术之中,走进了寻常百姓的生活中,成了家喻户晓的经典故事。而这一切都离不开作者敏锐的心理洞察能力。

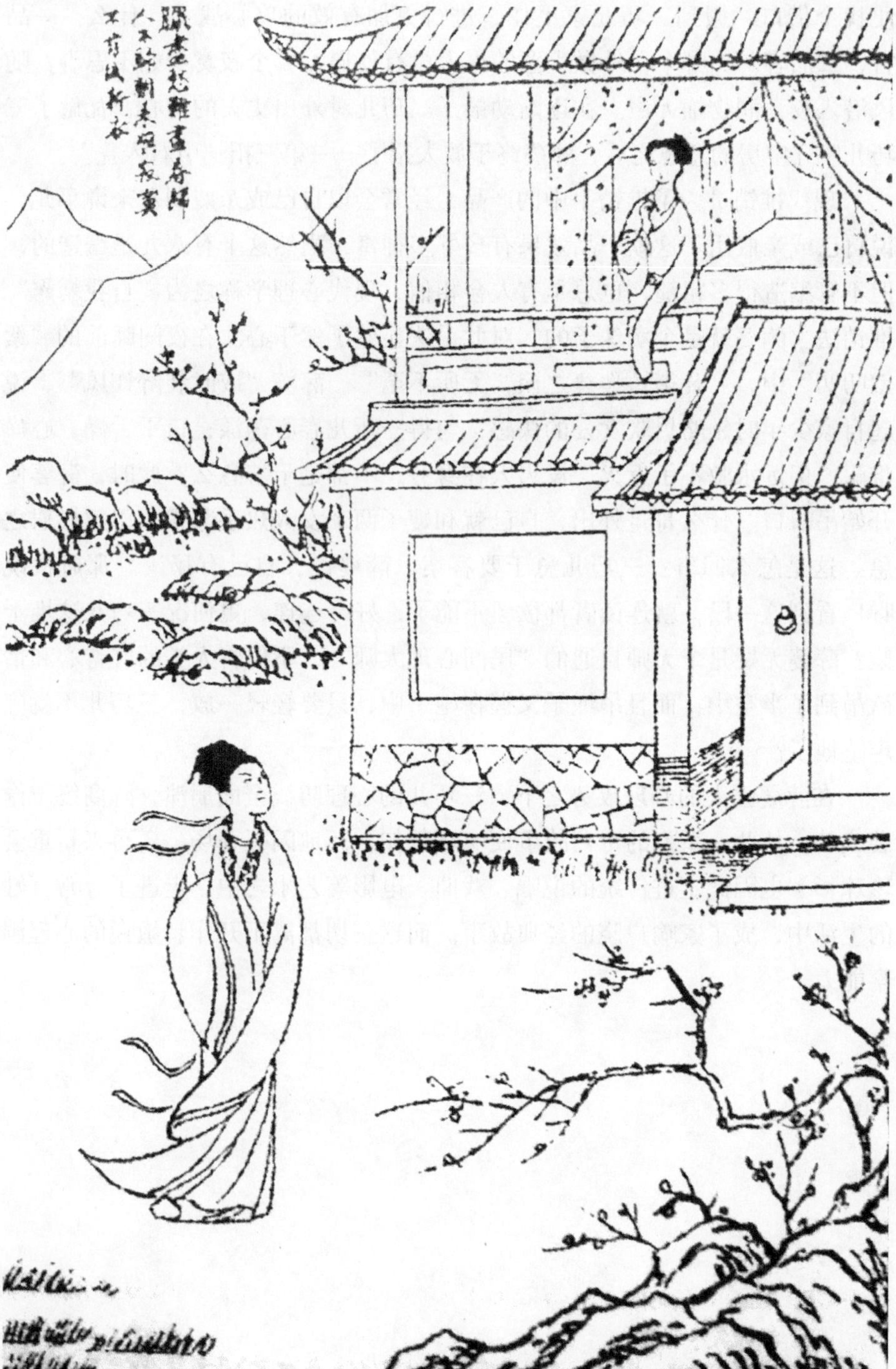

二、生命与观念

——《陈御史巧勘金钗钿》

一位官家小姐在自己的闺房里被一位无赖骗淫，这位小姐因羞愧而自尽。这在现代人看来，似乎是件天方夜谭的事。而在封建社会里，这样的事情却屡见于文学作品之中，细究起来确实有其真实存在的条件和基础。

江西鲁廉宪[①]为官清廉，与同县的顾佥事[②]累世通家，因此两家为鲁学曾和阿秀定下娃娃亲。后因鲁家家道中落，顾佥事"见女婿家穷得不像样"，便有悔婚之意，无奈阿秀坚决不从。母亲孟氏怜女儿执性，就瞒着顾佥事，密请鲁学曾到家"助他些东西，教他作速行聘，方成其美"[③]。然天有不测风云，鲁学曾的堂兄弟梁尚宾知道这件事后，就假冒鲁学曾赴约，不但将孟氏母女馈赠之物占为己有，还奸淫了阿秀。真相大白之后，阿秀心中五味杂陈，如乱针刺体，哭着自缢身亡。

封建时代的男女婚姻基本上是"媒妁之言，父母之命"，谈不上什么自由恋爱。因此，许多婚前男女基本没有相见的机会，甚至有时连女儿的母亲也不知道未来的女婿长得什么样，孟氏就是这样的一位母亲。鲁学曾和阿秀是双方父亲面约的娃娃亲，孟氏根本没见过女婿，加上鲁学曾因家中变故，还乡守制，根本没见面的机会，阴错阳差，酿成大祸。这是梁尚宾能够骗淫的社会原因。

随着商品经济的发展，重利轻义的思想渐渐抬头，有人开始"道义放两旁，利字摆中间"。顾佥事就是因为轻贫重富，才一心想毁掉婚约。于是，疼爱女儿的孟氏和不事二夫的阿秀只能悄悄约会鲁学曾，在夜间会面，不敢惊动周围的人。这也给了梁尚宾冒充鲁学曾的机会。当然，给阿秀带来伤害的主要原因是梁尚宾的好色贪淫和道德沦丧。

[①] 廉宪，廉访使的俗称，即主管监察事务。
[②] 佥事，官名，相当于现在的副职或助理。
[③] 明·冯梦龙.喻世明言[M].北京：人民文学出版社，2018：41.

那么，阿秀为何会自尽？

当阿秀知道父亲要悔婚时，便说道："妇人之义，从一而终；婚姻论财，夷虏之道。爹爹如此欺贫重富，全没人伦，决难从命。"①

当梁尚宾强行求欢时，"阿秀怕声张起来，被丫鬟们听见了，坏了大事，只得勉从。"②

当阿秀知道梁尚宾是冒充的时候，"一肚子情怀，好难描写：说慌又不是慌，说羞又不是羞，说恼又不是恼，说苦又不是苦。分明似乱针刺体，痛痒难言。喜得他志气过人，早有了三分主意"③。而这"三分主意"，便是自尽；"志气"，其实就是封建礼教的贞节观念。因为她要从一而终，她怕被人耻笑，她又慌又羞又恼又苦，她已被贞节观念彻底击垮。

哀其不幸，怒其不争。难道阿秀就没有其他的路可走？当然不是。梁尚宾的妻子田氏就不上贞节的当。当她得知梁尚宾的恶行之后，立即离开梁家，表示宁可终身守寡，也不愿跟随不义之徒。田氏不怕被离婚，不怕守寡，而且还不拒绝再嫁。最后，田氏与鲁学曾结秦晋之好，过上幸福的生活。

那么，如果鲁学曾弄清了梁尚宾骗淫阿秀的前因后果，他会悔婚吗？田氏的光明前景便是有力的回答——肯定不会。可以说，阿秀是封建礼教的牺牲品，是被自己脑中的腐朽观念害死的。

像阿秀这样轻生的可怜女子，"三言"中时常出现，而且她们的经历和身份有不少共同点。比如她们一般都是富二代，生活在深闺大院之中，且知书达礼；她们要么遭遇男人的沾污或抛弃，要么被迫退婚或改嫁；当然，最主要的还是她们拥有共同的封建礼教贞节观。所谓的贞节观其实就是那些饱食终日的老爷们玩的把戏罢了，又有一些附会权贵的读书人的推波助澜，最终受害的往往正是这些富人家里会看书识字的年轻女子。"三言"不厌其烦、反复地描写这样的现象，可谓用心良苦。

错误的观念，导致错误的生活，谁也无法避免，无论是富人还是穷人，无论是识字还是不识字。

---

① 明·冯梦龙.喻世明言[M].北京：人民文学出版社，2018：41.
② 明·冯梦龙.喻世明言[M].北京：人民文学出版社，2018：45.
③ 明·冯梦龙.喻世明言[M].北京：人民文学出版社，2018：49.

可惜名花一朵，
铁女深闺最难
不过探花御驸
女年年暮破将
嫁，心怎能束
风不付

三、夫妻还是原配的好

——《新桥市韩五卖春情》

"三言"多为话本或拟话本,一般由入话故事和正文两部分构成,这两部分的主题要么相近,要么相反。本篇作品的入话故事和正文的主题都是劝戒贪淫好色,虽然荒淫的人物身份不同,甚至差距相当大,或皇帝,或平民,却暗寓着同一个事实——夫妻还是原配好。

周幽王宠爱妃子褒姒,上演了一出历史上最早的"狼来了"的故事,结果周幽王被杀于骊山之下;陈后主宠爱张丽华、孔贵嫔,沉湎淫逸,不理国事,最后被隋兵追逼,投井而亡;隋炀帝贪萧妃之色,极尽奢华,直至被叛军缢弑;唐明皇与杨贵妃夜夜笙歌,荒淫无度,安史之乱,随即而至。这些误国的女人都不是正宫皇后,她们主要的工作就是让皇帝高兴,就是皇帝怎么高兴怎么来;至于家呀国呀,那就留给母仪天下的皇后去操心了。

皇帝贪爱女色,江山丧失;普通市民寻欢作乐,又会如何?

吴山本是一个朴实能干的有妇之夫,而被妓女金奴勾引之后,就像换了个人似的。为了讨好金奴,他开始欺骗家人,花钱如流水,也不专心打理生意,还要躲避左邻右舍嘲笑的目光。结果因纵欲过度,患上了大病。最后多亏父母的关怀,和妻子衣不解带的精心照料,才捡回一条性命。

色字头上一把刀。因贪恋酒色而身败名裂的故事自古以来从未断绝。邓丽君唱,路边的野花不要采;有人就故意接龙,主动送上门,不采白不采。权色交易,前赴后继;小三上位,家庭破裂;而最后为男人收拾烂摊子的,往往都是那一心为家的原配。昨天如此,今天如此,明天呢?

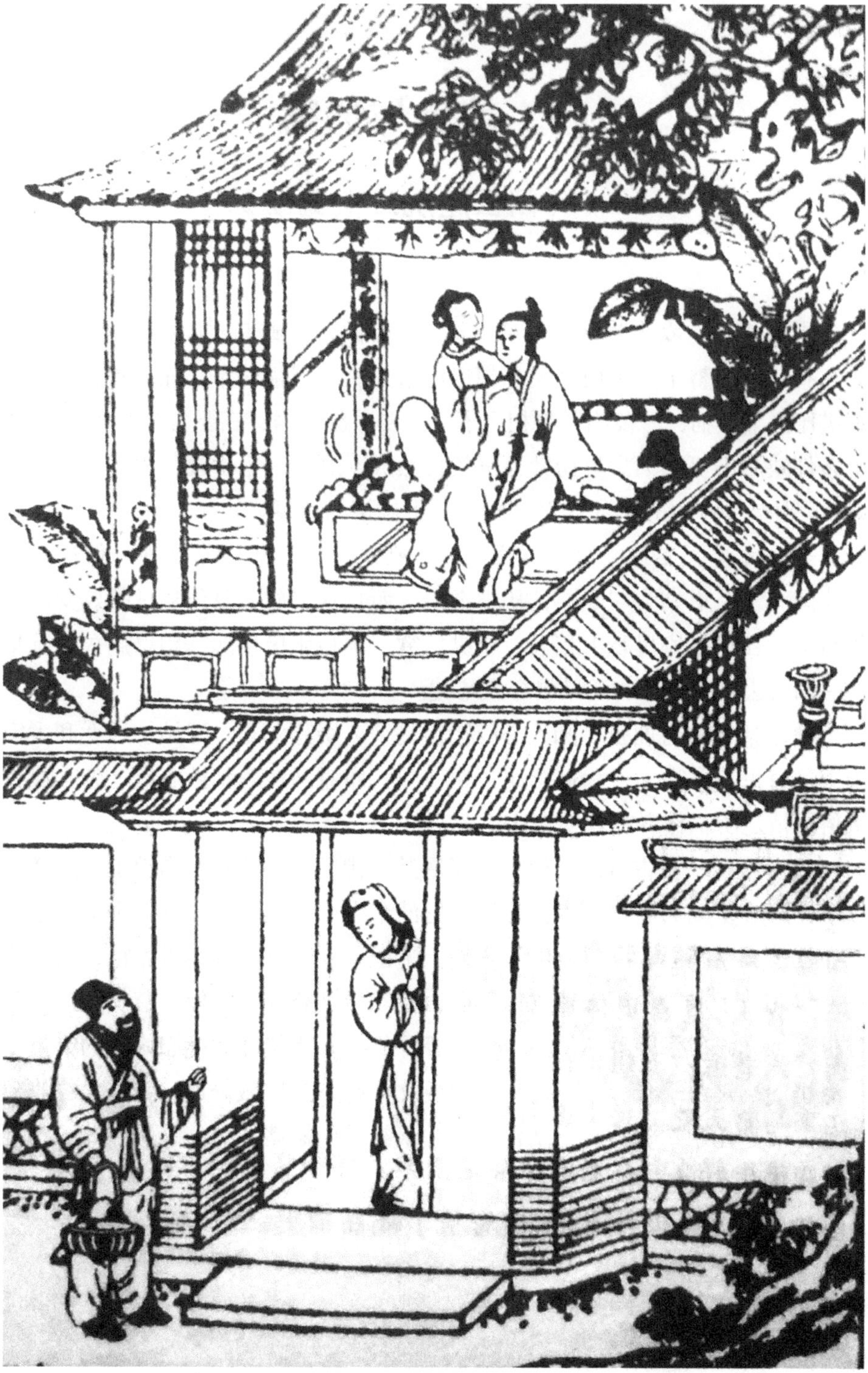

四、善良与情欲

——《闲云庵阮三偿冤债》

男大当婚，女大当嫁。殿前太尉①陈太常家世显赫，富甲一方，女儿玉兰才貌双全，整个一个白富美，却迟迟未嫁。原因很简单，陈太常想找的女婿堪比国宝熊猫：一要当朝将相之子，二要才貌相当，三要名登黄甲②，这三个条件缺一不可。大海里捞针，玉兰自然成了剩女。书中说，"情窦开了，谁熬得住？"于是便有了玉兰和阮华私下偷情的故事。

男欢女爱，私订终身，这样的故事在"三言"中时常出现。但这一次却非同寻常。尼姑为"媒"，从中牵线，而且这尼姑还是位从良的妓女。阮华与玉兰在尼姑庵里私下相会，放纵情欲，不料乐极生悲，相思病久的阮华"一阳失去"当场死亡，结局令人唏嘘。

故事情节离奇曲折、扣人心弦。但是令人疑惑的是，尼姑、妓女和大家闺秀等身份反差极大，为何会纠葛在一起？庙庵乃清静禁欲之地，怎么成了世俗纵情之所？作者究竟要表达什么？

妓女从良，自古有之。但从良当尼姑，佛门不忌讳吗？佛教里有这样的故事：阿难多闻第一，是佛祖释伽牟尼的十大弟子之一，而且是个美男子。摩登伽女看见阿难之后，就深深地爱上了他，并千方百计地诱惑他，阿难为此差点儿破了戒。佛祖知道这件事后，就劝导摩登伽女学佛修道。最后，摩登伽女果真修成了阿罗汉果。众生平等，佛门不拒绝任何虔心修道的人。闲云庵里的尼姑王守长，是一位从良的妓女。她不但虔诚修道，到处化缘修建佛像，而且还通情达理，广结善缘，并未给佛门添堵抹黑。既然如此，那她又为何还要为世俗的情事操心呢？

佛教有五戒：不杀生，不偷盗，不邪淫，不妄语，不饮酒。这五戒是

---

① 殿前太尉，殿前都指挥使司。宋时禁军三司，即殿前司、侍卫亲军马军司、步军司。三司都指挥使，俗称太尉。
② 黄甲，用黄纸书写进士名册，称为黄甲。宋朝的前五名进士也称黄甲。

对佛门弟子而言，其中的不邪淫是指出家人不能结婚，而在家居士的夫妻生活并不受此限制。如果是一般众生，那么，只要男女真心相爱，佛祖也希望他们平安幸福。王守长是位从良的妓女，她当然见识过不少贪欲恋色的放荡男人，也应该知道男女真情的难得与可贵。所以，在不违背佛门戒规的前提下，为玉兰和阮华的情感交流架桥铺路，并努力促成他们快乐欢聚，这应该是王守长的一片善意。当然，王守长的这一片善意是建立在亲身经历、感同身受的基础之上的。如果未尝过男欢女爱之味的尼姑，其未必会像王守长这样尽心尽力，善解人意。

诸恶莫作，众善奉行。王守长成人之美，也是在造善业。但阮华与玉兰如干柴烈火，一点就着，且烧得没完没了。岂料乐极生悲，阮华因疲劳过度，意外地死在闲云庵的床上。死因已经点明，而在作品既将结尾时，作者却让玉兰做了个梦，梦中阮华告诉玉兰说：玉兰前世是个妓女，两情相悦，私定终身，阮华曾承诺要娶玉兰为妻，但怕家父不许，不敢禀明，最终另娶她人为妻，害得玉兰郁郁而死。今生阮华为续前缘而来，突然死亡，是为了偿还玉兰的性命。看到这样的情节，有人可能会认为这是画蛇添足。这个情节真是多余的吗？

妓女有真情，也十分善良，所以她才会轻信薄情男的的花言巧语，在无言的结局中郁郁而亡。然因果轮回，玉兰前世虽为妓女，但因忠贞守信，今生便为富家小姐，且儿孙富贵，荣华不尽。众生皆有情欲，只要为善，都有光明，这是玉兰之梦的启示，也是作品的主题之一。可见此梦并非多余，乃是点睛之笔。

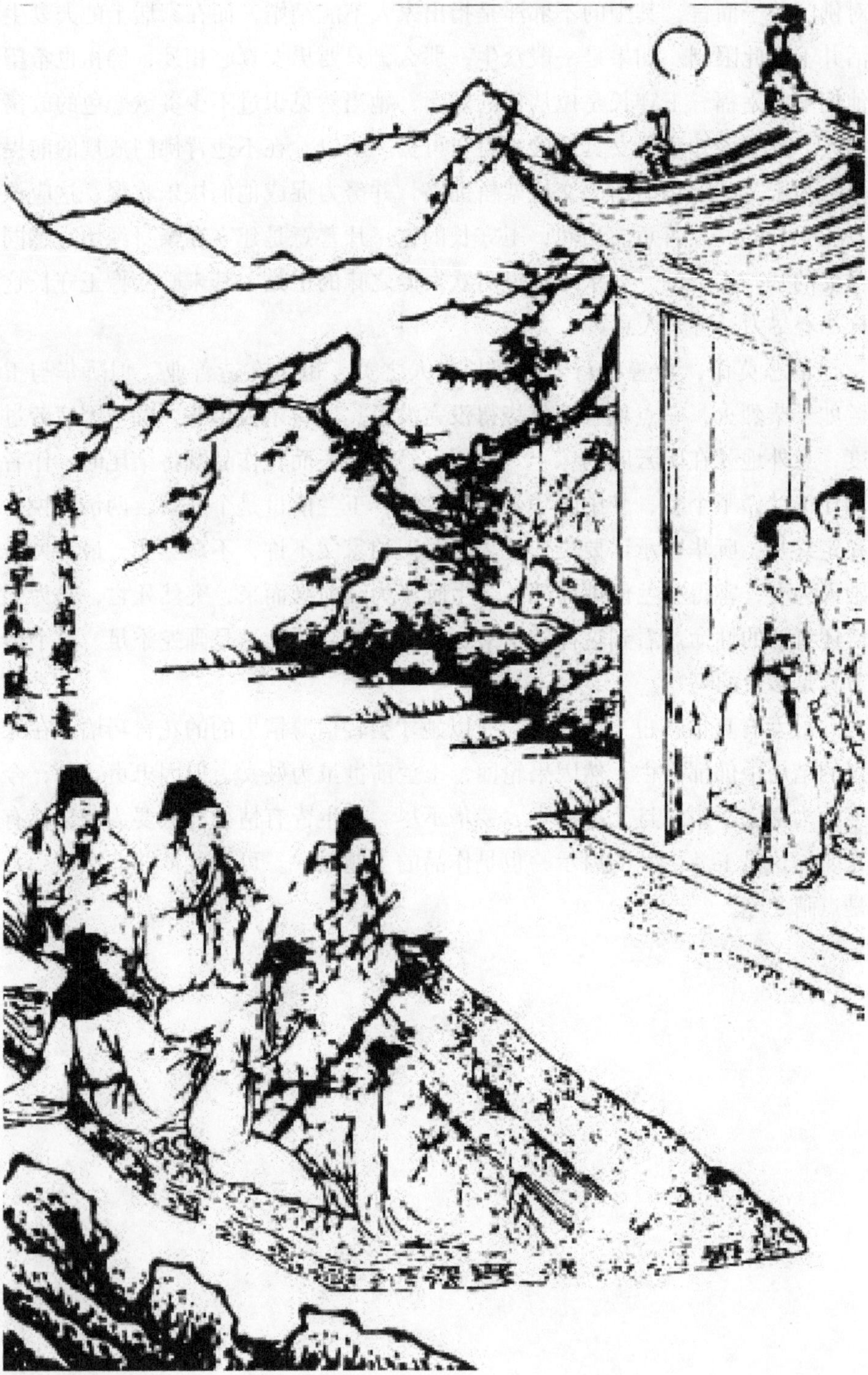

五、野百合也有春天

——《穷马周遭际卖餶媪》

本篇小说简洁流畅，语言清丽，感染力强，称得上是"三言"的代表作之一。

马周父母早丧，孤身一人。虽然贫困，但饱学诗书，下笔有神。遗憾的是，他嗜酒如命，常遭人嫌。后因醉酒遭刺史达奚怒骂，马周立志上进。在王公、王媪、常何等人的帮助下，马周终被唐太宗赏识，官至吏部尚书，又与王媪结为百年之好。马周知恩图报，对帮助自己的人感恩戴德，这是一个励志故事。而无私帮助过马周的王媪则是个独特的人物形象，其喜怒哀乐、一言一行很有深意，引人深思。

王媪丰美胜人，三十多岁守寡，在自家的铺里卖蒸饼为生。封建时代的年轻寡妇处境十分尴尬，生活极其不易。一方面，她们正值盛年，还需要正常的感情生活，但统治阶级时不时就为贞烈守寡的女人立贞节牌坊，宣扬灭除人欲、从一而终的封建礼教思想，从精神上对寡妇进行无情施压；另一方面，寡妇门前是非多，无端的调戏、猜疑、指责等始终围绕着她，如果长得俏丽，那么麻烦就更多。王媪当然也不例外。"邻里中有一班浮荡子弟，平日见王媪是个俏丽孤孀，闲常时倚门靠壁，不三不四，轻嘴薄舌的狂言挑拨。王媪全不招惹，众人倒也道他正气。"[①]有趣的是，朝庭大官中郎将常何也来凑热闹。一位当时的算命大伽说，王媪命里旺夫，以后一定会成为一品夫人；也就是说，谁娶了王媪，谁就可能成为一品官员。常何一心想往上爬，就以算命的推测为由，想娶王媪为妾，但王媪始终没有应允。

王媪只是一介平民，而且还是个孤单寡妇，为何会拒绝达官贵人伸出的橄榄枝？首先，王媪经济独立，可以不依附别人而生存，有自由选择生活的可能。第二，中郎将作为朝庭命官，都想娶王媪为妾，可见寡妇改嫁并无不

[①] 明·冯梦龙.喻世明言[M].北京：人民文学出版社，2018：98.

妥。第三，王媪不惧封建礼教，心地善良，乐于帮助上进的单身青年，为其未来创造了更多的选择机会。第四，她相信自己，相信自己的容貌和心气，相信还有比当妾更好的前程。

如果都能像王媪这样独立、自信、自尊和善良，那么，寡妇也可以拥有自己的远大前程。数百年前的优秀作者在为弱势的寡妇鼓而呼，如今台湾著名的音乐人罗大佑作且唱：别忘了山谷里寂寞的角落里，野百合也有春天。

六、主题之外的精彩

——《葛令公生遣弄珠儿》

有人认为,"三言"的主题简单,说教味较浓,从而影响了其艺术价值。果真如此吗?

楚庄王带着一大班侍妾和身边的大臣饮酒作乐。不料一阵猛风吹灭了蜡烛,个把不老实的大臣就趁机暗中对美人动手动脚。睿智的楚庄王觉察后,不仅没有追究责任,反而当场消除证据,巧妙地化解了这场调戏美人的风波。后来,在晋楚交战之中,正是这个不老实的将领救楚庄王于危急之中。

梁朝时,虞侯①申徒泰初见葛令公②的爱妾弄珠儿,顿时两眼发呆,六神无主,一双眼睛光射定在弄珠儿身上。葛令公瞧见之后,不但不怪罪,还将爱妾赐给了这位手下猛将。申徒泰知恩图报,在战场上,总是冲锋陷阵,为葛令公屡次化解阵前危机。

如果没有细究,一般都会认为,该作品无非就是想告诉读者:重贤轻色会有回报;或者说,给人方便,就是给自己方便,等等。除了这样的主题之外,难道作品就没有其它值得回味的东西?文学有寓教于乐的功能,但更多的还是创造了让读者浮想联翩的神奇。

楚庄王侍妾众多,这是典型的沉湎酒色,岂能说他重贤轻色?葛令公将爱妾赐给手下战将,那也是因为申徒泰英勇善战,且为葛令公立下汗马功劳,这最多也只能算是一种奖赏,谈何重贤轻色?

古时候的女人只是物品。楚庄王侍妾的价值与美酒差不多,都只是供男人取乐的佐料,都是楚庄王花钱买来的,或者是别人进贡的。如果属下也想尝尝鲜,分一点给他们又有何妨?葛令公的爱妾,充其量也就是葛令公手里一件时常把玩的宝物而已,如果玩腻了,且有机会得到更值钱更好玩的东西,将之交换出去,又有何不可?

---

① 虞侯,军校名称。宋时将帅的亲随。
② 令公,中书令的尊称。

有一千个读者，就有一千个哈姆雷特。读者的素养和态度，往往也是决定作品内涵厚度的一个重要因素。所以，主题之外，一定还有更多的精彩。

七、想象无极限

——《羊角哀舍命全交》

冰天雪地里，缺衣少粮，剩余的物资仅够一个人逃生。危难之际，双方都要牺牲自己，成全对方。最后，一人遇难，一人在对方无私的帮助下获救。这是《羊角哀舍命全交》所表现的部分内容。如今，这样的场景在电视电影里还时常出现。那么，获救的一方如何以更加感人的方式报答死去的恩人？在这一点上，本篇作品所表现的想象力则是现在作家所不能企及的。

羊角哀脱离了险境，并得到楚元王的封赏。封赏之后，羊角哀所做的第一件事，就是找到伯桃的遇难之地，并厚葬伯桃。一般情况下，故事到此也就可以结束了。但本篇作者却不甘平庸，因为仅以这样的方式收尾，并不足以表达人们对羊角哀的敬意。于是便有了更加感天地泣鬼神的一幕。

厚葬伯桃之后，羊角哀依然悲痛万分。夜里辗转难眠，便梦到伯桃请求将墓地移迁到别处。原因是伯桃的墓地与荆轲墓相近，神极威猛的荆轲瞧不起伯桃，责其夺风水，不想和伯桃在阴间为邻。荆轲为战国时期著名的刺客，是只身刺杀秦王的壮士，其"风萧萧兮易水寒，壮士一去兮不复返"的英雄气概，阴府里的伯桃也感觉到了，求角哀帮他改葬他处，以免遭抛尸野外之祸。羊角哀听了十分愤怒，想方设法降服荆轲，但都无济于事。什么原因呢？伯桃告诉羊角哀，人在明处，鬼在暗处，人怎能斗得过鬼？

此时，羊角哀已经被楚元王拜为中大夫[①]，前程似锦，让他选择生或死，这难度比之前在冰天雪地、生死未卜时的抉择，不知要难多少倍；而且作为书生的自己，即使变成了鬼魂，帮助伯桃一起挑战荆轲，也未必能够取胜。但羊角哀还是毫不犹豫地选择了自刎，还与伯桃一起齐心协力赶走了荆轲。这是何等逆天的战斗力和想象力！"古来仁义包天地，只在人心方寸间"[②]，还有什么样的朋友比羊角哀更值得令人敬佩？

---

① 中大夫，秦光禄勋属官有中大夫，汉武帝太初元年（前104）改名光禄大夫，主掌论议。
② 明·冯梦龙.喻世明言[M].北京：人民文学出版社，2018：118.

鬼神故事的主要魅力之一，也许就是给人类插上了想象的翅膀，让想象遨游在无垠的天空。

八、生命的另一种形态

——《吴宝安弃家赎友》

　　吴宝安与郭仲翔两人从未见过面，仅凭着宝安的一封自荐信，仲翔就向上级推荐提拔宝安，从而了却了宝安想要建功立业的一番心愿。天有不测风云，人有旦夕祸福。之后不久，仲翔却在平乱南蛮的一次战斗中沦为俘虏。为了赎救仲翔，宝安毫不犹豫地变卖家产，并离家外出经商，四处奔波，历尽十年艰辛，终于挣足赎金，赎回了仲翔。滴水之恩，涌泉相报。这个故事可歌可泣，感人肺腑；同时也引发人们对生命价值更深的认识和思考。

　　战争最考验人性。面对失败的现实，该不该当俘虏？宁为玉碎，不为瓦全，有英勇就义的；留得青山在，不怕没柴烧，有随遇而安的；卖友求荣，助纣为虐，有苟且偷生的。作品中的李都督没有采纳仲翔的建议，以至于全军陷入困境，为此悔恨万分，最后"自刺其喉而死"。仲翔则当了俘虏，忍受身心的虐待，用十年的艰辛和坚持，终于等到了回家的那一刻，过上了想过的生活。作者没有告诉我们仲翔选择暂时为奴的动机和原因，但我们可以感觉得到，这是与生俱来的求生欲望的推动。敌方允许俘虏的亲人朋友用财物赎回俘虏，让仲翔看到了回家的希望，因为他毕竟是当朝宰相的侄子。而当他感到赎救无望时，曾多次冒死逃生，尽管逃生失败后的惩罚一次比一次残酷。生命只有一次，珍惜它，并为其美好的未来而不懈努力。应该说，仲翔对待生命的态度，值得人们尊重。

　　怎样对待战败的俘虏？历史上，有嗜血成性的大屠杀；有安抚民心的解甲归田；有化敌为友的招安；而南蛮对待俘虏的办法则简单实用，有点像匪徒绑架那样，要挟勒索。书中说，南蛮从无大志，只是贪图财物。他们根据俘虏的不同身份，对他们明码标价，官越大，家里越富，标价就越高。同时，允许俘虏联系自己的家人按价赎回。如果没人来赎，就按奴隶处置。仲翔无疑是幸运的，虽然没能联系到家人，却有一个素未谋面、肝胆相照、不离不弃的朋友为他竭尽全力。

将士为国出战,不幸当了俘虏,却只能由家人出钱去赎回,这情景令人嘘唏不已。那么国家为何不出手相救?这对被俘的将士公平吗?在历史上,似乎很少有人提出这样的疑问。因为人们崇尚的法则是:胜者为王,败者为寇。对于失败者,如果没有嘲讽,就已经是谢天谢地了,哪里还敢奢望关心和帮助?为此,关于俘虏,关于生命的另一种形态,作品表达了与众不同的态度,这无疑给生命幽暗的角落送去了一点光亮。

九、行贿须谨慎

——《裴晋公义还原配》

唐代裴度行善积德，因而当了宰相。为官之后，裴度善心依旧，比如将收纳的美女小娥归还给原配，使天下有情人终成眷属。这是本篇作品的主要内容。

在封建时代，像裴度这样位高权重又能出污泥而不染的好官着实不多，因为为官者，如履薄冰，时刻都面临着被捧杀和金钱美女围猎的可能。小娥就是地方官员为了巴结奉承裴度而送给裴度的一件小礼物。

由于佞臣当道，裴度在朝庭上遭到排斥，正确的建议得不到皇帝的采纳，"乃口不谈朝事，终日纵情酒色"[1]，以表面的同流合污换取暂时安全的生存空间。然而，领导的好恶有时会有意无意间影响到下属的行为方式和目标，尤其对于那些伺机奉承拍马的下属而言，觉察到领导的爱好，犹如猫闻到鱼腥味儿。

晋州刺史为奉承裴度，费尽心思组建了一支六人歌舞队进奉。"谁知相国府中，歌舞成行，各镇所献美女，也不计其数，这六个人，只凑得热闹，相国那里便看在眼里、留在心里？从来奉承尽有折本的，都似此类。"[2]投其所好，这是贿赂者通用的手法，古今中外，莫不例外，但效果不尽相同。有侥幸得到回报的，也有哑巴吃黄连的。晋州刺史哪里知道，自己精挑细选送给裴度的美女小娥，裴度竟不知她是何许人也。这贿赂的效果可想而知！

投资有风险，行贿须谨慎。原来古人早已这样提醒过，而为何至今还有人前赴后继？有人的地方，就有苍蝇，尤其是地方苍蝇难拍得很，着实令人生厌。

---

[1] 明·冯梦龙.喻世明言[M].北京：人民文学出版社，2018：133.
[2] 明·冯梦龙.喻世明言[M].北京：人民文学出版社，2018：134.

裴景公义退原配

十、鬼神背后的真相

——《滕大尹鬼断家私》

《滕大尹鬼断家私》是"三言"代表作之一。故事情节层层递进，高潮迭起，尤其是县令滕大尹鬼断家私这一幕，更是令人回味无穷。滕大尹在老百姓的眼里是一位贤明清官，可是当他看到倪家无人知晓的"真金白银"时，便止不住流露出贪婪的本性，装神弄鬼，设计赚取了倪家的一千两黄金。于是，一个头顶着清官名衔，醉心于名利，狡黠又大胆的形象便跃然纸上。在此，作者不仅颠覆了人们心目中的传统清官形象，而且还引发了人们对鬼神迷信与金钱利益两者关系的思考。

在古代，有时鬼神的话很管用，特别是当人们犹豫不决的时候。因为平时人们就听了很多有关鬼神的故事，识字的人更是看了很多鬼神的书。为此，一旦有不明白的问题，或者遇到事情不知该如何处理时，往往就会想到鬼神。准确地说，就是想到鬼神的代理人，如算命卜卦的、跳神显灵的、游走四方的道士，等等。如果遇到问题的当事人没想到求助这些代理人，好心的旁人也会及适时提醒。有意思的是，这些代理人的服务都是收费的，但谁都没去追问这些代理人是否有鬼神的授权书？

随便说一些云里雾里的话，舞几下不着边际的动作，就能有饭吃有钱赚。这种轻松快捷的获利办法，岂能逃得过某些一心想着渔利百姓的官员的"火眼金睛"？书上就常写到，做公的见到钱，就像苍蝇见到血似的，紧盯不放。可以说，本篇作品的优点之一，就是让人们看到了鬼神背后的真相。

在当地百姓心里，滕大尹是一位很会断案的官员。如积年的冤案，他能重新理顺断明。当然，在没有见到金银的时候，滕大尹的心也许还是透明公正的，但见到了，那就大不一样了。"滕大尹最有机变的人，看见开着许多金银，未免垂涎之意。"[①]这金银是倪太守留给子孙的遗产，无人知晓，埋

---

① 明·冯梦龙.喻世明言[M].北京：人民文学出版社，2018：155.

藏在倪家的宅屋里，怎样才能占为己有？眉头一皱，计上心来。滕大尹想到了鬼神，便扮了一回倪太守鬼魂的代理人，开始依照所谓鬼魂的交待分配遗产。结果倪太守的子孙分到了银子，滕大尹得到了金子。更荒唐的是，"众人都认道真个倪太守许下酬谢他的，反以为理之当然，哪个敢道个不字？"[①]可以说，没有老百姓的迷信心理在作祟，滕大尹也不可能公然假公济私，占百姓的金子为己有。

可见，鬼神是鬼神代理人的产物。先有代理人，而后才有鬼神。因此如果你迷信，就有可能上当受骗，而伪装鬼神的人却可轻松获利，说不定还会在心里嘲笑你的愚蠢呢。

---

① 明·冯梦龙.喻世明言[M].北京：人民文学出版社，2018：161.

十一、读书人的无奈

——《赵伯升茶肆遇仁宗》

宋仁宗时期，成都饱学秀才赵旭科考夺魁，却因殿试的一字之差而落榜，这是谁之过？宋仁宗因梦而重赏重用赵旭，这是幸，还是不幸？

作品简洁流畅，寓意深刻。赵旭的科考试卷得到了考官的肯定，他的才华也令仁宋暗喜称奇。可叹的是，他和考官一样，不会察颜观色见机行事，没有及时附和仁宗的质疑，结果不幸落榜。

科举考试前路茫茫，充满了不确定性。即使文章盖世，也不一定就能马到成功，毕竟能通过科举考试而飞黄腾达的都是凤毛麟角。就像赵旭，历经千辛万苦，过五关斩六将，夺得考场头魁，本以为从此可以大显男儿之志，不料只因在殿试中没能及时猜中皇帝的心思，就直接被打回原形，一切还得从头再来。

皇帝尚且都如此随意对待十年寒窗的莘莘学子，古代考场之险恶也就可想而知。"三言"中有不少作品揭露考官的腐败和考场的黑暗，但像本作品这样给予皇帝温柔的一刀，还是头一回，其间之韵味实在妙不可言。

也许有人认为，无论对与错，仁宗毕竟后来还是给了赵旭锦绣前程。但是如果细究这恩赐的过程，你可能就不会出现这种侥幸的看法了。一年多之后，仁宗做梦，苗太监解梦，机缘巧合之下，仁宗才重新找到了穷秀才赵旭。此时的赵旭，虽然落魄，却仍是个谦谦君子。尤为重要的是，赵旭对自己的魁首落榜，毫无怨言，认为乃自己"考究不精，自取其咎，非圣天子之过"[①]。在这种情况下，赵旭才得以一飞冲天。

寒窗苦读的读书人的命运竟要靠皇帝做梦和太监解梦来决定。这样的科举制度还有用吗？这样的朝庭又能选拔出怎样人才？

这不仅是读书人的无奈，更是国家的不幸。

[①] 明·冯梦龙.喻世明言[M].北京：人民文学出版社，2018：168.

赵伯昇茶肆遇仁宗

十二、孤寂的灵魂

——《众名姬春风吊柳七》

今宵酒醒何处？杨柳岸晓风残月。狂乱后的质疑、忧伤和孤独，这是柳永内心的真实写照。

作品中的柳永，琴棋书画，吟诗作赋，无所不能，不但才华横溢，而且是位帅哥。可惜他恃才傲人，没有朋友。"终日只是穿花街，走柳巷，东京多少名妓，无不敬慕他，以得见为荣。"[①]柳永果真以此为"荣"吗？朝朝楚馆、夜夜笙歌的柳永究竟靠什么谋生？

书中写到，江南名妓陈师师、赵香香和徐冬冬，都"赔着自己钱财，争养柳七官人"[②]。

顾客是上帝，从买卖双方的关系来看，买方处于主动地位，卖方相对被动。在宋代，只要男人有钱，无论哪个名妓，都可以接近，男人还会因此沾沾自喜，大肆吹嘘。

而柳永则恰恰相反，被名妓包养着。这于男人而言，是悲哀，并非幸运。从古至今，"吃软饭"的男人总是被人瞧不起，柳永也不例外。这样的生活状态，柳永当然不喜欢，更不是他的初衷。失去自我的人，永远是孤独的，那怕是在热闹的大街上。

"我少年读书，无所不窥，本求一举成名，与朝家出力；因屡次不第，牢骚失意，变为词人。"[③]柳永是因无缘官场，才放浪于花柳地、温柔乡，所以，一旦被任命为浙江馀杭县宰，柳永便欣然前往。因为他还是想通过仕途改变自己的命运，掌握人生的主动权，真正地当一回自己。

柳永到任后，为官清正，且有一颗柔软的心。在馀杭时，他得知妓女月仙与黄秀才相爱，而又无力从良，"当日就唤老鸨过来，将钱八十千付作身

[①] 明·冯梦龙.喻世明言[M].北京：人民文学出版社，2018：174.
[②] 同上
[③] 明·冯梦龙.喻世明言[M].北京：人民文学出版社，2018：181.

价，替月仙除了乐籍。一面请黄秀才相见，亲领月仙回去，成其夫妇。"[1]曾经的耳濡目染，柳永深懂妓女的痛苦和企盼；同为男人，柳永也理解黄秀才追求真爱的不易。送人玫瑰，手有余香。其实，柳永也渴望能有真爱来温暖自己孤寂的心。

不幸的是，"我不求人富贵，人须求我文章"，因为无意中的一句诗，柳永的仕途前程便永远断送，从此又过上了居无定所的飘浮生活。数年后，柳永英年早逝。出殡之日，"只见一片缟素，满城妓家无一人不到，哀声震地。"[2]

然而，在这喧闹的人群中，有一个始终爱着柳永、柳永也一直爱着的人吗？

柳永的词是孤寂的，他的灵魂也是孤寂的。

---

[1] 明·冯梦龙.喻世明言[M].北京：人民文学出版社，2018：178.
[2] 明·冯梦龙.喻世明言[M].北京：人民文学出版社，2018：182.

十二、孤寂的灵魂

十三、治病与治心
——《张道陵七试赵升》

这是一篇关于道教人物张道陵为民除害的故事。同时，也集中描写了赵升立志求道并通过老师考验的过程。面对七次考验，赵升辱骂不去，美色不动心，见金不取，见虎不惧，偿绢不吝，被诬不辩，存心济物，舍命从师；由此劝导人们要断除喜、怒、忧、惧、爱、恶、欲等七情；充分体现了儒道佛三家相融合的特点。因为无论是儒教的圣贤，还是佛教的菩萨和道教的仙人，都是劝人为善。

如何劝人为善？作品中张道陵符水治病的情节相当精彩地回答了这一问题。

在古代，由于科学、医学水平的限制，许多疾病无法治疗，某些旁门左道便趁机作怪。例如，某人在一张纸上随便画个谁也看不懂的图案或字样，一边口中念念有词，一边将其烧成灰烬并放入一小碗水中，然后请患者把碗里的水喝完，病就能治愈。即使是现在，一些医疗条件落后的地方，这种被称作符水治病的安慰疗法，也还存在着。

张道陵却比其他人高明，他也用符水帮人治病，但删增了一些重要环节。

"所居门前有水池，凡有疾病者，皆疏记所有生身以来所为不善之事，不许隐瞒，真人自书忏文，投池水中；与神明共盟约，不得再犯，若复犯，身当即死；设誓毕，方以符水饮之……由是百姓有小疾病，便以为神明谴责，自来首过；病愈后，皆羞惭改行，不敢为非。"[①]

身体的病要治，心病更要医。利用治疗生理疾病的机会，为患者提供忏悔的渠道，以消除患者内心的不善想法，从而达到治病又治心的奇效。这便是张道陵符水治病的积极启示。

---

① 明·冯梦龙.喻世明言[M].北京：人民文学出版社，2018：186.

十三、治病与治心　　·33·

十四、养蓄待发

——《陈希夷四辞朝命》

不少人认为,道家讲究清静无为,热衷消遥自在,却忘了道家还有无为无不为的抱负。陈抟的故事就是道家这种报负的深刻诠释。

陈抟尊黄老,爱《周易》,能占卜,更会避谷术,不吃不喝睡个十天半月是他的家常便饭。奇人陈抟谁不仰慕?后唐明宗、后周世宗、宋太祖和宋太宗对陈抟皆很敬佩,彼此之间也都碰撞出火花。其中,陈抟与宋太宗赵光义之间的故事,最耐人寻味,对人们全面了解道家思想颇有启发。

一天,宋太宗向陈抟请教修养之道,陈抟答道:"天子以天下为一身,假令白日升天,竟何益于百姓?今君明臣良,兴化勤政,功德被乎八荒,荣名流于万世,修炼之道,无出于此。"①把天下治理好,对皇帝而言,这就是最好的修道。广而言之,每个人把自己该做的事做好,也就是修道。那么,陈抟为何不出仕而归于山林?

穷则独善其身,达则兼济天下,这是儒家的主张。道家也有类似的见解,即为"养蓄待发"。

陈抟于名山打坐卧睡,不是不为,而是在修炼一种超越俗世又能净化俗世的超凡能力,以备将来之用,犹如佛家中的菩萨。因为他心里仍然装着天下苍生。为此,当陈抟推测到宋太宗因选择太子而犹豫不决时,便主动找到宋太宗,为其指点迷津。

神仙在"三言"的许多作品中是一种假借,只是因某种思想而存在。如陈抟形象的核心价值就是为道家的蓄势待发思想代言。这种假借手法的运用也是"三言"的主要艺术特色之一。

---

① 明·冯梦龙.喻世明言[M].北京:人民文学出版社,2018:205.

十四、养蓄待发

寺隔云村白云封

十五、动乱年代的豪赌

——《史弘肇龙虎君臣会》

五代十国，烽烟四起，这是中国历史上较为动荡的年代。国家分裂，民不聊生，战争不断，百姓可能瞬间就会面临生离死别，一件小事也可能彻底改变了一个人的命运。因此，人们变得越来越焦虑，越来越渴望自己也有机会迅速发迹变泰，逆袭成功。《史弘肇龙虎君臣会》便是在这样的背景下徐徐展开。

某日，制笛工匠阎招亮看见一位大汉从门前走过，突然想起他就是梦中那位将来必定发迹的大官。为此，阎招亮立即主动结识这位叫作史弘肇的士兵，并将自己的妹妹阎越英配与他为妻。

某日，富有的柴夫人①看到门前卖牛肉的郭威，认定他将来一定会发迹变泰。于是，不管郭威从哪里来，人品怎样，柴氏立即托人为媒，很快与郭盛结为夫妻，全力帮助他求取功名。

人们渴望发迹变泰，那么，在兵荒马乱的年代，谁又最有可能从低微潦倒一跃成就富贵荣华？首先，战乱年代，崇尚武力，所以骁勇善战的将士，其命运最有可能瞬间被改变。史弘肇和郭威都是兵士出身，这也是阎招亮、柴氏押注的最基本条件。其二，为人讲义气，堂堂正正。史弘肇和郭威情同手足，有难同当，有福同享，最终一起发迹变泰。其三，路见不平，拔刀相助。郭威不惧权势，先是棒打见钱眼开、欺凌弱者的李霸遇，后又打死横行街市、霸占民女的尚衙内。豪侠之气，扑面而来。其四，随遇而安，对生活并无奢望。阎越英是位妓女，史弘肇并不嫌弃；当郭威听说柴夫人有意与自己洞房花烛时，不但不相信，还将前来说合的王婆打倒在地，认为这是天方夜谭的事，王婆说亲就是故意来取笑自己。

史弘肇和郭威凭着与时代相对合拍的特质而逆袭成功，阎越英和柴氏

---

① 柴夫人：后周太祖郭威之妻。先为唐庄宗嫔御，庄宗死后被遣散归家，后嫁给了贫贱之中的郭威。

也押对了赌注，但这只是个案。史郭二人成功的历程充满了太多的偶然性和奇妙幻象，如史弘肇被阎家招赘之前，阎招亮曾梦见他是铜胆铁心的四镇令公，阎越英见他是个雪白异兽；郭威卖狗肉切狗肉，柴氏一见便认定"他是个发迹变泰的贵人"。而这些皆是现实生活中所不可能出现的，从这点上说，作品所表达的应该是动乱年代的荒谬，而不是人们对动乱年代的向往。因为谁也不希望生活在一个生命充满变数的年代。

十六、民无信不立
——《范巨卿鸡黍死生交》

孔子在《论语·颜渊》中说："自古皆有死，民无信不立。"这也正是本篇作品所要表达的主题内容。

在古代，义气与诚信往往是一对孪生兄弟。讲义气的，也讲诚信；反之亦然。秀才张元伯为了科举应试，在家边务农，边苦读，三十五岁还未曾娶妻。在上东都洛阳赴考途中，他碰到了一个得了重病的考生——范巨卿。张伯元随即主动为他请医治疗并日夜照顾，而等到范巨卿痊愈时，他们的考期也被耽误了。范巨卿"甚不自安"，张伯元则只是淡淡地说："大丈夫以义气为重，功名富贵，乃微末耳。已有分定，何误之有？"[①]为了帮助别人而误了改变自己命运的机会，这种善举，世间可不常有。

为了主题思想的极致化，"三言"中的许多作品会选择一些极端事件来塑造人物形象，以充分表达作者的喜怒哀乐，迎合市民百姓的阅读口味。本篇作品也不例外。范巨卿与张伯元在依依不舍地分手时，做了约定，相约来年重阳佳节，必到张家登堂拜见张母，"以表通家之谊"。不料，范巨卿因"口腹之累"而即将错过约期，深感内疚，最后竟自刎而死，希望自己的灵魂能够准时赴约。

魂魄赴约这种事情显然不可能发生，也很难令人相信。文学允许虚构，但应该具备自圆其说的逻辑性和让人接受的可能性；在这一方面，本篇作品显然尚有欠缺。但是，如果人们都把诚信看得比生命还可贵，生活岂不更加和谐幸福！

---

① 明·冯梦龙.喻世明言[M].北京：人民文学出版社，2018：236.

十六、民无信不立 · 39 ·

幸仙君候故人来
黄泉一笑重相见

十七、卑微不是错

——《单符郎全州佳偶》

因为战乱，父母被金兵所杀，十二岁的春娘为乱兵所掠，被转卖到乐户当官妓，过上了非人的生活，犹如杜甫《石壕吏》里写到的那样，"存者且偷生，死者长已矣"。

北宋末年，边患不断，民不聊生。金兵攻陷汴京（现河南开封），宋徽宗、宋钦宗两朝皇帝都被掳去，百姓的命运更是朝不保夕。而继位的宋高宗又偏安杭州，将国破家亡的痛楚抛之脑后，作乐的照样作乐，受苦的仍旧受苦。正所谓"山外青山楼外楼，西湖歌舞几时休？暖风熏得游人醉，直把杭州作汴州。"①

春娘原是县令的千金，从小读经诵诗，颇通文墨，还是个能歌善舞的美少女，却因战乱，沦为官妓。"原来宋朝有个规矩，凡在籍娼户，谓之官妓，官府有公私筵宴，听凭点名唤来祗应。"②平常在妓院受各种男人蹂躏，此外还要心惊胆战地侍奉官员，这样的日子，谁愿意过？尤其像春娘这样官宦之家的小姐，但残酷的现实让许多无辜的女性失去了选择生活的权利和能力。

"虽不幸风尘，实出无奈……若得嫁一小民，荆钗布裙，啜菽饮水，亦是良人家媳妇。比在此中迎新送旧，胜却千万倍矣"③。这是春娘的心声。但想从良，又谈何容易？

符郎与春娘从小便有婚约。几经辗转，二人巧遇于筵宴之上，而当符郎知道春娘的生活经历之后，毅然决定冲破世俗的束缚，履约完婚，帮助春娘跳出火坑。但官妓要从良，必须经过当地行政首脑的批准。虽然符郎也是全

---

① "山外"句：出自宋代林升的七绝《题临安邸》。这是一首诗不但通过描写乐景来表哀情，使情感倍增，而且在深邃的审美境界中，蕴含着深沉的意蕴。同时，诗人以讽刺的语言，不漏声色地揭露了"游人们"的反动本质，也由此表现出诗人的愤激之情。
② 明·冯梦龙.喻世明言[M].北京：人民文学出版社，2018：245.
③ 明·冯梦龙.喻世明言[M].北京：人民文学出版社，2018：247.

州府里的一位官员，但春娘的命运还是掌握在全州太守手里。全州太守"为人忠厚至诚"，对符郎的人品十分敬重。但当太守见到春娘时，不禁叹道："丽色佳音，不可复得。""不觉前起抱持杨玉"，要求春娘回报其解除乐籍之恩。"忠厚"的太守尚且如此对待春娘，何况其他人？

因为是妓女，地位卑微，所以一有机会，某些有权有钱的男人就想从她身上占点便宜；出事了，却又是红颜祸水。究竟谁是谁非谁之错？

十八、困境和选择

——《杨八老越国奇逢》

杨八老从西安到福建漳州经商，千里迢迢，一路艰辛。经商途中，不幸被入侵东南的倭寇抓住，在异国他乡十九年后，杨八老终于苦尽甘来全家团圆。这是一篇具有纪实风格的文学作品，较为真实地反映了元代商人在异地生活的困境和选择。

在宋代，城市商业开始发展；到了元代，虽有战乱的影响，但贸易活动仍在持续。"人生最苦为行商，抛妻弃子离家乡。"古时交通不便，从西安到漳州一趟都得数月，八老与其他商人一样，必须面对许多困难，如生活不便、孤独寂寞等。同时，商人比普通百姓富裕，又多了一些选择的机会。

"檗妈妈看见杨八老本钱丰厚，且是志诚老实，待人一团和气，十分欢喜，意欲将寡女招赘，以靠终身。"但杨八老在西安已有妻儿，所以不愿再婚。檗妈妈就摆事实讲道理："杨官人，你千乡万里，出外为客，若没有切己的亲戚，哪个知疼着热……你归家有娘子在家，在漳州来时，有我女儿。两边来往，都不寂寞，做生意也是方便顺溜的……就是你家中娘子知道时，料也不嗔怪。多少做客的，娼楼妓馆，使钱撒漫，这还是本分之事。官人须从长计较，休得推阻。"①与其像其他商人一样到妓院乱花钱，不如再娶个老婆过稳定的家庭生活。面对这两种生活方式，八老选择了后者。有人也许会说，难道就不能不嫖也不娶？人可以高尚，但也不能忽视情欲的本能，何况当时允许一夫多妻，妓院也是公开经营的。

以客观现实的态度对待选择，用辩证的思维进行取舍，这是作品的优点之一。杨八老不幸被倭寇掳去后，又该怎么办？"若是强壮的，就把来剃了头发，抹上油漆，假充倭子，每遇厮杀，便推他去当头阵。官军只要杀得一颗首级，便好领赏，平昔百姓中秃发鬎鬁，尚然被割头请功，况且

---

① 明·冯梦龙.喻世明言[M].北京：人民文学出版社，2018：255.

见在战阵上拿住,哪管真假,定然不饶的。这些剃头的假倭子,自知左右是死,索性靠着倭势,还有捱过几日之理,所以一般行凶出力"①。面对死亡,是苟且偷生,还是大义凛然?作者并没有做道德判断,而是忠实地记录了本能的选择。

选择无处不在,无时不有。面对困境,杨八老总是做出较为直接扑素、本心的选择,这应该也是作品深受当时市民阶层喜爱的主要原因之一。

---

① 明·冯梦龙.喻世明言[M].北京:人民文学出版社,2018:257.

十九、困难是把双刃剑

——《杨谦之客舫遇侠僧》

宋时的贵州安庄地处偏僻，当地百姓事鬼信神，不知礼义文字，同时又盛产金银翠珠珍宝。到这样的地方当县令，是好还是坏？又该如何当好？很简单，只要虚心请教，入乡随俗，因地制宜，一切问题便能迎刃而解。

杨谦之识大局，善变通，又博学，无意中识得一位高僧并得到他的帮助。高僧在临别之前，为杨谦之安排了一位会法术的临时妻子李氏。于是，一到当地，杨谦之便凭借李氏的超凡能力，降伏了当地的"妖魔鬼怪"，在百姓中树立了县令的威严。

安庄有点类似于少数民族自治的地方，这里的不少官员由本地人世袭，被称为土官，具有较大的势力。薛宣尉司[①]位居当地土官之首，原住民只服他的管束。了解这一情况后，杨谦之及时拜访了薛宣尉司，并与其结成了友好合作的盟友。

在百姓中建立了威性，官场的关系打通了，接下来就是灵活地依照当地的规矩行使职权了。无论在哪里，老百姓都是比较善良的。只要当官的能让他们信服，他们就会拥护，就会给予一定的回报。安庄就有这样的"旧例"：

告状的人，不管准不准，都必须先缴纳一定的费用；出了人命，如果双方愿意和解，那么，就将加害者的家产分为三份，一份给受害者家属，一份给县令，一份留给加害者；逢年过节，当地的百姓还会给自己认可的县令馈送礼物。凭着这三条途径，杨谦之在安庄仅三年有余，便得了不少财物。[②]

可见，困难是把双刃剑，解决不了是麻烦，处理好了便是财富。杨谦之提心吊胆而去，高高兴兴而归，便是最好的例证。

[①] 宣尉司，亦称宣慰使，元明间于少数民族聚居地设置的地方官，由本地人世袭，掌地方行政的军政、民政，并负责当地行政的调整等。

[②] 明·冯梦龙.喻世明言[M].北京：人民文学出版社，2018：280.

十九、困难是把双刃剑

二十、小利益与大损失

——《陈从善梅岭失浑家》

在陈从善携妻子张如春前往广东南雄沙角镇任职的途中，貌美的张如春不幸被申阳洞的猢狲精申阳公抓走。申阳公软硬兼施，欲行不轨，但都被张如春拒绝了。张如春因此在申阳洞里度过了三年非人的生活。最后经紫阳真君营救，才与陈从善重聚。作品点赞如春的坚贞不屈，肯定邪不压正的人间正道，但同时对如春的一些做法颇有微词，因为这场灾难本来是可以避免的。

陈从善一心向善，常好斋供僧道，为此，当紫阳真人预料张如春将有千日之灾时，便吩咐大慧真人化身为道童，假名罗童，护送陈从善夫妇到沙角镇任职，以免妖精祸害。

一路上，陈从善骑着马，张如春坐着轿，罗童和仆人王吉挑着书箱行李跟随在后。为了考验陈从善夫妇，罗童故意装疯卖傻，哭哭啼啼，喊辛叫苦，不肯前行。张如春见此，十分厌烦，便鼓动陈从善赶走罗童。起初陈从善还担心辜负紫阳真人的一番好意，不理会妻子的劝告。行至半途，罗童越耍越疯，大哭不止，陈从善也有点反感罗童的举止，加上妻子的再三唠叨，便将罗童打发回去。而这一打发，张如春便被申阳公掳去了。

坐的不知站的苦。罗童挑着担子前行，这当然比骑马乘轿的要辛苦得多。如果罗童有点怨言，也在情理之中。只要陈从善夫妇将心比心，多点耐心，多给罗童一些关心，罗童就会将陈从善夫妇安全护送到沙角镇。何况紫阳真人还特地叮嘱他们，罗童"年纪虽小，有些能处"，但陈从善夫妇一时性起，就把什么都给忘了，难辨好坏，"有分教如春争些个做了失乡之鬼"[①]。

在大是大非面前，人们往往会爱憎分明；但在一些小事小节上，往往又缺乏耐心和细心，此时就有可能因小失大，甚至铸成大错。

---

① 明·冯梦龙.喻世明言[M].北京：人民文学出版社，2018：284.

二十、小利益与大损失　　·47·

三年辛苦在中肠
碣变夫妻扁折肠

二十一、时势造英雄
——《临安里钱婆留发迹》

王侯将相，宁有种乎？历史上，每逢战乱，就会出现一些从底层逆袭为王的英雄。本篇中的主人公钱婆留便是这样一个由普通百姓家庭成长起来的有谋有勇、能征善战的王者形象。

一个时代有一个时代的英雄，成为英雄的条件也不尽相同。

钱婆留年轻时，不务正业，吃喝嫖赌却样样在行，而且还尽干些偷鸡摸狗甚至走私抢劫的事情。现在看来，钱婆留的这些丑行，无疑就是犯罪。而在五代十国这个历史上最为动荡不安的年代，钱婆留身上的匪气，在战场上却有转化为勇气的可能。

钱婆留曾进过学堂，但不肯专心用功读书，也就是说，他不喜欢读书。但知识并不等于智慧。钱婆留一表人才，体格健壮，"十八般武艺，不学自高"[①]，说明他挺有悟性，而且在战时他还善用计谋，为杭州刺史董昌出谋献策，勇胜贼兵，足见其非凡智慧。

钱婆留从小就是个孩子王，指挥儿童作战游戏，一进一退皆有法度，又霸气又擅于树立威权，天生就有领导气质。这也是他最终成为吴越王的一个重要条件。

钱婆留是个侠肝义胆、重情重义的男子汉。他与钟氏兄弟情投意合，义结桃园；与顾全武结伴打劫不义之财，有生死之交；志得意满、功成名就时，"钟起为相国，同理政事。钟明、钟亮及顾全武俱为各州观察使之职"[②]。

在任何时候都要心怀感恩。不懂感恩的人，难以成就伟大的事业。钱婆留称孤道寡之后，并未忘记家乡的父老乡亲，而是用不同的方式去感谢那些曾给予自己生命和温暖的前辈。他拜倒在地，感谢曾经救过他一命的王婆；

---

① 明·冯梦龙.喻世明言[M].北京：人民文学出版社，2018：297.
② 明·冯梦龙.喻世明言[M].北京：人民文学出版社，2018：320.

未发迹时，戚老汉曾给予帮助，衣锦还乡时，戚老汉已故，便"召其家，厚赐之"①。

没有人能够随随便便就成功。除了个人的努力之外，能不能顺应时代的潮流和趋势也是决定成功与否的一个重要因素。时势造英雄，这应该也是本篇作品所要传递的一个观念。

---

① 明·冯梦龙.喻世明言[M].北京：人民文学出版社，2018：321.

二十二、书生并非百无一用

——《木棉庵郑虎臣报冤》

贾似道是南宋晚期的权相,历史上实有其人,后人对他的功过是非评价不一。《木棉庵郑虎臣报冤》是冯梦龙根据贾似道的有关历史资料进行改编的一篇作品,侧重凸显贾似道荒淫享乐、残忍误国;同时也叙写了许多贾似道痛恨书生、迫害书生的故事。那么,贾似道为何要与书生较劲?

贾似道从小聪明过人,过目成诵,到十五岁时无书不读,之后却因无人管束,"恣意旷荡",赌博嫖娼,饮酒游荡,打斗相争,"无所不至",再无书生风范。

郑隆是导致贾似道痛恨书生的第一人。一次,贾似道想将文武双全的书生郑隆招致门下,而郑隆因为知道贾似道为人奸邪,所以,不但没有表忠心,而且还写了一首暗藏规谏的诗:

"收拾乾坤一担担,上肩容易下肩难。劝君高着擎天手,多少傍人冷眼看。"[①]

贾似道见诗之后,"骂(郑隆)为狂生,把诗扯得粉碎。"后来又借机找了个"莫须有"的罪名,将郑隆逼死在前往被贬之地恩州的路上。

"一日,似道与诸姬在湖上倚楼闲玩,见有二书生,鲜衣羽扇,丰致翩翩,乘小舟游湖登岸。傍一姬低声赞道:美哉,二少年!"[②]结果呢?这个美人的头没了。提起书生,贾似道就恼火,况且你还称赞书生是帅哥,这不找死吗?真是城门失火殃及池鱼。

当然,最让贾似道愤怒的还是书生们对他的口诛笔伐。贾似道派人私下贩盐,掠夺财富,"昨夜江头长碧波,满船都载相公鹾"[③],就有书生写诗揭发他;贾似道推行"限田法",就有书生说他"不识咽喉形势地,公田枉自

[①] 这首诗含有劝谏之意。明说贾似道位高望重,希望他虚己下贤,小心做事。
[②] 京剧《李慧娘》的故事就是源于此。
[③] 明·冯梦龙.喻世明言[M].北京:人民文学出版社,2018:336.

害苍生"①；贾似道强推"排排打量法"，有书生又嘲讽说，"三分天下二分亡，犹把山河寸寸量"②，等等，诸如此类的嘲讽诗句民间相当多。如果任凭这些诗句一直流传民间，显然对贾似道的前程是非常不利的。因为贾似道深懂舆论的力量，他自己曾经就是靠造谣把旧丞相吴潜拉下马，然后取而代之的。更何况书生们说的都是大实话，贾似道当然也就更加与书生不共戴天了。如此，也便有了暂停科举考试等伤害天下书生的丑态。

多行不义必自毙。最后，郑虎臣终于为父亲郑隆报仇雪恨，在木棉庵将位高权重的贾似道处死。正应了贾似道为官之初，一布袍道人对他的禁诫："官人得意之时，休与秀才作对"③。

---

① 明·冯梦龙.喻世明言[M].北京：人民文学出版社，2018：336.
② 明·冯梦龙.喻世明言[M].北京：人民文学出版社，2018：337.
③ 明·冯梦龙.喻世明言[M].北京：人民文学出版社，2018：330.

二十三、情景交融诗意浓 信手拈来俱天成
——《张舜美灯宵得丽女》

哪个少年不钟情，哪个少女不怀春？《张舜美灯宵得丽女》讲述的是俊男张舜美和靓女刘素香的爱情故事。作品用优美的语言，尽情渲染了江南水乡的诗情画意，让我们领略到男欢女爱的纯真之情。

语言清丽，表达简洁，这是"三言"的艺术特色之一。尤其令人惊叹的是，作品常常借用名篇佳作，表情达意，手法浑然天成。如描写张舜美眼前的杭州美景时，作者便引用了柳永的千古名篇《望海潮》。诗中的"东南形胜，三吴都会，钱塘自古繁华"和"三秋桂子，十里荷花"等佳句，我们早已耳熟能详。想到爱人远去，物是人非，此情此景，该如何表达？作者信手拈来便是秦观[①]的佳词《生查子》：

"去年元夜时，花市灯如昼。月上柳梢头，人约黄昏后。

今年元夜时，月与灯依旧；不见去年人，泪湿春衫袖。"[②]

作者不但擅于借鉴和引用先辈们留下来的宝贵文化资源，同时又善于进行创新性发展，写出了许多声情并茂、鲜活通俗的词句，独具特色。例如：

"说那女子被舜美撩乱，禁持不住，眼也花了，心也乱了，腿也苏了，脚也麻了。"

"开了房门，风儿又吹，灯儿又暗，枕儿又寒，被儿又冷，怎生睡得？"

"立了一会，转了一会，寻了一会，靠了一会，呆了一会，只是等不见那女子来。"[③]

上面三段句子清新明快，且呈现出一个明显的共同点：重复使用了排比

[①] 秦观：字少游，别号邗沟居士，学者称其淮海居士。北宋文学家、词人，被尊为婉约派一代词宗。代表作品有《鹊桥仙》《淮海集》《淮海居士长短句》。

[②] 明·冯梦龙.喻世明言［M］.北京：人民文学出版社，2018：359.

[③] 明·冯梦龙.喻世明言［M］.北京：人民文学出版社，2018：355.

二十三、情景交融诗意浓 信手拈来俱天成   · 53 ·

手法和诸如"也"、"又"和"一会"等语词,读来朗朗上口、活泼生动,在自然通俗表达中增强了作品的感染力。这样的语言特点,在"三言"的其他作品里也时常出现,从而形成了其独特的一种语言风格,"三言"的魅力也因之增色不少。

二十四、诺言和情欲的两难抉择

——《杨思温燕山逢故人》

孤男誓不再娶，寡女誓不再嫁；而一旦机缘巧合，孤男寡女还是可以重新谈婚论嫁。这正是本篇作品的主要内容。

一女不嫁二夫，因为这样的贞节观念，杨思厚的妻子郑义娘义不受辱，拒绝了太尉的求欢，还因此付出了自己年轻的生命。为此，杨思厚对着众人信誓旦旦，表示今后决不再娶，以此回报妻子的忠贞。无独有偶，女道士刘金坛德行清高，如莲花出水，声称为了纪念亡夫生前的厚爱，宁当道士也不再嫁。

这有可能吗？在封建礼教的毒害下，贫瘠的土地上确实矗立过不少贞节牌坊。但暗流涌动，多数情境下，炽热的情欲往往瞬间就能将冰冷的贞节熔化。杨思厚和刘金坛在土星观相遇，俊男美女，一见钟情，并在旁人的鼓动下，很快择日成亲。虽是再婚，胜似新婚，两人亲密无间，如胶似漆。有了新欢，他们哪里还记得自己曾经对旧爱的诺言？

男欢女爱，这是人类生活的重要组成部分，没有它，生命将黯然失色。杨刘二人情投意合，梅开二度，本该庆贺，作者却又为何笔锋一转，先是让杨刘二人饱受郑义娘之冤魂的责难，而后又先后丧生于镇江的风浪之中？

在封建社会，为了贞节面子，信誓旦旦，决心把守寡进行到底的少妇不在少数。有人因此而扼杀人性的本能欲望，终身清心寡欲；也有人因耐不住寂寞而做出苟且之事，致使自己身败名裂。[①]所以，作品运用暗讽的手法告诉后来者，千万不要低估情欲的力量，不要因一时冲动而轻易放弃热情似火的年华，否则就会犯轻诺寡信的错误，并因此成为众人的笑柄，甚至像杨刘二人那样，付出落水身亡的代价。

一切都在变，情感也可能会变。人们可以敬佩一生只爱一个人的始终如

---

① 类似作品"三言"中有许多。

一，也应该宽容为爱而再次启航的潇洒人生，这应该是作者最希望看到的人间幸福吧！

二十五、当思想遇到刀剑时

——《晏平仲二桃杀三士》

这是根据《晏子春秋》中的两则故事改编而成的作品,主要通过对齐国大夫晏婴出使楚国和用二桃杀三士等智慧的生动展现,肯定了思想对刀剑的胜利。

人若托大了,麻烦可能就接踵而来。春秋战国时期,齐国有三勇士,也是最霸道的三武夫。第一霸道的叫田疆,能擒猛虎;第二霸道的叫顾冶子,能斩蛟龙;第三霸道的叫公孙接,能敌万人。这三人还称兄道弟,结成小团体。因为他们都救过齐王,成了齐王的左右护卫,威震八方;又因为他们勇猛无比,又都有恩于齐王,便目空一切,动不动就要白刀子进红刀子出,搞得齐王也有点心惊肉跳。

有一次,楚国的使者来见齐王,传达楚王的愿望,有意让齐楚两国化干戈为玉帛。这本是一桩好事。因为齐楚两国常年争战,各有胜负,劳民伤财。但三勇士听了便不耐烦,认为自己英勇无敌,建议齐王把使者给杀了,并愿意带兵踏平楚国。此时,晏婴却劝齐王放了使者,主动要求出使楚国,并保证以自己的三寸不烂之舌说服楚国,尊齐为上国。因为晏婴个子矮,三勇士就鄙视他,当着君臣的面前嘲讽晏婴的外表以及他的才华。

殊不知,人不可貌相。齐王同意了晏婴的建议,派晏婴出使楚国,晏婴也果真兑现了自己的诺言,不战而屈人之兵,而三勇士却由此摊上了大事。

因为过于托大,齐王也受不了了。于是在齐王的默许下,小宇宙爆发了,晏婴稍用计谋,三勇士就自相残杀,共赴黄泉。

在思想面前,高傲的刀剑一败涂地,不但杀不了对方,还把自己给毁了。拿破仑说得好,世界上有两种强大的力量,刀剑和思想;从长远看,思想终将战胜刀剑。

二十五、当思想遇到刀剑时　·57·

二十六、荒诞的背后

——《沈小官一鸟害七命》

这是一篇带有黑色幽默色彩的短篇小说。因为一只画眉鸟，七个人命丧黄泉。这七人中，有贪小便宜的，有儿子杀父亲的，有被冤枉的，有被吓死的，等等。虽然他们死因不同，但多数与贫困或酷刑有关，可见社会黑暗才是罪魁祸首。

箍桶的张公一天到晚只能赚两分银子①，见到一只笼里的画眉能值二三两银子，"所以一时见财起意，穷极计生，"把笼子的主人沈秀给杀了，将画眉卖给李吉，得到了一两二钱银子。沈秀死了，案子却破得不清不楚。后来其父沈昱在东京公干中，偶遇遗失的画眉鸟，案子才得以一一理顺。七个涉案人员死的死了，伏法的伏法了。张公被凌迟了，张公的妻子也被酷刑吓死了。七条人命就值一两二钱银子，真是让人哭笑不得。

其中，黄老狗一家三口的死因更是匪夷所思。黄老狗父子三人都是轿夫，而抬轿营生十分艰难，口食不敷。当时，沈秀的家人和官府正在张榜寻找沈秀的死人头，并许诺赏金。"双目不明"的黄老狗得知这一消息后，就对儿子说："我今左右老了，又无用处"，"你两个今夜将我的头割了，埋在西湖水边。过了数日，待没了认色②，却将去本府告赏，共得一千五百贯钱，却强似今日在此受苦。此计大妙，不宜迟，倘被别人先做了，空折了性命。"③两个儿子一计较，当夜就把老爹给杀了，然后领了赏金，买了农具，勤力耕种，挑卖山柴，实现了务农度日的理想。就为了能当个勤劳的农夫，儿子遵从父亲的建议，把父亲给杀了。这是一个怎样残酷又无奈的社会？

而李吉的命运最为悲惨。他仅仅因为买了一只自己喜欢的画眉鸟，就屈打成招，被活活处死。张婆本想送张公最后一程，但看见行刑人动手碎剐张

---

① 当时1两白银等于1000文钱，1文钱等于10分。
② 认色：记人、辨认的标识。
③ 明·冯梦龙.喻世明言[M].北京：人民文学出版社，2018：392.

公时，却惊吓倒地，回家身死。诸如这样因酷刑而冤死的情形，在"三言"中比比皆是。

以喜剧的形式表现悲剧的内容，这是黑色幽默的艺术特点。本篇作品貌似荒诞，但其思想深度远超字面，精辟且深刻，令人掩卷深思。

二十七、男女有别

——《金玉奴棒打薄情郎》

欺贫重富，忘恩负义，这是"三言"一再批判的道德现象。《金玉奴棒打薄情郎》也不例外。其入话故事讲述的是西汉大臣朱买臣被妻子离弃的事件；正文则是讲述关于宋代穷秀才莫稽发迹后将发妻推入河里的故事。

朱买臣是励志的偶像，其处理夫妻关系的方法比较恰当。妻子离开朱买臣的主要原因，就是认为读书赚不到钱，不知道书的价值。"书中自有黄金屋，书中自有颜如玉"，书不但是普通人追求功名的工具，而且读书还具有悦己的美妙。像朱买臣这样在困苦与妻子的嘲讽中仍不放下手中书的，必成大器，只是时间和机遇的问题了。朱买臣在五十岁时终于迎来了事业的春天，汉武帝下诏求贤，朱买臣"到西京上书，待招公车[①]"，经同乡人举荐，被朝廷拜为会稽太守。其妻因自感有眼无珠，备感羞愧，自尽而死。这个结局的确惨了点，从中却可看出古时女子"脸面"的重要性，为了面子甚至可以失去生命，足见"众口铄金，积毁销骨"之威力。而男子却非如此，即使是谋害了妻子，仍可以风光依旧，自在如初。

莫稽父母双亡，孤单贫困，却是一位勤学的书生。为此，杭州团头[②]金老大就把女儿金玉奴许配给莫稽。金玉奴才貌双全，莫稽十分高兴。后来，在妻子金玉奴的全力支持下，莫稽连科及第并成了朝庭的官员。

发迹后的莫稽却嫌金玉奴出身门第低下，恐被人耻笑。在一次旅途中，竟"出其不意，牵出船头，推堕江中"[③]。不幸中的万幸，落水的金玉奴被莫稽的上级领导许德厚救起，并收为义女。最后的结局却令人大跌眼镜。莫稽的上级领导不但没有追究部下的罪行，反而促成莫稽与玉奴破镜重圆，玉奴

---

① 待诏公车：公车即汉代负责接待臣民上书和征召的官署名，后也代指举人进京应试。原指入京请愿或上书言事，也特指入京会试的人上书言事。凡应征人皆由官府用车接引，安置署中等待诏命。
② 团头：宋时各行业都有市肆，叫做团行。行有行老、团有团头，是各自行业的首领。此处指乞丐头领。
③ 明·冯梦龙.喻世明言[M].北京：人民文学出版社，2018：407.

也原谅了谋害自己的丈夫。由于金玉奴已经门庭改换，莫稽比以前更加志满意足，夫妻从此过上幸福的生活。

　　朱妻和莫稽人生结局的迥然不同，充分反映了封建社会中男权主义的嚣张和女人的不幸。朱妻仅因为受不了贫穷而离开丈夫，就受到了人们的无情嘲讽，直至含羞而亡；而莫稽是个不折不扣的忘恩负义的谋杀犯，却因是个功成名就的男人，社会不但原谅他，还助他梦想成真。这种畸形现象的产生，当然不是作品结尾处所说的——姻缘前定枉劳争，而是社会的黑暗和悲哀。

金玉奴棒打薄情郎

二十八、种得来生一段缘

——《李秀卿义结黄贞女》

在入话故事里，本篇作品罗列了中国历史上留下印迹的杰出女性代表，如春秋时的卫夫人，汉代的曹大家、班婕妤，魏代的曹令女，晋代的苏若兰，宋代的李易安，等等；并着重概述了三则男扮女装的故事：木兰扮女为男，代父从军；祝英台男装前往馀杭，及其与梁山泊的爱情；黄崇嘏假扮秀才，诗赋具通而被荐为郡掾[①]。这些故事无不透出女人的艰辛和无奈，赞美中现作者对女性的同情和关怀。

明代随着商品经济的发展，外出经商的人越来越多，女性在商业活动中的行为也受到了挑战。黄善聪自幼失母，十二岁时，女扮男装跟随父亲出外经商；十四岁时，父亲在经商途中病亡。就在善聪孤苦无依之际，遇到了志同道合的李英，两人结为兄弟，合作经营，生意顺利；二十岁时，善聪表明了性别身份。李英就想与她永结百年之好，不料遭到善聪的拒绝。这又是为什么？

"嫌疑之际，不可不谨。今日若与配合，无私有私，把七年贞节，一旦付之东流，岂不惹人嘲笑？"[②]这是善聪给出的理由，正所谓"欲表从前清白操，故甘薄幸拒姻亲。"[③]都是贞操惹的祸。那么善聪李英的亲事果真就成不了了？

太监李公闪亮登场后，这难题一下子就迎刃而解了。李公是位权势人物，虽然身有残缺，但比健康人更懂得女儿心。当他知道善聪女扮男装的千古奇事之后，便不管三七二十一，唤来媒妪，假称为侄儿说合，然后自出己财，替李英行聘。至成亲之日，李公还亲自出马，主持仪式，将那善聪娶进

---

① 郡掾：州郡机构中长官之下的属吏。其选授，一般由地方自置。
② 明·冯梦龙.喻世明言[M].北京：人民文学出版社，2018：422.
③ 同上。

门来。"交拜之后，夫妻相见"，"方知落了李公圈套，一场好笑"①。

　　这样的结尾，出奇有趣，也耐人回味。贞女与太监殊途同归，都远离男女私情，李公却善解人意，强令善聪出嫁，一心成全天下有情人。透过李公的这一善举，我们或可窥得他当初当太监的无奈与内心的苦楚，他应该比谁都更能体会到人间男女真情的可贵，所以他"虽然没有风流分"，只盼"种得来生一段缘"。

---

① 明·冯梦龙.喻世明言[M].北京：人民文学出版社，2018：422-423.

二十九、佛光普照
——《月明和尚度柳翠》

和尚为何偏爱在深山老林里修行？眼不见为净，闹市里的喧嚣嘈杂、灯红酒绿，对一颗企求超凡脱俗的心，始终是一种诱惑。和尚也是人，修行是将欲望压制和消解的过程，这是件很不容易的事。玉通法师五十二年在山上专心修行，却在如花似玉的红莲的再三挑逗下，"春心荡漾起来"，即刻缴械投降，破了色戒。

人类与生俱来的情欲随时都有决堤的可能，想坐怀不乱，确实难于上青天，就如本篇作品开篇所说的那样，禅僧"得成正果，非同容易"，不知有多少"先作后修或先修后作"的和尚？

得道高僧，仍会有过不了情欲关的；世间众人更要多多行善，才能尽早争取离苦得乐。这正是本篇作品所要表现的两大内容。

破戒后，玉通法师获悉红莲原来是临安府府尹柳宣教派来的歌姬，心中五味杂陈，便在圆寂前写下了八句《辞世颂》[①]："自入禅门无挂碍，五十二年心自在。只因一点念头差，犯了如来淫色戒。你使红莲破我戒，我欠红莲一宿债。我身德行被你亏，你家门风还我坏。"[②]

为了报复柳府尹的恶作剧，玉通法师便转世为柳府尹的女儿柳翠。几经辗转，柳翠堕落为娼，以此来败柳府门风。

这柳翠虽堕娼流，但她从小喜欢佛法，所得缠头[③]尽情布施，广做善事，诸如架桥、凿井等。最终在月明和尚的当头棒喝下，幡然醒悟，坐化归天。归天之前照样留下偈语：

"坏你门风我亦羞，冤冤相报甚时休？今朝卸却恩仇担，廿八年前水月

[①] 《辞世颂》：佛教徒临死时所作的偈语。
[②] 明·冯梦龙.喻世明言[M].北京：人民文学出版社，2018：427-428.
[③] 缠头：古代歌舞艺人表演完毕，客以罗锦为赠，称"缠头"。后来又作为赠送妓女财物的通称。

游。"①只要慈悲为善，知迷而返，无论之前你做过什么，都会得到佛祖的关爱。这是作品所表达的又一个主题。

与"三言"的其他同类作品一样，该作品也在宣传因果报应思想。倡导这种思想的主要目的在于提醒人们要慈悲行善，即诸恶不作，众善奉行。

应该注意的是，小说毕竟不是佛教著作，所以作品中关于佛教的提法和概念解释存在偏颇，如出现"色就是空，空就是色"等表述，并将"色"简单地理解为淫欲，这是一种误解。应该说，色泛指万事万物，因其没有永恒的自性，始终处于变化之中，故此是空的。因此，阅读时须谨慎明辨。

---

a 明·冯梦龙.喻世明言[M].北京：人民文学出版社，2018：436.

三十、救人须救彻

——《明悟禅师赶五戒》

苏东坡是伟大的文学家，他与佛印禅师之间的趣闻轶事，不仅为文人津津乐道，也一直为民间百姓所喜闻乐见。借用苏东坡与佛印禅师的人气，虚构一些新鲜的故事，说一些自己想说、众人想听的话，这应该是作者创作本篇作品的主要意图吧。

那么，作者想说什么呢？

五戒禅师犯了色戒，被明悟禅师点破之后，便不情愿地坐化而去，并转世为苏东坡。一个人犯错后，如果表面羞愧认错，内心却不悔过，就有可能错上加错，越陷越深。

听得五戒禅师坐化，明悟禅师大惊，看到五戒禅师的《辞世颂》后，道："你如今虽得个男子身，长成不信佛、法、僧三宝，必然灭佛谤僧，后世却堕落苦海，不得皈依佛道，深可痛哉！"[1]想到这，慈悲的明悟禅师随之坐化圆寂，化身为佛印禅师紧随苏东坡而去，最终将不信佛的苏东坡度化为佛家弟子。

救人须救彻，这是菩萨的胸怀和理想。菩萨们不仅关心"现在"，更在意无限的"未来"。

苏东坡与佛印禅师，一个学富五车，一个才高八斗，两人年轻时就是好朋友。苏东坡志在功名，佛印禅师却喜欢佛学。为此，他们彼此都想把对方统一到自己的世界里。佛印禅师一直与世无争，随顺安祥；苏东坡却在官场浮浮沉沉，无以适从，最终在佛印禅师的感化下，皈依三宝，成了大罗仙。

苏东坡集儒释道于一身。但苏东坡也是经历过一番风雨后，才看到了心中的彩虹。先入世，后出世，苏东坡这种皈依三宝的方式，具有普遍意义。因为多数人都是以这种方式走进佛门。不撞南墙不回头，这也许是人类永远

---

[1] 明·冯梦龙.喻世明言[M].北京：人民文学出版社，2018：446.

的困惑。

佛教博大精深,文学作品在引用佛学知识时,往往可能屈从于作品主题思想的需要,从而出现了与原义有所偏差的意味。但这是文学允许虚构等创作规律所决定的,属于正常现象。如果有菩萨契而不舍的精神,文学作品就有可能成为人们通向佛教文化的另一道大门。

救人须救彻,学习无止境。

三十一、权力的轮回
——《闹阴司司马貌断狱》

对于权力的贪婪和妄为，人类的想象力往往是有限的。明码标价，卖官鬻爵，而且还是皇帝自己亲自操刀；如果一时疏忽，错估了行情，卖少了点，皇帝还会顿足懊悔，这就是汉灵帝时代最典型的权力腐败乱象。

"三言"时常会把我们拉回到历史的典型事件中，让我们在那里看祖先们的爱恨情仇、喜怒哀乐。也许有人会说，普天之下，莫非王土，汉灵帝怎么还如此贪得无厌，这岂不是变态吗？或许汉灵帝是前无古人后无来者，但权力贪婪的劣性却从未根除过，反腐倡廉永远在路上。

书生司马貌生不逢时，很不幸地出生在汉灵帝的时代。他怀才不遇，便吟诗作赋感叹天道不公。这天上的玉帝大人听了可不高兴，因为他认为，"人看目前，天看久远"，人间缺乏公平是事实，但这只是暂时的，因果轮回才是永恒不变的。为此，玉帝就命令阎王爷把司马貌抓到阴司，"权替阎罗王半日之位"，让他去看看那些历朝历代无数叫屈的阴魂，体验一下主持公道的快感，"凡阴司有冤枉事情，着他剖断。若断得公明，将功恕罪；倘若不公不明，即时行罚，他心始服也。"[①]

翻开案卷，件件都是后人熟知的大案要案，汉初就有四宗文卷，其中刘邦就当了两次被告。作者巧妙地通过因果轮回的方式，把汉初君臣和后宫之间的恩怨，巧妙地与三国时期的人物联系在一起，再次唤起人们对智慧与勇敢兼备的三国英雄的记忆，如诸葛亮、周瑜、刘备、曹操、孙权、关公、张飞，等等。

用梦幻的手法，把不同的历史故事，在因果轮回的牵引下，将不同时空的历史人物串联在一起，让人们在有限的时间里，看到人类的真善美和假丑恶，感悟人生的有限和无限。

---

① 明·冯梦龙.喻世明言[M].北京：人民文学出版社，2018：457.

"半日阎罗判断明，冤冤相报气皆平。

劝人莫作亏心事，祸福昭然人自迎。"①

坚定"善有善报，恶有恶报"的信念，这是本篇作品最突出的艺术手法，也应该是作者的宏大心愿。

---

① 明·冯梦龙.喻世明言[M].北京：人民文学出版社，2018：469.

三十二、有天堂就一定有地狱

——《游酆都胡母迪吟诗》

南宋末年，奸臣当道，忠良受难。"壮志饥餐胡虏肉，笑谈渴饮匈奴血。待从头、收拾旧山河，朝天阙。"如此壮怀激烈的民族英雄，却因为"莫须有"的罪名惨遭奸臣秦桧的毒手。

圣贤劝善，常说善有善报，恶有恶报。但害死岳飞的秦桧不仅富贵一生，而且子孙三代皆锦衣玉食，权势显赫。为此，刚直无私的秀才胡母迪愤愤不平，禁不住吟诗抒怀：

桧贼奸邪得善终，羡他孙子显荣同；

文山酷死兼无后，天道何曾识佞忠！[1]

文山就是文天祥，"人生自古谁无死？留取丹心照汗青"便是这位抗金英雄发出的赤胆忠心。

胡母迪的质问，也是大家的困惑。但阴府里的冥王听到人间的牢骚，很不高兴，随之叫小鬼把胡母迪领到阴府，让他亲眼看看什么是报应：秦桧、万俟卨、王俊等在风雷之狱中，被缚于铜柱，一卒以鞭扣其环，即有风刀乱至，绕刺其身；而秦桧之妻王氏则"裸而无衣，罩于铁笼中。—夜叉以沸汤浇之，皮肉溃烂，号呼之声不绝"[2]……

作者笔下的地狱阴森恐怖，令人不寒而栗。为何要写得如此血腥恐怖？如果你信佛教或基督教，那么想到地狱，无疑就是一种惊醒；如果普通人看了，也许是一种解气和宽慰，"是的，坏人就该如此"。

如果把一个人的命运放在一个有限的特定的时空中考察，得出的结论可能是单一的非此即彼，如甲作恶多端却位高权重，乙勤勤恳恳却一贫如洗。这样的结论，确实会有引发人们怀疑人生的可能，从而产生负能量。而如果把人的命运放在无限的时空中，以因果轮回的思想对其进行考量，

---

[1] 明·冯梦龙.喻世明言[M].北京：人民文学出版社，2018：475.
[2] 明·冯梦龙.喻世明言[M].北京：人民文学出版社，2018：477.

那么得出的结论就会让人宽慰许多。因为善有善报，恶有恶报；有天堂，就一定有地狱。

在世道艰辛的年代，文学如何才能起到慰藉心灵的作用，这对作家来说，无疑是个不小的考验。与本篇作品一样，"三言"中的其他一些作品也充满着因果轮回的思想，这是作者的无奈接受还是自觉选择？

三十三、黄金不老

——《张古老种瓜娶文女》

八十岁的卖瓜大爷想娶十八岁的妙龄少女，这可能吗？作品中的韦谏议就坚决不信。所以，当他知道张公想娶自己貌美如花的女儿文女时，怒不可遏，就用古今都在流行的激将法嘲讽张公——你有钱吗？给个十万贯（折算成人民币起码也是千万），女儿就归你。结果出乎韦谏议的意料，这张公真人不露面，还真是个隐形富翁、钻石王老五，随手一出，当日便将十万贯彩礼运到谏议家中。

这父亲并非贪图钱财，十万贯只是他拒绝老翁求亲的托辞而已，但因他的人生价值观出了问题，以金钱来衡量女儿的婚事，所以只能哑巴吃黄连，最终只得乖乖地将如花似玉的女儿嫁给了卖瓜大爷。

殊不知，"因嗟世上凡夫眼，谁识尘中未遇仙？"[①]原来卖瓜的张大爷和文女都是自在神仙的化身。那文女乃上天玉女，只因思凡，上帝恐其被凡人点污，故派上仙张古老以卖瓜大爷之态，度其返归上天。所以，作品在表现金钱耀武扬威的同时，可能还要告诫众人一个道理：人不可貌相，海水不可斗量。

因金钱而成为老夫少妻的事情，在今天可不是神话，而是活生生的新闻，人们早已司空见惯。一个喜人的售房小姐说，那些穿得整整齐齐、提着公文包的儒雅人，多数是来询价的；而手里随便提个麻袋的，才是真正来付款的。如果这麻袋里有百万千万，即使这提袋人七老八十的，只要透个风声说，除了买房，还想老有所乐，娶个老婆。那么，年轻漂亮的售房小姐，就有可能近水楼台先得月了。

作品写神仙故事，云里雾里，令人眼花缭乱。但说的都是人世间的世俗风情，尤其是金钱与人之间的恩恩怨怨。选择这样的角度观察当时的社会和

---

① 明·冯梦龙.喻世明言[M].北京：人民文学出版社，2018：497.

三十三、黄金不老　　·73·

生活，足见作者的敏锐眼光和先知先觉。因为以金钱衡量人生价值的倾向，自商品社会形成之后，就一直没有改变过。人类不断进化，黄金始终年青；社会不断进步，金钱这把刀也越磨越锋利了。

三十四、蛇有善恶 人须善良

——《李公子救蛇获称心》

作品讲述了两则人与蛇的故事。入话故事讲的是《孙叔敖埋蛇》的故事。昔日孙叔敖[①]曾路遇一条两头蛇,据说遇到两头蛇的人必死无疑,孙叔敖恐后人再见,以伤其命,故用砖打死而埋之。后来孙叔敖官拜楚相。故事启示人们,应该拥有一颗善良的心,宁愿自己吃些亏,也要让别人获益;多做好事一定会有回报。该故事十分经典,曾入选过九年义务制教材。

正文则讲述的是有关秀才李元无意中救一条小蛇而得到回报的故事。在民间,蛇还经常被称为小龙,李元所救的蛇正是小龙的化身,来自龙宫。李元也因此得到龙王的帮助,官至尚书。该故事与经典的柳毅传书[②]的传说颇为相似。

斩蛇有好报,救蛇也有好报,这又如何解释?

被孙叔敖打死的蛇,是条毒蛇,对人有害,所以孙叔敖是为民除害,理应得到人们的称赞。被李元放生的蛇,能与小孩一起戏玩,对人无害,人们就不应该伤害它,李元买蛇放蛇的行为是善良的体现。正所谓:赠人玫瑰,手留余香。

在传统的农耕社会里,人总免不了要与蛇打交道,而不像现在,只有动物园才能看到活生生的蛇。蛇有毒,但也有药用价值,它能维护自然生态环境。所以,如何与蛇共荣共存,就成了人们必须认真对待的问题。我们的祖先很伟大,他们不但教给后人化敌为友的技巧,而且还用丰富的想象力创作了许多有关人与蛇的神话传说、民间故事,如《白蛇传》《农夫与蛇》,等

[①] 孙叔敖:芈姓,蔿氏,名敖,字孙叔,河南省信阳人。春秋楚国人,相楚庄王,以贤能闻名于世。

[②] 柳毅传书:又称柳毅奇缘,是一个古老的中国民间爱情传说故事。秀才柳毅赴京应试,途经泾河畔,见一牧羊女悲啼,询知为洞庭龙女三娘,遣嫁泾河小龙,遭受虐待,乃仗义为三娘传送家书,入海会见洞庭龙王。叔钱塘君惊悉侄女被囚,赶奔泾河,杀死泾河小龙,救回龙女。三娘得救后,深感柳毅传书之义,请叔钱塘君作伐求配。柳毅为避施恩图报之嫌,拒婚而归。三娘矢志不渝,偕其父洞庭君化身渔家父女同柳家邻里相处,与柳毅感情日笃,遂以真情相告。柳毅难辞,遂订齐眉之约,结为伉俪。

等。当然，无论故事如何离奇魔幻，其目的还是着眼人间烟火。正如本篇作品一样，龙宫再金碧辉煌，书生李元终究还是要回到人间终其一生。

三十五、张弛有度的诗词魅力

——《简帖僧巧骗皇甫妻》

这是两个关于"错放书"和"错下书"故事，一个幽默雅致，一个笑中带泪。

"错放书"中的主人公宇文绶与妻子王氏都是读书人，夫妻皆有吟诗作词的雅好，只因为对某首诗词的理解出现误差，从而上演了一场从错怪对方到最终和解的人间喜剧。故事很简单，但展示出汉字和诗词的独特魅力，这也是本篇作品最突出的艺术特点。遗憾的是，这样的艺术特色在当代文学作品中已经很难见到了。如今，生活节奏加快了，从文字和诗词中寻找纯粹乐趣的人越来越少，中国传统文化的某些优秀特质已有式微的趋势。所以，"中国诗词大会"、"经典咏流传"等优秀电视文化节目的热播，无疑是盛世中的一种文化唤醒和回归。

"错下书"则是一个和尚骗婚的恶作剧。一提和尚，就离不开情欲，无论是正还是邪，这是"三言"的又一个特点。为了得到皇甫松的妻子，和尚设计伪造了一个简帖儿、一对落索环儿、两只短金钗等三样为自己和皇甫妻的私情物，以蒙骗皇甫松。那简帖儿后面还附有《诉衷情》小词一首：

知伊夫婿上边回，懊恼碎情杯。落索环儿一对，简子与金钗。伊收取，莫疑猜，且开怀。自从别后，孤帏冷落，独守书斋。[①]

皇甫松读罢，果然中计，只见他"劈开眉下眼，咬碎口中牙"[②]，一怒之下，不分青红皂白便把妻子给休了。

借助诗词展开沉重的故事情节，在此作者又一次尽情地嘲讽和批判了封建礼教的虚伪和残忍。古人看重贞节，为了所谓的面子，一旦发现或怀疑妻子红杏出墙，不加任何辨析，便会休了她；或许在真相大白后，可能会伤心会后悔，可是又有什么用呢？而现在，即便是真的出了轨有了外遇，夫妻俩

---

① 明·冯梦龙.喻世明言[M].北京：人民文学出版社，2018：512.
② 同上。

也可能会为了孩子，为了面子，仍凑合着过，有人说，这叫且行且珍惜。同样是为了面子，但处理的方式截然不同。

"错放书"之诗恢谐有趣，"错下书"之词浮薄凝重，一缓一急，张驰有度，足见"三言"妙用古典诗词之功力。

三十六、始知官好民自安

——《宋四公大闹禁魂张》

史书上记载，石崇①是西晋时期的富豪。他是官二代，但并非啃老族，而是通过自己的努力与奋斗，一步步从基层干部上升到朝廷大员。只不过他官越当越大，欲望也就越来越膨胀，甚至为了满足自己的财富欲望，曾经还做过拦路抢劫的盗贼。

而作品中的石崇发迹前乃以弓箭射鱼为生，机缘巧合，偶遇被欺负的上江老龙王，他帮助老龙王射杀了化身为大鱼的下江小龙。为了报恩，老龙王屡屡以金银珠宝馈赠，致其富可敌国。此后他又用馈赠得来的宝玩买通权贵，官至太尉之职，可谓富贵两全。有了钱，他又爱摆阔斗富，纵情纵欲无度，铺张奢华致极，最终惹祸丧身。

当然，作品所表现的那种杀只鱼而获巨额财富的故事只是神话里才有，但也不能因此就认为作者在胡编乱造，因为作品中人物的经历、品质底色和人生结局基本上与史料相符。

"三言"有不少作品是以历史上的真实人物为原型，作者根据作品内容、主题或情节发展的需要进行了虚构和渲染，故事情节有真有假，但无论是真还是假都不可避免地刻上了作者的主观烙印。

那么，作者为何要以石崇的人生境遇来警戒后人呢？原因至少有二。其一是力求入话故事和正文在某些内容上的一致性或相似性，如正文要说的正是盗贼的故事，而历史上的石崇本身就有劫掠富商的恶行；其二是以历史人物为原型，可以增强故事的可信度。

文中的人物形象，如吝啬的张富，愚蠢的官府，狡猾的盗贼，个个栩栩

---

① 石崇（249年—300年），字季伦，小名齐奴。渤海南皮（今河北南皮东北）人。西晋时期文学家、官员、富豪，"金谷二十四友"之一，大司马石苞第六子。早年历任修武县令、城阳太守、散骑侍郎、黄门郎等职；吴国灭亡后，获封安阳乡侯，累官南中郎将、荆州刺史、南蛮校尉、鹰扬将军等职；在任上劫掠往来富商，因而致富。其后任徐州刺史、卫尉等职。永康元年（300年），被诬陷为乱党，遭夷三族。晋惠帝复位后，以九卿之礼安葬他。

如生。特别是宋四公等盗贼的偷盗故事，戏弄官府游刃有余，生动有趣。这里既有白描的手法，又有细腻的刻画，写出了盗贼鲜活的生活状态，反映了市井底层一个鲜为人知的隐秘的生活侧面。逢精彩处，比电视里的小品还逗笑，比电影里的悬案还玄妙。

盗贼有机智灵活的一面，但手段太血腥了。为了钱，杀个人似乎成了他们的家常便饭；而官府又无能，屡屡被盗贼戏弄得焦头烂额。果真是这样的话，社会岂不乱了套？小说在结尾处写到："直待包龙图相公做了府尹，这一班贼盗，方才俱怕，各散去讫，地方始得宁静。"①有诗为证：

只因贪吝惹非殃，引到东京盗贼狂。亏杀龙图包大尹，始知官好民自安。②

---

① 明·冯梦龙.喻世明言[M].北京：人民文学出版社，2018：543-545.
② 明·冯梦龙.喻世明言[M].北京：人民文学出版社，2018：545.

三十七、杀戮与慈悲

——《梁文帝累修归极乐》

在中国历朝历代的皇帝中,梁武帝萧衍是个异类。他博学多才,勤于政务,倡导节俭,五十多岁起就不近女色,他虽然活到八十六岁,却是被活活饿死的。在位期间,他曾四次要出家,王公大臣无奈之下,只好用大量的钱财把这位皇帝从寺庙里赎回皇宫,大量国库的钱财便流入寺庙之中。

梁武帝为何如此迷恋佛教?个中缘由众说纷纭。作者在此用因果轮回的佛教思想,编写了一个梁武帝的离奇曲折故事,类似的故事在"三言"中还有不少。以现代人的眼光去审视,人们或许会觉得有点荒唐,只听说过君王不爱江山爱美人,哪里会有不爱江山爱当和尚的?

评判一件事情,回到当时的历史背景中,才是比较明智的选择。

从某种意义上讲,作品中的佛教思想越浓,否定现实的色彩就越厚。选择梁武帝笃信佛教为题材,正是对腥风血雨的封建社会最有力的嘲讽。梁武帝是从战场中走出来的帝王,对于血腥的杀戮,他一定有自己的看法。作品中的他虽得天下,"终是道缘不断,杀中有仁",下令以粉面替代牲畜做祭品,永为定制;为超度郗后[①]及百万狱囚脱离地狱之苦,他设盂兰盆大斋[②],亲造《梁皇忏》之经,地狱为之一空,等等。这些似乎都在暗寓梁武帝对杀生的厌恶,他正在从杀戮向慈悲转变。

用佛教的思想去解释日常生活中的点点滴滴,这样的表现手法在"三言"中经常出现。所以,如果没有一定的佛学常识,阅读"三言"一定会遇到挑战,甚至产生不少困惑或误解。

---

① 郗后:名徽,梁武帝宠妃,善妒。据民间传说,郗后死后化身大蟒蛇,在地狱受苦。《南史·后妃传·梁武德郗皇后》有载。

② 盂兰盆大斋:佛教中七月十五日做法事,施佛斋僧。相传每年七月十五日地狱大门打开,阴间的鬼魂会放禁出来。有子孙、后人祭祀的鬼魂回家去接受香火供养;无主孤魂就到处游荡,徘徊于任何人迹可至的地方寻找吃的东西,所以人们纷纷在这一天举行设食祭祀、诵经作法等布施活动,以普度孤魂野鬼,防止它们为祸人间。七月十五日道教称之为"中元节",佛教称之为"盂兰盆节"。

三十七、杀戮与慈悲

三十八、理性与情绪

——《任孝子烈性为神》

  任珪笃实本分，孝顺勤劳。老婆圣金却水性杨花，与他人勾搭成奸，而且还诬陷嫁祸任珪的父亲。是可忍，孰不可忍？任珪知道这件丑事之后，十分气愤，便准备杀死圣金及其奸夫，以此报复老婆对自己及父亲的伤害。那么，任珪的这样处理方式合适吗？

  同一件事情，不同的人往往有不同的看法。

  父亲告诫儿子说，不要乱来，休了圣金，另娶个贤惠的媳妇就好了。父子情深，父亲是从儿子和家庭的利益角度考虑问题，他的话语可谓肺腑之言。任珪原本是个大孝子，父亲发自内心的告诫理应听从，何况年老眼瞎的父亲还需要他的照顾，但是知晓真相的任珪却被愤怒冲昏了头脑。

  单位老板张员外劝导任珪，要忍耐，凡事须三思而后行，冤家宜解不宜结，不要事情没做成，反而把自己给弄进监狱，枉受了苦楚，到时后悔就来不及了。任珪做事踏实认真，深得老板赏识，双方感情深厚，所以无论是从自己还是任珪的角度出发，老板都希望任珪冷静思考，不要一时冲动，做出害人害己的蠢事，但冲动的任珪听不进去。

  理性的劝导任珪听不进去，而一些煽情的、不负责任的鼓动却让他杀心顿起。当时任珪刚在岳家被当作窃贼痛打一顿，郁闷得很，突闻事情真相，以及"（世间竟）有这等没用之人！被奸夫淫妇安排，难道不晓得？""若是我，便打一把尖刀，杀做两段！那人必定不是好汉，必是个煨脓烂板乌龟"[1]等煽动之言，顿时怒火心中烧，恶向胆边生，任珪立马取钱买了一把尖刀当凶器。看热闹的不嫌事大，事不摊在自己的身上，说起话来往往信口开河，不计后果。

  而当任珪行凶案发之后，一大帮的邻里街坊都称他是"真好汉子！"这

---

[1] 明·冯梦龙.喻世明言[M].北京：人民文学出版社，2018：573.

样的赞美与陌生人的自我吹嘘有啥区别？理性往往就是如此被淹没在道德的热潮中，丧失了其应有的价值。

　　冲动是魔鬼。任珪因为无法控制情绪而伏法，但官府的判决又耐人寻味，"奸夫淫妇，理合杀死"，但杀了三个无辜之人，还是要凌迟的。这是为了平息民愤，还是法律鼓励人们杀死奸夫淫妇？最后，作品还通过任珪凌迟前的自然坐化，以及因忠烈孝义而被玉帝任命为牛皮街土地等虚构情节，肯定了任珪的行为。那么，任珪的行为到底是错还是对？这是作品的矛盾之处，又是当时社会价值观混乱的真实写照，也是作者对理性与情绪、道德与法律这两个关系所做的有益思考。

三十九、罪魁祸首

——《汪信之一死救全家》

南宋高宗太皇吃了北宋东京名厨宋四嫂（跟高宗一样，由北到南）的鱼羹赞不绝口，因而人人争买，宋四嫂遂成巨富；太皇为西湖边的一家酒店题词赋诗，游人争先观看，酒店从此生意暴棚。但作者并非为粉饰太平而来，话锋一转，便让人看到了作者的真实意图。"那时南宋承平之际，无意中受了朝廷恩泽的不知多少。同时又有文武全才，出名豪侠，不得际会风云，被小人诬陷，激成大祸"[①]。那么，为何会有这种悲剧发生呢？

汪革白手起家，靠开垦荒山、卖炭冶铁，数年间，发家致富，成为一乡豪杰；他还十分关心国事，上书朝廷要居安思危，不能解散江淮等东南重地的地方武装"忠义军"，因为这"忠义军"就是为了备战和收复过去被占领的山河而建立的。可惜的是朝廷只醉心于西湖美景，"忠义军"最终还是被解散了。

官府解散了"忠义军"，又未能妥善安置被遣散的兵士，结果就引起了一系列社会问题。"忠义军"里的程氏兄弟，一身好武艺，但由于突然被驱逐，生活无着落，便想着去投奔旧识太湖教头洪恭，洪教头又将程氏兄弟介绍给汪革，由此便上演了一出以怨报恩的惨剧。作品正是通过汪革一家悲惨命运的描写，有力地揭露了官府的黑暗，暗示朝庭没有居安思危才是造成社会惨剧的罪魁祸首。

文学作品除了着力表现主题之外，当然还会有其他丰富作品内容的描写。如当汪革一家遭难时，不同的人有了不同的盘算和反差巨大的言行。程氏兄弟因未能如愿得到汪革的支助，便设计诬陷汪革谋反，但汪革素性轻财好义，因此官府捉拿汪革时，枢密府的人与他通风报信，他得以连夜逃脱；好友郭择亦期望通过自己的劝谕，周全其事，不料反倒被汪革杀了；平素好

[①] 明·冯梦龙.喻世明言[M].北京：人民文学出版社，2018：582.

酒好菜招待的好汉，遇事后却陆续跑散，等等。如此一比，人间冷暖自然清清楚楚，真情假意也分得明明白白，一幅势利与真诚交织的世俗生活画卷便跃然纸上。

四十、巧妙的对比

——《沈小霞相会出师表》

鞠躬尽瘁，死而后已。沈炼刚正不阿，以孔明的出师表为座右铭，勇于对抗恶势力，却惨遭严嵩父子迫害。正义可能会迟到，但绝不会缺席。严嵩父子最终受到严惩。作品主题明确，结构清晰，而用于表现主题内容的对比艺术手法更是巧妙自然。

严嵩专权，朝廷里有与之同流合污的，有表面奉承心里不服的，也有多数敢怒不敢言的沉默的，等等，有邪有正，但像沈炼这样正直又不怕死的，只是个别。也许这正是官场形态的真实写照："嫡亲五口儿上路，满朝文武，惧怕严家，没一个敢来送行。"①明哲保身者多，大义凛然者少。

沈炼在朝庭的处境十分悲凉，在民间却是另一番景象。"却说保安州父老，闻知沈经历为上本参严阁老贬斥到此，人人敬仰，都来拜望，争识其面。也有运柴运米相助的，也有携酒肴来请沈公吃的，又有遣子弟拜于门下听教的。"②真情民间在，朝庭何须眷恋。

然而即使沈炼离开了阴暗的朝庭，官场的黑影却仍紧紧相随。正与邪又一次开始面对面地交锋了。代表民众正义力量的贾石，千方百计地帮助和保护沈炼一家，而严嵩在地方官府的代理人杨顺，则听命于恶势力，想尽办法陷害沈炼一家人。在这正与恶的对比与交锋中，封建社会的真实生活得到了更加全面的反映。

严嵩倒台，看似是因为大臣的参奏，其实是皇帝好恶而致的结果。沈炼参过严嵩，皇帝却说："沈炼谤讪大臣，沽名钓誉，着锦衣卫重打一百，发去口外为民。"③也就是说，沈炼不但没参倒严嵩，反而被皇帝重罚了，因为皇帝当时还重用严嵩。几年之后，"从此嘉靖爷渐渐疏了严嵩。有御史邹应

---

① 明·冯梦龙.喻世明言[M].北京：人民文学出版社，2018：608.
② 明·冯梦龙.喻世明言[M].北京：人民文学出版社，2018：610.
③ 明·冯梦龙.喻世明言[M].北京：人民文学出版社，2018：607.

龙，看见机会可乘，遂劾奏严世蕃凭藉父势，卖官鬻爵，许多恶迹，宜加显戮。"①这劾奏的罪状几乎与沈炼之前所说的一样，但这次皇帝采纳了，严嵩在皇帝的心中不重要了，邹应龙也因此升官了。可见朝庭腐败，不仅仅是贪官的错，皇帝更有责任。前后两次参奏结果一对比，封建社会落后的根源便暴露无余。

对比手法在作品中的运用还有许多。如同样是妇人，沈炼的妻子因为愚腐而导致两个儿子遇难；沈襄的妻子因为机智而救了丈夫的性命。巧妙的对比无所不在，这便是本篇作品最突出的艺术表现手法。

---

① 明·冯梦龙.喻世明言[M].北京：人民文学出版社，2018：630.

中 篇

《警世通言》

第二章

《青面獸》

一、知音难觅

——《俞伯牙摔琴谢知音》

浪说曾分鲍叔金，谁人辨得伯牙琴。

于今交道奸如鬼，湖海空悬一片心。①

管鲍之交，千古美谈，因为难以做到，故备觉可贵，尤其是在言不离钱的商品经济社会。然而这是一种从物质层面上区分朋友间亲密程度，属于知己；而笔者以为更高层次的朋友关系，应该是一种精神上的契合，即知音。正题中的俞伯牙和钟子期之于音乐之中的心灵感应，才是"声气相求"的知音。

看得进去，读得有趣，还能共鸣，这是优秀小说的基本功能。俞伯牙很有趣，出公差，还"就便省视乡里，一举两得"②。

初见子期是个砍柴的樵夫，见他"头戴箬笠，身披蓑衣，手持尖担，腰插板斧，脚踏芒鞋"③，便全无客礼，亦不呼手下人看茶；对答如流后，见识了子期的才华，便结拜为兄弟，彻夜畅谈。作者采用这样先抑后扬的写法，不外乎是为了突出二人之间的友情。二人相识一波三折，终成知音。

二人称兄道弟后，伯牙力劝子期走仕途。岂知子期是个大孝子，不把功名当回事。因为找到了知音，伯牙又慷慨解囊，赠黄金二笏④用于孝顺子期父母。不料嗜书如命的子期把伯牙的资助用于购书苦读，导致英年早逝。伯牙与子期一个平民，一个贵族，似乎在身份上很难平等，但因共同的爱好而走到了一起，成为知音。正如书中说的那样，石中有美玉，如以貌取人，就会误了人才。"门内有君子，门外君子至。"⑤是啊，你是个怎么样的人，呈现

---

① 明·冯梦龙.警世通言[M].北京：人民文学出版社，2018：1.
② 同上.
③ 明·冯梦龙.警世通言[M].北京：人民文学出版社，2018：3.
④ 笏：古代君臣在朝廷上相见时手中所拿的一种仪式用具。这里指黄金的样式，是古代金银的计算单位。古时铸金银成笏形，一枚为一笏，一笏二十四两。
⑤ 该句被收入明代《增广贤文》之五百三十一。

在你面前的世界就是怎么样的。

伯牙与子期见面交流时的一问一答,十分精彩,未读过《论语》的,可能感受不深;读过的,就会有温故而知新的愉悦。润物细无声,知识的积累,会让人在阅读时占尽便宜,因为阅读过,所以体悟更深,心情也更爽朗。例如,当兄弟二人言犹未尽时,伯牙盛邀子期一道出游几天,子期说,"父母在,不远游。"伯牙就建议子期回家告诉父母后,再一道出游,这不就"游必有方"?然而子期则给出了问题的关键,他说,如果父母不同意,自己还不是照样不能出来?

长期以来,对孔子"父母在,不远游。游必有方。"①这句话的理解不尽相同,但冯梦龙则用几句对话就把"方"给颠覆了:孔子是伟大的,但他的话并非句句是金子,也有漏洞。因为"游必有方"并不是为子女者出游的决定因素,父母的态度才是问题的最关键。即使是知音,也不能为了共同的梦想说走就走。

俞伯牙和钟子期的故事最早见于《列子·汤问》②,该篇故事连同标点符号仅170个字,而后被收入《吕氏春秋·本味篇》,取题《伯牙绝弦》③则更为简洁,仅96字符。二则故事简单明了,都是通过伯牙鼓琴,钟子期听之便能精确道出琴之深意,二者宛然是一对志同道合的知音。

然而经冯梦龙改编之后,便广为流传,迅速走进寻常百姓家。

生活中,不知有多少人感叹过"人生难得一知己,千古知音最难觅"?

---

① 该句出自《论语·里仁》,意思是:父母在世,不出远门;如果要出远门,必须告知自己所去的地方。"方"指"一定的去处",也指"方法"。即父母身体健康时外出,要让父母知道你的去处是安全的;如果父母的身体需要照顾,而自己又需要外出就"必须"安排好照顾好父母的"方法"。"方"是"游"的关键。

② 《列子·汤问》:伯牙善鼓琴,钟子期善听。伯牙鼓琴,志在登高山,钟子期曰:"善哉!峨峨兮若泰山!"志在流水,钟子期曰:"善哉!洋洋兮若江河!"伯牙所念,钟子期必得之。伯牙游于泰山之阴,卒逢暴雨,止于岩下,心悲,乃援琴而鼓之。初为《霖雨之操》,更造《崩山之音》。曲每奏,钟子期辄穷其趣。伯牙乃舍琴而叹曰:"善哉,善哉,子之听夫!志想象犹吾心也。吾于何逃声哉?"

③ 《伯牙绝弦》:伯牙鼓琴,钟子期听之,方鼓琴而志在泰山,钟子期曰:"善哉乎鼓琴!巍巍乎若泰山"。少时而志在流水。钟子期曰:"善哉鼓琴,洋洋乎若流水"钟子期死,伯牙摔琴绝弦,终身不复鼓琴,以为世无足复为鼓琴者。

一、知音难觅 ·93·

俞伯牙摔琴谢知音

二、虚伪与情欲

——《庄子休鼓盆成大道》

如今,有不少大受观众吹捧的电视古装剧,其中的一些历史人物形象却与史书里记载的不一样,有的还相差甚远。因此,就有人认为,这是在误导观众,是不尊重历史。殊不知有演戏的,就有看戏的和有论戏的,这没什么可奇怪的。但如果看了《庄子休鼓盆成大道》,了解了冯梦龙对待圣哲的态度,评论者或许会对合理的改编释然一些。

生,寄也;死,归也。活着只是暂居异乡,死了才是真正回家。任何形式的死亡都是平静自然的,都充满着回家的喜悦和温馨,这是庄子对生命的理解。庄子著名的"鼓盆而歌"[①]典故,既说明了庄子勘破生死、对妻子之死抱着欣然旷达的态度,又让人透过表层看到了其内心深处的无限悲哀与无奈,是谓"重生而轻死"。但是为了表达自己的创作理念,作者硬是把伟大的圣哲世俗化了,将鼓盆而歌的原因说成是,庄子痛恨妻子因情欲而违背守寡的诺言。庄子倡导清心寡欲,但还是过着夫妻生活,他有三任老婆,"死一个,娶一个,出一个,纳一个"[②],对妻子的不守寡却耿耿于怀。心胸这么狭隘,这哪里是史书上的庄子?其实,庄子讨厌的是面前信哲旦旦,转过头来就翻脸不认人的虚伪做作。庄子对女人的情欲还是十分理解和同情的。

一天,庄子出游,看见一位妇人在新筑的坟墓旁用扇子扇坟土,庄子就好奇地问其原因。妇人回答说:"家中乃妾之拙夫,不幸身亡,埋骨于此。生时与妾相爱,死不能舍。遗言教妾如要改适他人,直待葬事毕后,坟土干了,方才可嫁。妾思新筑之土,如何得就干,因此举扇扇之。"[③]听了妇人这段表白之后,庄子便行起道法,坟土顿干,帮助妇人了却了心愿。

借他人之酒杯,浇心中之块垒。对于作家而言,只要有利于自己思想感

[①] 鼓盆而歌:表示对生死的乐观态度,也表示丧妻的悲哀。出自《庄子·至乐》。
[②] 明·冯梦龙.警世通言[M].北京:人民文学出版社,2018:17.
[③] 明·冯梦龙.警世通言[M].北京:人民文学出版社,2018:16.

情的表达，任何历史传说都可以借用并进行有机改造，以丰富作品的内容，提升作品的艺术价值。当然，借用和改造并不是完全脱离历史记载或传说，而是一种打断骨头连着筋的关系。本作品就是一个较为成功的改编范例。

庄子鼓盆成大道

三、笔墨落处皆是情
——《王安石三难苏学士》

王安石和苏东坡都是北宋著名的文学家，有关他们之间的爱恨情仇众说纷纭，也留下了许多千古传诵的佳话。

史料记载，王安石与苏轼政见不合。王安石是北宋时期的改革派，苏东坡对王安石的改革持有不同意见，曾因"乌台诗案"[1]而被贬出京城，降职处分。但本篇作品没有去关注官场残酷的你争我夺，而是将笔墨落在美好的事物上，没有一点政治斗争的血腥味，有的只是温暖的诗情画意。苏东坡的被贬，只是其恃才傲物的结果。王安石让苏轼前往黄州任职，别有深意，是要让苏东坡去深刻领悟"见不尽者，天下之事；读不尽者，天下之书；参不尽者，天下之理"[2]的道理，其处理问题的手段与方法也是温柔得体的。

"三言"讲故事讲道理，同时也在传播中华文化。中华文化博大精深，汉字作为传达文化的主要载体，其魅力独特，蕴藏着丰富的审美和诗意，极富表现张力，古代文人墨客就常以文字为游戏，进行智力竞赛。作品中王安石与苏东坡那段关于"坡""鸠"的字形义辨析，妙趣横生，惹人会心一笑。

古代诗词也是中华文化的瑰宝，将诗词与生活联系在一起，更是别有一番滋味。如苏东坡错用"秋花不比春花落，说与诗人仔细吟"来质疑王安石的诗句"西风昨夜过园林，吹落黄花满地金"[3]，便是强调认真观察生活的重要性。原来人们日常所见的菊花即使焦干枯烂也不落瓣，唯独黄州的菊花是落瓣的，苏轼不知其中的奥妙，反而弄巧成拙了。可见凡事都具有普遍性和特殊性。

---

[1] 乌台诗案：北宋元丰二年（1079年），御史何正臣上表弹劾苏轼，奏苏轼移知湖州到任后谢恩的上表中，用语暗藏讥刺朝政，御史李定也曾指出苏轼四大可废之罪。这案件先由监察御史告发，后在御史台狱受审。"乌台"，即御史台。故此称案为"乌台诗案"。
[2] 明·冯梦龙.警世通言[M].北京：人民文学出版社，2018：26.
[3] 明·冯梦龙.警世通言[M].北京：人民文学出版社，2018：28-29.

而作品中王安石关于三峡水的辨识，更是令人拍案叫绝。原来三峡上中下的水各具特点。《水经补注》①中记载：上峡水性太急，味浓；下峡太缓，味淡；唯中峡缓急相半，处浓淡之间，利于煎药治病。这种理论有些神乎其神，但在笑谈中，既普及了三峡水知识，又倡导了以儒家中庸之道来分析问题的思想，可谓一石二鸟。

王安石和苏东坡在一起所碰撞出来的思想火花、文化光芒，令读者目不暇给、美不胜收。当然作者在展示传统文化魅力的同时，还希望人们不要自傲，要谦逊一些。因为无论你的本领多高强，都还有"山外有山，天外有天"，"以东坡天才，尚然被荆公所屈。何况才不如东坡者"②！

---

① 《水经补注》：明代杨慎撰，是对北魏郦道元《水经注》的原有注释加以补充或驳正。
② 明·冯梦龙.警世通言[M].北京：人民文学出版社，2018：37.

四、百姓利益高于天

——《拗相公饮恨半山堂》

这也是一篇关于王安石的故事。可是此处作者笔锋一转，话题由原来的轻松转为沉重。该故事是以王安石变法为背景，讲述了变法失败后，王安石的不幸遭遇和反思。

宋神宗时期，王安石发动了一场旨在改变北宋建国以来积贫积弱局面的社会改革运动，称为王安石变法。变法的初衷是发展生产，富国强兵，挽救宋朝政治危机，实施后也取得了一定的积极效果，但在推行过程中由于部分举措的不合时宜和实际执行过程中的运作不当，不但损害了百姓的部分利益，而且也遭到大地主阶级的强烈反对，最终因宋神宗的去世而告终。

在王安石变法这件事上，作者基本上持否定态度，认为变法损害了老百姓的利益，而变法失败的主要原因是王安石的性格固执和听信小人。这也是本篇作品的浓墨重彩之处。

作者没有站在评判者的高度直接写出变法给百姓带来的危害，而是通过王安石辞职到南京养老途中的遭遇，借老百姓之口，形象地反映了老百姓对变法的不满和怨恨。当王安石主仆四人行至钟离（今凤阳）时，一经纪人当面吐槽新法，"伤财害民"，"民穷财经"等；走进一家茶坊，只见壁间题着一绝句："祖宗制度至详明，百载余黎乐太平。白眼无端偏固执，纷纷变乱拂人情"[1]；行至一道院休息时，又见朱墙上贴着一首骂诗，"排尽旧臣居散地，尽为新法误苍生"[2]；到茅厕登东[3]时，土墙上也写着一首八句诗，末句为"最恨邪言'三不足'，千年流毒臭声遗"[4]；投宿民家时，又是看到新粉壁上的一首律诗，诗中写到"奸谋已遂生前志，执拗空遗死后名"[5]；还有

---

[1] 明·冯梦龙.警世通言[M].北京：人民文学出版社，2018：43
[2] 同上。
[3] 登东：上厕所解手。
[4] 明·冯梦龙.警世通言[M].北京：人民文学出版社，2018：44.
[5] 明·冯梦龙.警世通言[M].北京：人民文学出版社，2018：45

借宿中的柱杖老叟、老妪等皆对变法深恶痛绝，等等。这一路过来，几乎到哪哪都有百姓的怨声，王安石心里的震惊可想而知。

站在老百姓的立场上、用百姓的眼光去评价一场社会变革活动，无疑最有说服力。作者凭借自己极具穿透力的观察和思考，形象生动地描写了王安石对待社会批评的态度和言行的转变发展过程，既肯定了王安石的人格，也肯定了王安石变法的初衷和才华及其反思精神，只是对其执拗的性格和用人不当进行讽刺和批评。

当然作者也并未忽略对作品客观性的追求。时间是最公正的审判者，对于描写历史事件的文学作品而言，只有从百姓利益出发和坚持客观的创作态度，作品才有可能启发后人，历久弥新。

五、都是金钱惹的祸
——《吕大郎还金完骨肉》

  这也是个善有善报、恶有恶报的故事，但它非同寻常，应该是"三言"众多因果报应作品中的最具有典型性的代表作，离奇、生动，又富有鲜明的时代特征。

  小说也需要开门红。金员外悭吝的入话故事充满着喜剧色彩，但夸张之中又摇曳着现实的影子，因为它似乎就发生在我们身边。

  家财万贯却又悭吝至极的金钟员外平生有"五恨"：恨天，恨地，恨自家，恨爹娘，恨皇帝[①]。为什么？因为天有冷的时候，需要费钱来添置衣物；地不凑趣，树木长得不一样齐整如意；自家肚子会饿，费粮食；父母有亲朋好友往来，费茶费水；皇帝要收取田地税。还有"四愿"：愿得邓家铜山[②]，愿得郭家金穴[③]，愿得石崇的聚宝盆[④]，愿得吕纯阳祖师点石为金那根手指头。

  有这样的愿望和梦想，本无可厚非，但金员外竟然吝啬到利令智昏的地步，因为舍不得三斗米，害人不成反而害得自己家破人亡。

  其实，金员外除了上述"五恨"之外，他还有一恨，就是恨僧人。老婆信佛，喜欢吃素行善，好布施。金员外喜她吃素，却恨她行善，常将财物布施与老僧。为了杜绝僧人上门，金员外将砒霜装入饼子里，赠与和尚，岂料那饼子几经辗转，竟然被他的两个儿子吃了，登时一命呜呼，老婆忍熬不过上吊自尽了，金员外自己也因此病死，万贯家财最终被亲戚抢个罄尽。这样

[①] 明·冯梦龙.警世通言[M].北京：人民文学出版社，2018：51.
[②] 邓家铜山：西汉时期文帝刘恒将蜀郡的铜矿赐给他的宠臣邓通，并准许邓氏自行铸造通用钱，邓氏大富。
[③] 郭家金穴：东汉时期光武帝刘秀皇后的兄弟郭况，是个豪门国戚，富可敌国，豪华奢侈，时人称他的家为金穴。
[④] 聚宝盆：是民间故事中的一个财神宝物，可招财聚宝，是财富的象征。据传西晋时期有名的大富豪石崇的致富原因是拥有聚宝盆。史载则是他任荆州刺史时抢劫远行商客，取得巨额财物，以此致富。

的金员外，活脱脱就是中国版的葛朗台和泼留希金。

与入话故事截然不同的是，正题讲述了一个因行善侠义而一家骨肉团圆的故事。

扶危救困的侠客情怀，是老祖先留给我们的宝贵精神财富，但当商品经济社会来临时，其价值便有被弱化的趋势。吕大郎在回家的路上，发现有人在江里呼救，围观的人不少，但没有一个人愿意伸出援手。情急之下，吕大郎对众人说："我出赏钱，快捞救。若救起一船人的性命，把二十两银子与你们。"[1]话音未落，识水性的人纷纷跳入水中，须臾之间，一船人都获救了。在金钱面前，见义勇为有时显得多么柔弱。

为了寻找丢失的幼儿，吕大郎离家出外边谋生，边打听儿子的消息，途中拾到巨款，他主动归还给失主陈朝奉，而失踪的儿子又恰被陈朝奉所收养；为了救人，他不惜倾囊而出，其中获救者就有他的弟弟吕珍，等等。"世间惟在天工巧，善恶分明不可欺"[2]，吕大郎无意中，还金得子，赏钱救弟，这固然是其善行的结果，也是其仗义豪侠的本性使然。

奇怪的是像吕大郎这样的好汉，为何"也不免行户（妓院）中走了一两遍，走出一身风流疮"？在宋代或明代，去公开经营的妓院寻欢作乐是不犯法的，在经济条件允许的情况下，偶尔去逛逛，也不会给自己的声誉造成不利的影响。当然，如果像吕大郎这样弄出病来，那肯定是有百害无一利。

一个时代有一个时代的规距，一个时代有一个时代的喜怒哀乐，古人不会羡慕我们，我们也没有必要苛求古人，只要不做金钱的奴隶，生活就会有阳光。

---

[1] 明·冯梦龙.警世通言[M].北京：人民文学出版社，2018：59.
[2] 明·冯梦龙.警世通言[M].北京：人民文学出版社，2018：62.

肉骨完金还郎大吕

六、秀才功名皇帝梦

——《俞仲举题诗遇上皇》

司马相如和卓文君的故事,千古美谈,至今还被人传诵。男女为情私奔一直是文学作品的不朽题材,有时几乎成了至情至爱的代名词。但私奔之后的生活又如何呢?在古代文学作品中,才子佳人私订终身的结局一般是美好的,和相如文君一样,无非是才子登科,锣鼓喧天,有情人终成眷属,但也有例外。卓文君就认为,"秀才们也有两般。有那君子儒,不论贫富,志行不移;有那小人儒,贫时又一般,富时就忘了。"①

汉代的司马相如因著名的《子虚赋》和《上林赋》得到汉武帝的赏识,一时传为佳话,可谓实至名归;南宋秀才俞良又是如何得到高宗太皇的青睐而衣锦还乡的呢?

南宋孝宗时期,穷秀才俞良千里迢迢上临安赶考,无奈金榜无名,便流落街头,乞酒买醉,自甘堕落。伤心之余,偶作数诗,太上皇(即宋高宗②)因梦而找到了俞良,俞良运交华盖,因此当上了成都府太守,荣归故里。俞良的故事远不如司马相如精彩,作者为什么还要搬弄一番?醉翁之意不在酒。俞良应试失败后意志消沉,没有一点进取精神,仅仅因为太上皇的一个梦就飞黄腾达,这正常吗?可以说,是太上皇的荒唐改变了醉汉秀才俞良的命运。太上皇虽然退位了,但其影响力还无所不在,皇帝以及整个朝廷还都得听他的。

作品中的太上皇,平常只是寻欢作乐,而一旦高兴起来,无论对方品行如何,才能怎样,想让谁当官谁就能当官,谁都挡不住。李直因贪脏枉法被革职,太上皇仅听李直一面之词,就要皇帝给李直复职,即使宰相据理力争,建议皇帝不能睁着眼睛干瞎事,而皇帝却说:"此是太上主意。昨日发

---

① 明·冯梦龙.警世通言[M].北京:人民文学出版社,2018:66.
② 宋高宗:赵构(1107年—1187),字德基,宋朝第十位皇帝,南宋开国皇帝,在位35年。

怒，朕无地缝可入。便是大逆谋反，也须放他。"①随之，李直就官复原职。这个与秦桧一起制造岳飞父子谋反冤案，以"莫须有"的罪名杀害民族英雄岳飞的刽子手，连当皇帝的儿子对其都要退避三舍。

在高宗的阴影下生活，秀才们境遇的好或坏也就可想而知了。

"若使文章皆遇主，功名迟早又何妨。"②如果秀才想发迹变泰的话，最好是时时祈祷高宗做异梦或梦中见到自己的文章。

---

① 明·冯梦龙.警世通言[M].北京：人民文学出版社，2018：74.
② 明·冯梦龙.警世通言[M].北京：人民文学出版社，2018：78.

七、人间并非净土

——《陈可常端阳仙化》

这则小说篇幅较短，单刀直入，以入话诗直接入正题，叙述了宋高宗时期温州府秀才陈可常三举不第后的人生际遇。

三举不第，这对一个一心想通过科举考试实现人生理想的秀才而言，无疑是最沉痛的打击。在这种情形下，陈可常遁入空门，似乎顺理成章。然而他接下来的遭遇，却是福祸无常，让人猝不及防。

有人以为佛门是清静之地，其实是非从未离开过它，只要僧人们还要穿衣吃饭，尤其是在"普天之下，莫非王土"的封建社会里。

陈可常博学多才，"无书不读，无史不通"[1]，遁入空门后，一心念佛修道，颇得长老赏识，成了长老坐下的第二位侍者。

本以为从此可以通过努力，清静无为地奔向高僧的康庄大道，但魔鬼偏偏找上门来。郡王[2]看上了可常的才智，意欲抬举他，便"去临安府僧录司讨一道度牒"[3]，让他剃度为郡王府内门僧，法号可常。

从此，可常时常被邀到郡王府里吟诗作词，深得郡王赏识。幸福来得有点太突然，殊不知祸福相倚。一年后，因为郡王手下之人的诬陷，可常无端被严刑拷打，监在狱中，险些丢了性命。

一个已经对社会失去信心并潜心修道的人，也没能逃脱得了小人和官府共同织就的险恶之网。真相大白之后，可常从容坐化，临终前他留下《辞世颂》和意味深长的悲凉之语："吾今归仙境，再不住人间"[4]。

与这篇作品一样，"三言"中不少人物的人生选择都被披上神秘的色彩，或受到梦境、算命先生和异象等的启示，或遭遇特殊的境遇，等等。这

---

[1] 明·冯梦龙.警世通言[M].北京：人民文学出版社，2018：79.
[2] 郡王：中国古代爵位等级。此处应指宋高宗赵构续娶的吴皇后的兄弟吴益，秦桧的孙女婿。
[3] 明·冯梦龙.警世通言[M].北京：人民文学出版社，2018：81.
[4] 明·冯梦龙.警世通言[M].北京：人民文学出版社，2018：87.

样的描写与作者宣扬因果轮思想密切相关，同时也是为了避免在现实中有人可能对号入座所引发的不必要的麻烦。如果将梦境、异象等神秘情节抽离出去，小说的结构、主题等依然是完整的，不会受到什么影响。而这也正是作者编撰的高明之处。

一

八、阳光下的罪恶

——《崔待诏生死冤家》

"三言"篇目顺序的排列有个特点，就是把内容或主题相似的篇章排在一起，如该卷和第七卷（《陈可常端阳仙化》）的内容都与郡王们有关，而且都是嘲讽郡王们的假仁慈，揭穿他们的霸道和狠毒。

郡王的真实身份是什么？第七卷里的吴七郡王便是秦桧的孙女婿，秦桧是与宋高宗一起密谋杀害抗金英雄岳飞的元凶，其子孙三代在高宗时期都享受荣华富贵。咸安郡王这里指的是抗金英雄韩世忠，他因救过高宗的性命而被重用。可见无论是投降派，还是主战派，只要对高宗有利，都能加官进爵。巧合的是，无论是哪个郡王，他们都位高权重，只要在大街上看上任何一个平民百姓，随时都可以把他招进府里，听候使用。不幸的是，被招进府里的都没有善终，第七卷里的陈可常被迫坐化，本篇中的秀秀则被活活打死。

作者用魔幻的艺术手法，描写了一段美好生活的破灭与叹息。乘乱从郡王府出逃之后，秀秀和崔待诏这对相爱的青年男女，本可以凭借自己的手艺和勤劳过上寻常人家的平静生活。可郡王却不高兴了。当他得知秀秀和崔待诏的行踪后，硬是逼死了他们一家人。

具有讽刺意味的是，发现秀秀和崔待诏线索的是郡王的跟班，他是在受郡王之命前往救济抗金英雄刘两府（南宋抗金名将刘锜）的途中，得知了这一双恩爱夫妻的住处信息。一边在为英勇的将士行善，博取好名声；一边却残害弱小的百姓。这样的情节安排既巧妙自然又寓意深刻。

小说在崔待诏一家四口的死亡中渐渐落下帷幕，可怜又悲催；但开头的入话故事则春光明媚，文人墨客如苏东坡、秦少游、邵尧夫、曾公亮、朱敦儒等穿越时空汇聚一堂，因落花而诗兴大发，谁也不服谁。

不同的情境，巨大的反差，衬托出的正是作品所要表达的主题——阳光下的罪恶。

谁来推子孝柳
板敲起赞誉羽
爱轮

九、别样的李白

——《李谪仙醉草吓蛮书》

李白是诗仙，也是酒仙，一辈子与诗酒为伴，逍遥自在，令人羡慕。作者以诗与酒为线，选取精萃，编写了一则李白不畏权贵、爱国恤民和追求自由的精彩故事，读起来趣味盎然，可谓"虽不能至，心向往之。"

笔落惊风雨，诗成泣鬼神。李白这样的千古奇才，却无意于科举，因为"目今朝政紊乱，公道全无，请托者登高弟，纳贿者获科名；非此二者，虽有孔孟之贤，晁董之才，无自由达。白所以流连诗酒，免受盲试官之气耳。"① 后来，在朋友的劝导下，李白也想碰碰运气，但没钱行贿，好心的贺知章就写了一封推荐信给相识的试官杨国忠、高力士，然事与愿违——

杨高二人打开信一看，冷笑道："贺内翰②受了李白金银，却写封空书在我这里讨白人情，到那日专记，如有李白名字卷子，不问好歹，即时批落。"③

贺知章是个十足的君子，他并不谙熟托人办事的潜规则。杨高二人则以小人之心，度君子之腹，以为大家都送钱了，你贺内翰手里又没有可以交换的资源，却想空手套白狼，这岂不是小瞧了我们二人的智商？

作品中李白参加省试，其中遭杨国忠、高力士侮辱的情节是虚构的，却写得妙趣横生。杨高二人在李白试卷上乱笔涂抹，一个说李白只配磨墨，一个说只配着袜脱靴；李白则怨气冲天，立誓将来若得志，一定要二人为自己磨墨脱靴。

而另一个虚构的故事则更为精彩。番使赍书挑衅唐朝廷，泱泱大国竟无人能识番书。又是贺内翰推荐了李白，唐玄宗准奏。李白看了一遍番书，便当庭宣读如流，震惊朝廷。玄宗先是钦赐李白进士及第，后又加封翰林学

---

① 明·冯梦龙.警世通言[M].北京：人民文学出版社，2018：103.
② 内翰：唐宋指翰林，清代指内阁中书。
③ 明·冯梦龙.警世通言[M].北京：人民文学出版社，2018：103.

士。次日，李白奏请天子使杨国忠捧砚磨墨，高力士脱靴结袜，上殿举笔草诏，口代天言，一蹴而就，吓退番使。

中国古典文学中，描写将士为国杀敌建功的作品较为常见，而有关文人凭借诗文为国争光的故事却少之又少。李谪仙醉草吓蛮书的故事，前无古人后无来者，这是节操高尚的文人向往的境界，中国文人的情怀从此又多了些许亮丽的色彩。

李谪仙醉草吓蛮书

十、时代的力量

——《钱舍人题诗燕子楼》

《李谪仙醉草吓蛮书》表现唐代伟大的浪漫主义诗人李白的"旷达和豪放"及其爱国主义情怀，从而使李白的形象更加饱满生动；而唐代伟大的现实主义诗人白居易在本篇作品中却显得"保守与迂腐"，这当然不是历史上真实的白居易，只是文学创作的产物，是作者"借他人之酒杯，浇心中之块垒"的权宜之计。因为本篇主要运用象征的手法，来表现旧时代和新时代不同的精神面貌和心理状态，白居易只是一个被借用的易于引起关注的符号而已。

唐代末期，一位叫张建封的礼部尚书告老还乡，准备安享晚年。一次，在迎接中书舍人白居易的宴会上，张建封却老当益壮，瞬间被名妓关盼盼迷住了。为此，他专门建造了名为燕子楼的豪宅，用于包养关盼盼。但彩云易散，皓月难圆。不久，张建封老先生病死了，关盼盼伤心欲绝，就写了许多伤怀的诗词，但又觉得曲高和寡，怕别人理解不了自己的深情，就想到了大诗人白居易，便把写好的三首诗寄给了白居易。结果却让盼盼大失所望。大诗人先是对她从此不再接触男人的决心表示赞赏，但最后又赋诗一首，既然感情那么深厚，她又为什么不跟随老头子一起"走"呀？

"黄金不惜买蛾眉，拣得如花只一枝；

歌舞教成心力尽，一朝身死不相随。"①

这当头一棒，打得关盼盼悲泣哽咽，直喊冤枉，备感孤独，郁郁而终。

唐朝去了，宋朝来了。万象更新之际，宋朝的中书舍人钱易②也来到燕子楼，并倚栏感叹：

"昔日张公清歌对酒，妙舞邀宾，百岁既终，云消雨散，此事自古皆然，不足感叹。但惜盼盼本一娼妓，而能甘心就死，报建封厚遇之恩，虽烈

---

① 明·冯梦龙.警世通言[M].北京：人民文学出版社，2018：120.
② 钱易：字希白，北宋时期翰林学士。作品中的钱易是个好官清官。

丈夫何以如此。何事乐天诗中，犹讥其不随建封而死！实怜守节十余年，自洁之心，泯没不传，我既知本末，若缄口不为褒扬，盼盼必抱怨于地下。"①

  同为中书舍人，为何看法完全不同？只因时代变迁。白居易处在唐代末期，一个即将被更替的年代，他对关盼盼的看法，意味着没落和腐朽；而钱希白生活在北宋初年，一个崭新的时代，他对关盼盼的看法，就象征着初升的太阳，朝气蓬勃。

燕子楼前消夜雨秋来只为一人长

---

① 明·冯梦龙.警世通言[M].北京: 人民文学出版社, 2018: 121-122.

十一、重复的意义

——《苏知县罗衫再合》

"三言"的入话故事有时像心灵鸡汤，喝多了也许会有点腻味，但如果鸡汤鲜美可口，多喝几口又有何妨！

何为酒色财气？杭州才子李宏三科不第，心怀抑郁，在访友途中的睡梦里，为酒色财气四者做了一首赞美之诗：

香甜美味酒为先，美貌芳年色更鲜，

财积千箱称富贵，善调五气是真仙。①

作品构思很独特，用拟人化的艺术手法，将酒色财气分别化身为四位美女，出现在李宏的睡梦中，并向一位满腹经纶却屡考屡败的倒楣书生推销自己，上演了一出各自自我吹嘘、相互贬损的好戏。这出戏，生活气息浓厚，犹如群口相声，耐人寻味。最后还是懂得中庸之道的书生道出了真谛：

饮酒不醉最为高，好色不乱乃英豪，

无义之财君莫取，忍气饶人祸自消。②

入话故事精彩热闹，而与酒色财气四者相关的正文也颇为曲折离奇，时代气息相当浓厚，有些情节让人耳目一新。如"原来坐船有个规矩，但是顺便回家，不论客货私货，都装载得满满的，却去揽一位官人乘坐，借其名号，免他一路税课，不要那官人的船钱，反出几十两银子送他，为孝顺之礼，谓之坐舱钱。"③当官的坐船出行不要买船票，船主还要给他们钱，当官真是好处多多呀，这完全超出了平民百姓的想象力，难怪有人感叹——人比人，气死人。

一般新官上任时，都是去时能空就空，卸任回来则金银满箱，浙江金华府兰溪县大尹苏进却不一样。"我早登科甲，初任牧民，立心愿为好官，此

---

① 明·冯梦龙.警世通言[M].北京：人民文学出版社，2018：126.
② 明·冯梦龙.警世通言[M].北京：人民文学出版社，2018：129.
③ 明·冯梦龙.警世通言[M].北京：人民文学出版社，2018：129-130.

去止饮兰溪一杯水；所有家财，尽数收拾，将十分之三留为母亲供膳，其余带去任所使用。"①悲剧便由此酿成。好人常常让人叹息，还好上苍最终总会眷顾有德之人。

　　苏进是个老实人，根本不懂得要什么"坐舱钱"，还带着家眷和全部家当上了徐能的贼船，致使自己一家亲人分离，经历了无数的艰难曲折，才得以骨肉相认，一家团圆。可以这么说，中国古典小说一直都在重复着"离散—磨难—大团圆"的故事，因为善良艰辛的人们总是心藏美好的祝愿，祝愿别人过得好，也期盼自己能有"否极泰来"的幸运。

　　重复的故事不一定就是啰嗦，希腊神话中的西西佛斯②，因触犯了众神，诸神惩罚他将一块巨石推到山顶上，由于那巨石太沉重了，每每未到山顶就又滚下山去，前功尽弃，于是西西佛斯每天不断重复、永无止境地做着无效而又无望的事，但就是在这样周而复始的重复中，他发现了生命的意义和价值。"无论生活中充满何种痛苦的经历，生命仍然值得一过。"加缪③认为，在西西佛斯离开山顶的每个瞬息，在他渐渐潜入诸神巢穴的每分每秒，他超越了自己的命运。他比他推的石头更坚强。

---

① 明·冯梦龙.警世通言[M].北京：人民文学出版社，2018：129.
② 西西佛斯：希腊神话中的人物，是科林斯的建立者和国王。
③ 加缪：法国作家，存在主义文学大师，"荒诞哲学"的代表人物。1957年因"热情而冷静地阐明了当代向人类良知提出的种种问题"而获诺贝尔文学奖，是有史以来最年轻的诺贝尔奖获奖作家之一。哲学散文集《西西佛的神话》》是加缪存在主义思想的集中体现。在这部散文集中，作家集中处理了死亡与反抗、幸福与悲剧、存在与拯救、人生的荒谬与荒诞性等一系列重要哲学命题。其中，西西佛这一古老的神话形象是整部随笔集的核心所在。

十一、重复的意义

十二、内忧外患离乱苦

——《范鳅儿双镜重圆》

从历史上看，战乱的出现不外乎三种情况：一是外敌入侵所引起的，如作品中所说的北宋末年金人犯境；二是官逼民反，或占山为王，或揭竿起义，如作品中的范汝为聚众反抗；三是统治阶级内部争权夺利而互相残杀，如唐代的安史之乱等。战乱所造成的结果则是民生凋敝，百姓流离失所，妻离子散，其中，最痛苦的就是老弱病残和妇女儿童。本篇作品的前半部就是描写金人入侵所引发的离乱之苦，后半部则是叙述草寇与官府共同酿就的种种灾难。

作品虽短，但通过描写两个发生在老百姓身上的生死离别的战乱故事，较为全面地反映了战乱之苦的概貌，敏锐地指出了造成离乱之苦的主要原因。

"行至虞城①，只听得背后喊声振天，只道鞑虏追来，却原来是南朝杀败的溃兵。只因武备久驰，军无纪律，教他杀贼，一个个胆寒心骇，不战自走；及至遇着平民，抢掳财帛子女，一般会扬威耀武。"②

"话中单说建州③粮荒，斗米千钱，民不聊生。却为国家正值用兵之际，粮饷要紧，官府只顾催征上供，顾不得民穷财尽。百姓既没有钱粮交纳，又被官府鞭笞逼勒，禁受不过，三三两两，逃入山间，相聚为盗。"④

如果国富民强，如果朝廷英明，如果兵强马壮，哪来离乱之苦？

当战乱来临时，无辜之人又该如何保护自己？推己及人，互帮互助，只要活着就是胜利。主人公徐信在兵乱逃难中，不幸与妻子崔氏离散，又因救

---

① 虞城：地处商丘市市区东部，自古人才辈出，是酿酒鼻祖杜康造酒发祥地、仓颉造字之地、巾帼英雄花木兰的家乡，历代诸多名人如司马相如、枚乘、李白、杜甫、高适、苏轼等都曾来此游览，留下许多脍炙人口的诗篇。境内现存有仓颉墓、商均墓、伊尹墓、木兰祠等名胜古迹。
② 明·冯梦龙.警世通言[M].北京：人民文学出版社，2018：152.
③ 建州：即今福建省建瓯市。
④ 明·冯梦龙.警世通言[M].北京：人民文学出版社，2018：154-155.

助了同样与丈夫离散的妇人王进奴，最终得以与离散的妻子团圆；王进奴最终也回到了前夫的怀抱。

而范希周和顺哥夫妻俩的离别与重逢，更是别有一番滋味。顺哥随父母迁任福州，路遇盗贼被劫，与被逼为盗的范希周相遇并结为夫妻。后盗贼所占领的建州城被攻破，夫妻离散，顺哥自杀未遂被父亲救回；范希周被捕，只因其平日"好行方便，有人救护"，不但死里逃生，还被保荐为广州指使[①]。历经波折，夫妻再合，"破镜重圆"。又因范希周和顺哥夫妻二人都有些文化，故事就多了几分缠绵。

前后两个故事虽然不太一样，但道理还是一样的，只要坚定信心，与人为善，破镜重圆只是时间问题。战争总会远去的，灾难总会消除的。和平毕竟是全人类的共同愿望。

---

① 指使：宋代将领或州县官属下供差遣的低级军官。

· 118 · 三言两语话"三言"

十三、理性的批判精神
——《三现身包龙图断冤》

包龙图审案破案犹如神助，而且铁面无私，深受民间百姓的爱戴。电视剧《包青天》的主题曲就是这么唱的：

　　开封有个包青天

　　铁面无私辨忠奸

　　江湖豪杰来相助

　　王朝和马汉在身边

　　……

剧中除了人物武功高强、神秘莫测之外，其破案过程基本上还是在现实基础上展开的，具有较强的逻辑性。

本篇小说故事情节生动巧妙，但因为借用梦境作为破案线索，对于当代读者而言，接受度便打了折扣。如果将某些情节稍微改动，也许还是一篇不错的探案短篇小说。如将丫头迎儿烧火时看到大孙押司的冤魂等场景，改为闻到从灶底的水井里发出的异味，随之告诉主人，反而被主人哄骗嫁给了赌徒无赖。后因被无赖打伤，便去向包龙图告状，从而引出了大孙押司被害一案的破解等。

阅读也是一个再创作的过程，如果能细读"三言"的公案小说，还是会有意外收获的。

"三言"中的算命先生比比皆是，只要他们金口一开，几乎句句应验。被算命先生看中的对象基本上分为两类，一类是大富大贵或金榜题名，另一类是破财、丢官、病残、暴死或牢狱之灾。鸿运当头的人物基本上都慈悲行善、积极向上；突遭恶运的则是为非作歹、凶恶残暴的不善之人。可见，算命只是作者用来宣扬因果报应思想的一种手段和媒介，并不是作者对算命效果的肯定与认可。

用鬼神灵异来串联故事，这是"三言"常用的一种创作手法，具有简单直接、易于联想和弹性表达等优点。如大孙押司鬼魂三次现身等奇幻或虚幻现象的出现，将故事情节结构与叙述空间有机地结合起来，不仅缓解了事件的冲突、人物的对立、案件的发展等问题，还产生了奇特艺术效果，但是这种描写却又稍显虚弱、淡薄，甚至有一定的负面影响，在叙述方面也有过于唐突、缺乏逻辑性等缺陷。

"三言"是宝贵的文学遗产，但阅读时也须谨慎辨识，不可忽视理性的批判精神。

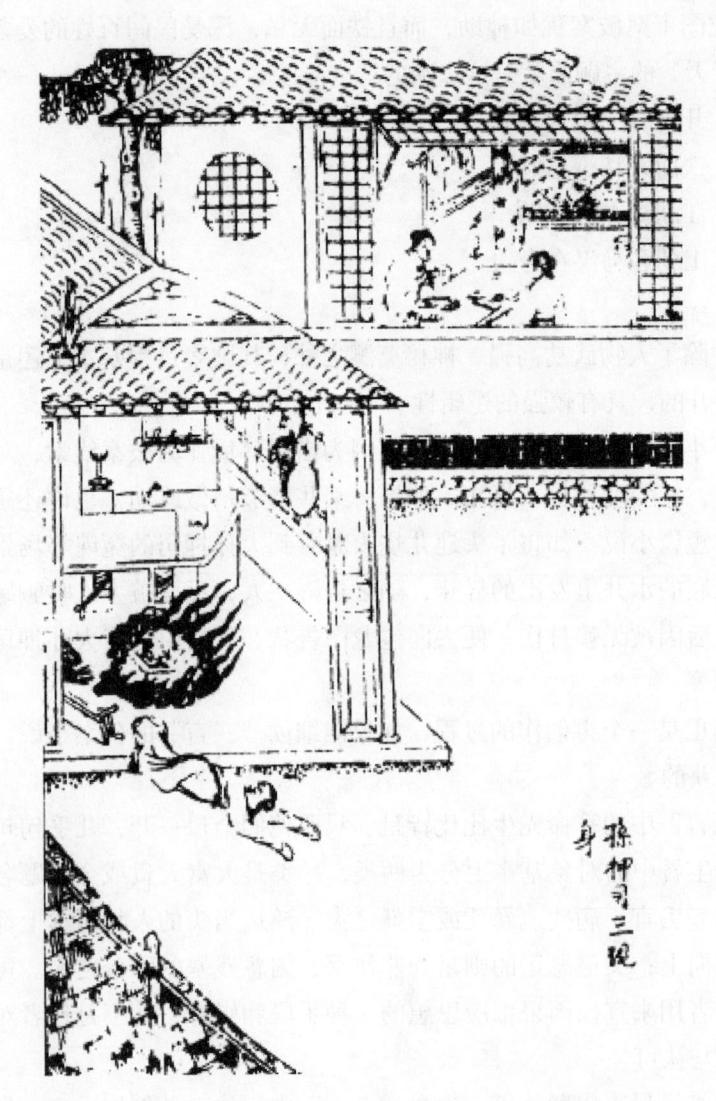

孙押司三现身

十四、被馅饼砸伤的秀才
——《一窟鬼癞道人除怪》

骑白马的不一定就是白马王子；天上掉馅饼，也会砸伤人。

福州人吴洪是个落榜的穷秀才，因没有回家的路费，暂在异地教学为生。一天，两个媒婆突然主动找上门来，给吴秀才送上两个如花似玉的女子。秀才不禁感叹——这哪是人呢，简直是天女下凡。喜从天降，真有这样的美事？多年找不到对象的秀才来不及细问，也不想细问，就丢魂似地急匆匆地奔向温柔乡。多年的才学，在美色面前瞬间瓦解。

为什么鬼神偏爱钟情书生，而且大部分是落榜失意的书生？

在爱情婚姻方面，秀才一般不会轻易妥协将就，可能是看多了才子佳人的戏，他们虽非大富大贵，但对才貌双全的贵族小姐却又特别渴望，一般的村野女子往往难入他们的法眼。秀才如此纠结婚姻问题，妖魔鬼怪岂不乐坏了？而且人在失意时，情绪往往十分低落，也就特别渴望别人的理解和温暖，如果是来自情人的慰藉和温存，那更是雪中送炭；秀才落榜时的伤感，又非同一般，他们的感受更细腻更深刻也更痛苦。此时，如果有一位才貌双全的美女飘然而至，共同演绎一段才子佳人的爱情故事，这对秀才而言，不但是疗伤的灵丹妙药，更是梦寐已求的赏心乐事。《一窟鬼癞道人除怪》的故事便是以此为基点而展开的。

入话故事充满着诗情画意，于品诗论词之中，尽显中国古典诗词魅力；正文诡异恐怖，妖魔群舞但终将消亡。整篇作品张弛有度，读来目不暇接，有坐过山车之感，但落地十分平稳，因为秀才经过一番曲折之后，终于看破红尘，过上清静的生活。

西山窟鬼早舍身

十五、求签问卜非正道

——《金令史美婢酬秀童》

"三言"中有许多职业道士,但良莠不齐,鱼龙混杂。他们有的会收取委托人财物,声称能预测未来或斩妖除魔,能替人逢凶化吉;有的则会借机揭露假恶丑,劝人为善,如作品中的张皮雀就怒斥开典当行的矫公,"你自开解库,为富不仁,轻兑出,重兑入,水丝出,足纹入,兼将解下的珠宝,但拣好的都换了自用。又凡质物值钱者才足了年数,就假托变卖过了,不准赎取。如此刻薄贫户,以致肥饶。"①寥寥数语,黑心典当行暴利的潜规则便大白于天下。有些道士却骗人钱财,胡作非为,如莫道人拿了金满的钱财,却诬陷金满的仆人秀童,使诚实忠厚的秀童吃尽苦头。所以凡事眼见为实,切不可偏听偏信。

塞翁失马,焉知非福。金满是个令史②,原来的工作挺顺心,"他原是个乖巧的人,待人接物,十分克己,同役中甚是得合。做不上三四个月令史,衙门上下,没一个不喜欢他。"③也许是工作太顺利的原故,他开始得陇望蜀,看上了衙门里大家都眼红的一个肥缺,但因为工作年限不足,硬件不够,缺乏竞争实力。为此,金满就动起了歪脑子,通过行贿造假等手段,最终得到了肥缺。

春华秋实,冬冷夏暖,事物的变化发展都有一定的规律。虽然金满如愿以偿,却因违背了竞争规则,便失去了民心,最后弄得偷鸡不成蚀把米,还被莫道士坑骗了一把。

矫公是个开典当的大户人家,如上所述,平时"为富不仁,轻兑出,重兑入,水丝出,足纹入"④,一次获利遂成富豪。为感谢天地,欲设醮答谢,

---

① 明·冯梦龙.警世通言[M].北京:人民文学出版社,2018:191.
② 令史:官名,汉代县令署吏的总称。
③ 明·冯梦龙.警世通言[M].北京:人民文学出版社,2018:192.
④ 水丝,足纹:旧时使用银两做通货,银子的成色(成分)有高低之分。"水丝"成色低,"足纹"成色最高。

请张皮雀主坛,张皮雀借上帝之口,怒斥矫公贪财,刻薄贫户。

"莫道亏心事可做,恶人自有恶人磨。"[1]贪欲者,何需求签问卦,求神拜佛?

---

[1] 明·冯梦龙.警世通言[M].北京: 人民文学出版社, 2018: 208.

十六、人品与财富

——《小夫人金钱赠年少》

人有生老病死，物有成住坏空①，这是无法抗拒的自然规律。面对美色，有人愿作柳下惠，坐怀不乱；有人则竟然企望还老返童，最后风流一把，结果呢？

开封府开线铺的员外张士廉年过六旬，家财万贯，孑然一身，忽一日竟然想起要娶妻生子，而且还要求对方必须符合三件事："第一件，要一个人才出众，好模好样的；第二件，要门户相当；第三件，我家下有十万贯家财，须找个有十万贯房奁（指嫁装）的亲来对付我。"②

这样的女人哪里有？天下还真没有媒婆搞不定的婚姻，张士廉终于娶到了称心如意的小夫人。

小夫人条件这么优越，怎么就轻易落到了一个老头怀里？按理说，对于轻易得到的好东西，应该多问几个为什么，但恋色贪财的张士廉一听到还有这样的赏心乐事，恨不得立马洞房花烛夜，哪里还顾得上探听了解对方的情况。丧失理性的结果可想而知，张员外不但钱财散失，而且还差点丢了性命。

有钱的老板贪财恋色，打工的年轻人反而安分守己。张胜只是张士廉的一个雇员，三十来岁还是未婚，这样的一个单身青年，面对小夫人的挑逗，不但没有起心动念，而且还对母亲的正当劝说言听计从，宁可丢掉工作，也要防患于未然。由于不贪不恋，超然物外，张胜不但躲过一劫，而且还帮助张士廉洗清了罪名，重新过上开胭脂绒线铺的幸福生活。可见人品与财富的关系并不成正比，有时还成反比。

---

① 成住坏空：佛教语，指四劫。系佛教对于世界生天变化之基本观点。
② 明·冯梦龙.警世通言[M].北京：人民文学出版社，2018：211.

· 126 · 《《《《 三言两语话"三言"

十七、女中豪杰美娇娘

——《钝秀才一朝交泰》

"人穷通有时,固不可以一时之得意,而自夸其能;亦不可以一时之失意,而自坠其志。"①这是一个励志的故事,满满的正能量。

喝白开水都会塞牙,人们经常这样形容倒霉之时。然而,无论如何不走运,只要未殃及无辜,就不是运气最差的时候。作品中的福建秀才马德称是个倒霉的"状元",如果谁一大早碰到他,"做买卖的折本,寻人的不遇,出官的理输,讨债的不是厮打定是厮骂,就是小学生上学也被先生打几下手心。"②像这样谁碰到谁倒霉的失意秀才,周围的人唯恐避之而不及,就是一心向善的僧人想帮助他也是心有余而力不足。而就是在如此恶劣的生存环境下,马德称也没有向生活低头,他忍辱负重,最终逆袭成功,爱情事业双丰收。

马德称并不是天生的倒霉蛋。他本是个官二代,而且聪明饱学,文章盖世,并从小立志"若要洞房花烛夜,必须金榜挂名时"③。为此,他的父母视其为珍宝,自然寄于厚望;旁人也看好他的远大前程,有些势利的富家子弟更是把马德称视为值得投资的潜力股,对他极尽溜须拍马之能事,与他称兄道弟,不分你我,都将他当作大菩萨供养。可以说,在二十二岁之前,马德称还是幸福满满的。

然而天有不测风云,二十二年的快乐时光一闪而过,等待马德称的是度日如年的倒霉岁月。三科不第,家道中落,"衣衫褴褛,口食不周","夜无安宿"④,等等;往日称兄道弟的奉承者,不是避而不见,就是落井下石。但是天无绝人之路,未婚妻黄六娘的出现,让马德称看到了风雨后的彩虹。

---

① 明·冯梦龙.警世通言[M].北京:人民文学出版社,2018:221.
② 明·冯梦龙.警世通言[M].北京:人民文学出版社,2018:229.
③ 明·冯梦龙.警世通言[M].北京:人民文学出版社,2018:233.
④ 明·冯梦龙.警世通言[M].北京:人民文学出版社,2018:225.

"女中丈夫"黄六媖不但顶住了兄长的逼勒改聘，而且还打点行装上京寻找未婚夫，支助落魄的未婚夫重温学业。马德称也果然争气，时来运转，连连高中，直做到礼、兵、刑三部尚书，黄六媖亦被封为一品夫人。

"三言"中，女人的形象往往胜过男人，男人花心，女人专一；男人凶残，女人善良；男人势利，女人纯真。作品中，当一个个男人远离马德称时，是马德称的未婚妻黄六媖顶住压力帮助马德称咸鱼翻身，终于实现了"金榜题名"才"洞房花烛"的誓愿。

十八、老而弥坚

——《老门生三世报恩》

廉颇老矣，尚能饭否？老骥伏枥，志在千里。年青人朝气蓬勃，前途无量；老年人也有自己的夕阳红，老有所为并非神话。正如书中所言："功名迟速"，有早成，也有晚达；"早成者未必有成，晚达者未必不达。不可以年少而自恃，不可以年老而自弃"①。

广西秀才鲜于同胸藏万卷，笔扫千军，十来岁就开始征战科举战场，但屡战屡败，屡败屡战，五十多岁仍未登科及弟、金榜题名。有嘲笑他的，他不予理睬；有同情他的，他不予接受；如果有人规劝他放弃理想，他便勃然大怒道：

"却不知龙头属于老成，梁皓②八十二岁中了状元，也替天下有骨气肯读书的男子争气……只是如今是个科目的世界，假如孔夫子不得科第，谁说他胸中才学？若是三家村一个小孩子，粗粗里记得几篇烂旧时文③，遇了个盲试官，乱圈乱点，睡梦里偷得个进士到手，一般有人拜门生，称老师，谈天说地，谁敢出个题目将戴纱帽的再考他一考么？

不止于此，做官里头还有多少不平处，进士官就是个铜打铁铸的，撒漫④做去，没人敢说他不字；科贡官，兢兢业业，捧了卵子过桥，上司还要寻趁他。比及按院复命，参论的但是进士官，凭你叙得极贪极酷，公道看来，拿问也还透头，说到结末，生怕断绝了贪酷种子，道：'此一臣者，官箴⑤虽玷，但或念初任，或念年青，尚可望其自新，策其末路，姑照浮躁或不及例

---

① 明·冯梦龙.警世通言[M].北京：人民文学出版社，2018：235.
② 梁皓：梁灏之误。字太素，北宋郓州须城（今东平州城）人，出身宦家。梁灏23岁考中状元，42岁病逝。说他82岁中状元只不过是历代相传的民间故事。
③ 时文：应试的制艺八股文。
④ 撒漫：放手，大胆，没顾虑。
⑤ 官箴：指做官的戒规。

降调。不勾几年工夫,依旧做起。倘抖得些银子央要道①挽回,不过对调个地方,全然没事。科贡的官一分不是,就当作十分。晦气遇着别人有势有力,没处下手,随你清廉贤宰,少不得借重他替进士顶缸。有这许多不平处,所以下中进士,再做不得官。俺宁可老儒终身,死去到阎王面前高声叫屈,还博十来世出头。岂可屈身小就,终日受人懊恼,吃顺气丸②度日!"③

这里作者借助鲜于同之嘴一针见血地指出科举制度的黑暗,剖析深刻,入情入理,全面客观。而有关考试官昏庸的论断,这在当时并非空穴来风,有人说这正是作者冯梦龙的亲身经历。比如鲜于同因醉酒腹泻,勉强进了考场,只用了不足十分之一的才学,草草了事,自谓定无考中之理,却得了第一名。

但无论科举制度有多少弊病,鲜于同六十岁还能参加考试,并被录取且以重用,这对老而弥坚的仁人志士无疑是个福音,也是不拘一格降人才的一种体现。

鲜于同六十一岁金榜题名,除了与其自身的努力与坚持之外,还要感谢主考官蒯遇时的"慧眼"。蒯遇时喜欢年轻的书生,对老秀才则持打压的态度,事有凑巧,偏偏就是这种打压的态度,阴差阳错地成就了鲜于同,同时也成就了蒯遇时自己。

"三言"中经常有这样的"奇趣",偶然中见辛酸,奇巧中显真章,从而构成了一道独特亮丽的艺术风景线。蒯遇时虽然在改卷时采用双重标准,但他也有敢于直谏、知错认错等优点,人物形象比较丰满鲜明,富有个性,没有落入概念化、脸谱化的俗套。

---

① 要道:比喻显要的地位。
② 顺气丸:一种中成药的名称,主治气闷不舒等症。这里指每天气闷不已。
③ 明·冯梦龙.警世通言[M].北京:人民文学出版社,2018:237.

十八、老而弥坚 · 131 ·

恩报次三生門者

十九、慢藏诲盗 冶容诲淫

——《崔衙内白鹞招妖》

色字头上一把刀。"三言"中不少作品都在警示人们,如果被美色蒙住了双眼,可能就会引火烧身,小则破财伤亡,大则丢失江山。在入话故事里,作者叙述了唐玄宗迷恋杨贵妃的风流韵事,还提到了安绿山、高力士等人,让人一下子就联想到了安史之乱所带来的痛楚。皇帝有后宫佳丽三千,竟会因一个美女而不顾江山安危,而对于一个年轻健壮的小伙子来说,又怎能抵挡得住美色的诱惑?因此二十来岁的崔衙内因贪恋女娘美色而险些儿丢了性命的事也就不足为奇了。

作品的入话故事与正文的衔接比较自然,白鹞[1]作为珍奇的象征,贯穿小说始末,它先由唐玄宗赐给了崔丞相,崔丞相又让儿子崔衙内拿到大街上去炫耀,由此引发了一连串的爱恨情仇。

白鹞虽是皇帝的赐品,但所有权始终是皇帝的,它只是暂由被赐者保管而已,哪天皇帝老子不高兴了,随时都可以收回。崔丞相就告诫儿子,这白鹞是皇上所赐,新罗国进贡的,世上只有这一只。千万不可丢失。如果丢了,皇上想起来要收回的话,我到哪里去要?话虽如此,但为了"光耀州府",在父亲的允许下,儿子还是带着白鹞出去招遥了。

人见了宝物会睁大眼睛,鬼神也不例外。那骷髅见到白鹞,也是念念不忘,"我日间出去,见一只雪白鹞子,我见它奇异,捉将来架在手里。被一个人在山脚下打我一弹子,正打在我眼里,好疼!我便问山神土地时,却是崔丞相儿子崔衙内。我惹捉得这厮,将来背剪缚在将军柱上,劈腹取心……"[2]

崔衙内如果没把白鹞带在身边,怎会遇到鬼怪呢,并引来一系列的祸患

---

[1] 白鹞,鸟名。似雀鹰而大。因尾上有一点白,故称。也叫印尾鹰、风鹞子。
[2] 明·冯梦龙.警世通言[M].北京:人民文学出版社,2018:256.

十九、慢藏诲盗 冶容诲淫   · 133 ·

与艳遇？慢藏诲盗，冶容诲淫①。做人还是低调好。

---

① 慢藏诲盗，冶容诲淫：出自《周易·系辞上》。慢藏：收藏不慎；诲：诱导，招致；冶容：打扮得容貌妖艳；淫：淫邪。意思是收藏财物不慎，等于诱人偷窃。女子打扮的过于妖艳，无异于引诱人来调戏自己。现指引诱人做奸淫盗窃的事。

二十、欺贫重富的悲哀

——《计押番金鳗产祸》

读者心里可能会有这样的疑问："三言"为何老在重复因果报应的思想，总是离不开神仙鬼怪的话题？在封建社会里，那些具有先进思想意识的优秀作家，他们思想清醒，但内心痛苦，因为统治阶级对异己及其言行的高压政策，使得他们难以简单直接地表达自己真实的思想情感，往往只能借助一些虚幻的事物来折射内心的喜怒哀乐，可谓用心良苦。所以凝神尽心细读作品，我们还是能从字里行间看出作者对封建男权思想的不满以及对女性处境的同情。

作品中庆奴的悲惨命运其实与其父亲计押番钓到金鳗无关，主要是封建男权思想作怪的结果，甚至可以说，与庆奴有关的所有人都是封建男权思想的牺牲品。

伙计周三入赘东家，按理说幸福生活从此开始，而且他与妻子庆奴，也是你有情，我有意，夫妻俩情投意合，还暗地计较，要搬出去住。只因周三不识时务地怠慢了岳父计押番，计押番就借机找借口将周三扫地出门，一丁点儿都不考虑女儿的感受；庆奴则根本不敢则声，只能肚里暗自伤心烦恼。计押番为何如此无情呢？

原来计押番本是"指望教这贱人去个官员府弟[①]，却做出这般事来。譬如不养得，把这丫头打杀了罢。"[②]计押番丰衣足食，仅为了自己的面子，就不惜要把女儿卖给有权有钱的人做小老婆，而一旦发现庆奴与周三有染，自己的如意算盘落空了，打死女儿的心都有。为此，周三入赘计家后，一旦当他感到周三对自己有点不恭敬，计押番就立刻将周三告上公堂，迫使周三流落街头。

---

① 官员府弟：指平民常将自己的女儿送到官僚家中当养娘或侍妾。这是宋代贫民受封建统治阶层蹂躏侮辱的一种很深刻的社会现象，许多贫民不一定是为了生活而出卖女儿。
② 明·冯梦龙.警世通言[M].北京：人民文学出版社，2018：263.

随后，一系列惨案相继发生，庆奴多次被转卖，流落他乡，因奸杀害了两条人命；而周三被计押番赶出家门后，归乡投奔亲戚不着，破落不堪，因财起意，杀害了计押番夫妇。"天网恢恢疏而不漏"，最后庆奴和周三二人在出逃途中被捕并依刑处斩。

计押番一家的家破人亡，只因他欺贫重富，自私自利。

二十一、左右难抉择

——《赵太祖千里送京娘》

中国古代的女人很无辜,很无奈,千年以来一直背着种种重负前行。

历史上并无赵太祖①千里送京娘的记载,本篇小说纯属民间虚构,其主要意图在于歌颂赵太祖。作者认为宋朝初年的盛况与赵太祖的高超武艺和不好女色有关,同时也暗示了这正是赵太祖胜过唐太宗李世民和汉高祖刘邦的地方。其实,一个封建王朝的兴衰与女人没有多大关系,在皇帝眼里,女人只是他手中的玩物,唯一的区别就是有的精致一点,有的粗糙一些,后宫三千佳丽,又有几个幸运受宠?可以说,年轻女子进了皇宫,就精神层面而言,基本上等于被判了无期徒刑;而比后宫佳丽更苦更惨的还有生活在民间的无数女人,她们经受着精神和物质的双重煎熬。可悲的是,在漫长的封建社会里,男人竟然因为少数几个皇后皇妃的过错而无视身旁成千上万女人的痛苦,常常动不动就把天下的纷争和人间的不幸归罪于女人。这果真是女人的过错吗?作品给出了答案。

京娘怀着虔诚的心,跟随父亲去北岳烧香还愿,却在途中被土匪劫走。随后,土匪将她关进东岳的清油观,并强迫道士看管。到北岳烧香还愿,却被关进东岳的清油观,这是祈福还是惹祸?神仙保护不了京娘,幸亏出了个赵匡胤。赵太祖凭着高超的胆识和武功,不但从土匪手里救出了京娘,还徒步千里护送京娘回到父母身边。至此,故事本可以是个大团圆的美好结局了,未料到好不容易回家的京娘竟自尽了,故事情节和作品的主题都来了个三百六十度大转弯,但这个弯拐得并不唐突,而是水到渠成,刀过竹解。

赵太祖为了义气千里护送京娘回家,京娘与赵太祖也一路相安无事,这本是件大好事,可惜并不为世人所理解,反涉瓜李之嫌。

"好事不出门,坏事传千里。妹子被强人劫去,家门不幸,今日跟这

---

① 赵太祖:即指宋太祖赵匡胤(927—976),字元朗,宋朝开国皇帝。

红脸男子回来,人无利己,谁肯早起?必然这汉子与妹子有情,千里送来,岂无缘故?妹子经了许多风波,又有谁人聘他。不如招赘那汉子在门两全其美,省得旁人议论。"①这是京娘的哥哥给父母出的主意。

在赵太祖拒绝了京娘一家的好意之后,京娘陷入了两难的境地,父母哥嫂不能谅解,恩人的清名有可能被玷污。为表贞节,京娘唯有一死。

被强盗掳掠,是京娘的不幸;被好汉救出,是京娘的幸,也是京娘的不幸;回到家里,还是京娘的不幸;世上还有比这更不幸的吗?结果是:

天付红颜不遇时,受人凌辱被人欺;

今宵一死酬公子,彼此清名天地知!②

---

① 明·冯梦龙.警世通言[M].北京:人民文学出版社,2018:289.
② 明·冯梦龙.警世通言[M].北京:人民文学出版社,2018:290.

二十二、无法忘却的过去

——《宋小官团圆破毡笠》

人最容易忘记的就是自己的过去,这是产生代沟的主要根源之一。重病中的宋金被岳父岳母抛弃在荒滩野地中,而这一切,都是岳父岳母瞒着自己的女儿宜春悄悄干的。为人母,应该最懂女儿的心,遗憾的是,宜春的母亲不但没有阻止丈夫的惨忍行为,而且成为同谋,活生生拆散了一对恩爱夫妻。年轻时,自己是包办婚姻的牺牲品;有了女儿之后,又充当包办婚姻的帮凶;好了伤疤忘了疼,正是这种潜移默化的循环往复,助长了男权主义的横行霸道,造成了封建社会女性的无尽痛苦。

大难不死,必有后福。宋金在即将走投无路的情况下,意外获得了海盗匿藏的巨大财富,从此开启了他开挂的人生。法国作家大仲马的名著《基度山伯爵》中的基度山,与宋金的遭遇有点相似,他也是在历经苦难之后,意外得到了海盗匿藏的巨大财富,但对财富的使用方式(即财富的用途),两者却截然不同。宋金在置业理财和享用财富的同时,开始寻找加害自己的岳父岳母一家人,找到后,非但没有对岳父岳母一家人进行报复,反而在宜春的感化下,将他们一家人接到南京的豪宅,一起过上金衣玉食的富裕生活。基度山伯爵却不一样,得到财富后,虽然也报答了恩人,但他首先想到的就是复仇,利用金钱的力量,将往日的仇家一个个赶尽杀绝。宋金以和为贵,基度山有仇必报,这也许就是东西方在处理人际关系上不同理念的具体表现。

那么,宋金为何能得到意外之财?因为他是"再生人"。"宋金原是陈州娘娘庙前老和尚转世来的,前生专诵此经。今日口传心受,一遍便能熟诵,此乃是前因不断。"[1]像宋金这样通过转世而来的"再生人","三言"中经常出现,如作品中的苏轼、佛印、陈可常、柳翠等比比皆是。所谓因果

---

[1] 明·冯梦龙.警世通言[M].北京:人民文学出版社,2018:302.

轮回、转世再生等，是佛教的一个基本观点，其主要目的在于劝人为善，为人行事要慈悲行善。

宋金郎团圆破毡笠

二十三、潮水无情人有情
——《乐小舍拚生觅偶》

"三言"大量采录了市民百姓传承的民间文学、民俗事象，呈现了丰富多彩的民俗文化，其中不少作品就有关于传统节日、传统民俗活动的详细描写。中秋佳节前后的钱塘观潮就是一项历史悠久的传统民俗活动。

钱塘江位于浙江省，其水终入东海，在天体引力和地球自转的离心力作用下，加上杭州湾钱塘江喇叭口的特殊地形，造成的特大涌潮即为钱塘潮。每年都有不少游客前去钱塘江观看这一大自然奇景，唐宋以来，观潮者尤甚。南宋朝廷偏安临川（今杭州）之后，还把每年农历八月十八大潮来临的日子定为观潮节。这一天，皇帝亲自出马，与民同乐，游人如织，观者无数，成为了南宋粉饰太平的一个重要节日。

而且在当时的条件下，人们无法用科学的知识来解释钱塘潮形成的原因，给钱塘潮蒙上了一层神秘的面纱，也给观者增添了几分神奇、敬畏和想象。当然，钱塘潮吸引眼球的根本原因还是其独一无二的自然、壮观和神奇。如今，每年农历八月十八左右前往钱塘观潮的人仍然络绎不绝，央视还曾对此进行现场直播。

本篇作品透过钱塘观潮的描写，还藏有深意。"怒气雄声出海门，舟人云是子胥魂"[1]。春秋时，伍子胥在吴国[2]，曾劝吴王夫差要警惕越国的复仇计划，吴王不但不听，疏远了伍子胥，还赐剑命他自杀。吴国最后被越国吞并了。

据民间传说，浙江的潮水就是伍子胥的魂魄在发怒。钱塘潮里有亡国的泪水，百姓的苦难；然而南宋朝廷竟特地安排金国使者一起参加观潮盛典，

---

[1] 明·冯梦龙.警世通言[M].北京：人民文学出版社，2018：312.
[2] 吴国：吴国国境位于今苏皖两省长江以南部分以及环太湖浙江北部，太湖流域是吴国的核心。国都前期位于梅里（今无锡梅村），后期位于吴（今江苏苏州），是春秋中后期最强大的诸侯国之一，在吴王阖闾、夫差时达到鼎盛。

吟诗寻乐，这不就是"商女不知亡国恨，隔江犹唱后庭花"①的升级版吗？

男欢女爱，天经地义。但在封建社会里，真情相爱却经常被视为离经叛道，由此造成了无数的牛郎织女，至今还在天上望穿秋水呢。哪里有压迫，哪里就有抗争。无论外界环境多么恶劣，如果有将爱情进行到底的决心，那么有情人也终将成为眷属。

乐和与顺娘自幼相识而后相爱，可惜因门不当户不对，父母不允，未能如愿对亲。事有凑巧，物有偶然。观潮之际，顺娘不慎落水，见到心爱之人跌落水中，情急之下，不会游泳的乐和不顾一切地跳进河里。乐和的这一举动感动了上苍，感动了钱塘潮王，乐和顺娘双双获救，有情人终成眷属。这应该也是作者的美好愿望吧。

---

① 出自唐·杜牧《泊秦淮》。

二十四、侠义与性别无关

——《玉堂春落难逢夫》

这是一篇具有现代意义的通俗小说，作品有着鲜明的时代特色、完整的故事情节、鲜活的人物形象和深刻的主题思想。女主人公玉堂春的形象十分饱满，个性鲜明，几乎契合了人们渴望幸福生活的各种心理。

在封建时代，不少妙龄少女，因为贫困、离乱、政治等原因被迫沦入风尘，过着被污辱、被欺凌的非人生活。玉堂春也是被贩卖到妓院的一位年轻女子，但她不愿意接客，有自己的主见和想法，直至遇到了官二代王景隆（礼部尚书的第三个儿子）才献出了真情。那王景隆"眉清目秀，面白唇红，身段风流，衣裳清楚"[①]，而且慷慨大方，两人相见恨晚，互相倾慕。但好景不长，明代正德年间，商品经济气息浓厚，如果有钱，就能活得游刃有余；如果没钱，就是尚书的公子也寸步难行。妓院老板在骗光了王景隆的钱财之后，便将他赶出了温柔乡。面对王景隆的境遇，玉堂春的言行及其所作所为令人动容。

善良忠贞，对于风尘女子而言，简直就是"奢侈品"。玉堂春却是独特的，她虽然也想与王景隆天天厮守，但"玉姐素知虔婆利害，也来苦劝公子道：人无千日好，花有几日红！你一日无钱，他翻了脸来，就不认得你。"[②]王景隆却仍执迷不悟，最后果真弄得个身无分文，玉堂春仍然一如既往地深情款款，发誓不接他客。

深明大义，普通人都很难做到的，玉堂春做到了。当她得知王景隆沦落街头时，就想尽办法，劝导王景隆重续读书梦，继续追求功名，并倾其所有帮助王景隆返回家乡，实现读书人的美好理想。

机智勇敢，许多男人也难以做到的，玉堂春做到了。为了与落难中的王景隆互诉衷肠，重温旧情，她导演了一出"石头充金子"的好戏，不仅骗过

---

① 明·冯梦龙.警世通言[M].北京：人民文学出版社，2018：325.
② 明·冯梦龙.警世通言[M].北京：人民文学出版社，2018：326-327.

了嗜财如命的妓院老板，而且还让其"赔了夫人又折兵"。这出戏堪称"三言"中最具喜剧色彩的经典之作。

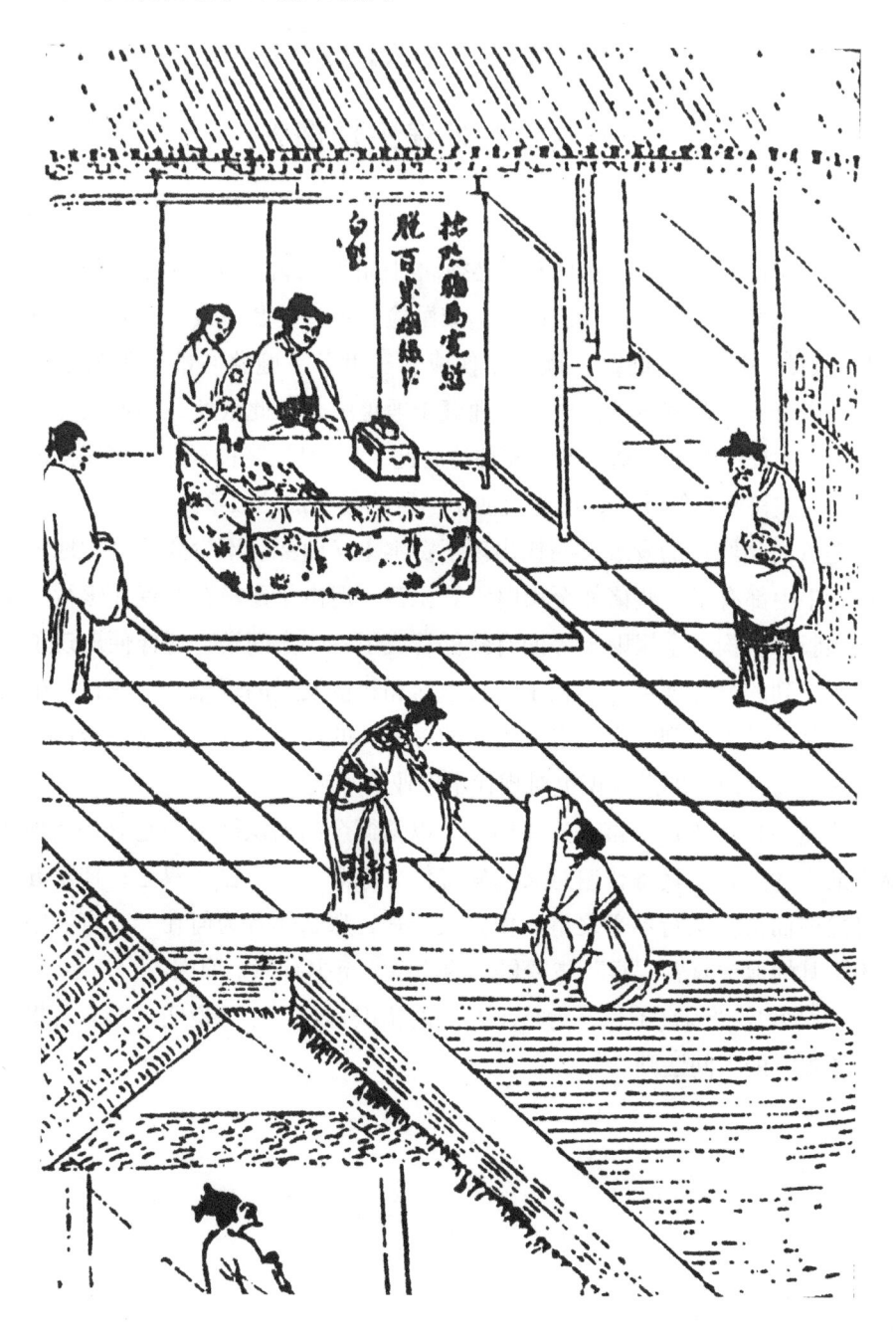

二十五、生财有道

——《桂员外途穷忏悔》

如何对待金钱财富,这是人人必须面对的问题,古今中外无一例外。

父亲施鉴,"为人谨厚志诚,治家勤俭,不肯妄费一钱";儿子施济,"乃散财结客,周贫恤寡,欲以豪侠成名于世"。施鉴"惟恐他将家财散尽,去后萧索,乃密将黄白之物,埋藏于地窖中,如此数处,不使人知,待等天年,才授于儿子。从来财主家往往有此"[①],但施鉴直至九十多岁去逝,都未将藏宝秘密告知儿子,由此上演了一段悲喜交加的故事。

随着商品经济的发展,明代出现了资本主义萌芽。不少商业者、地主等富裕者手中都有了一些诸如金银财宝等积蓄,但由于还没有像现代银行这样的金融服务机构,金银财宝等的有效保管成了一个大问题,这样便出现了作品中所提到的财主埋宝等不利于社会生活和经济发展的现象。"三言"中的其他作品也时常写到财主埋宝所引起的一系列的纠纷和麻烦,这是否体现为作者的超前意识,即潜意识里对现代金融业的呼唤?

为富不仁,为仁不富。这显然是个以偏概全的错误结论,它只是一种选择性的表述,并不具备普遍意义。施济仁义慷慨,最终富贵双全;桂富五因不义之财而富,又行不义之事,便妻亡子丧。那么作者为何在"三言"中如此不厌其烦地重复着"富"与"仁"的关系?至少有两个原因:

一是驳斥"为富不仁,为仁不富"的错误言论,二是说明"善有善报,恶有恶报"的人间法则。

---

① 明·冯梦龙.警世通言[M].北京:人民文学出版社,2018:358.

二十五、生财有道

早知今日都
做犬悔不当
初不做人

二十六、笑容如沐阳光

——《唐解元一笑姻缘》

由周星驰、巩俐主演的电影《唐伯虎点秋香》在20世纪90年代初曾风靡一时，其故事的最早出处就是《唐解元一笑姻缘》。

唐伯虎官场失意，情场得意，似乎没有他征服不了的女人，但他为何还要瞒着友人、私下冒名去追求秋香呢？

首先，小说的可贵在于趣味，太简单太直接的事物往往平淡无奇，很难打动读者的心。

其二，唐伯虎是否才华盖世，只有当外人不知道他是唐伯虎时所作出的评价才是最为真实可靠的，否则，就可能有盗名欺世的嫌疑。

其三，被女人拒绝对男人来说是不幸的，也是十分丢脸的事。唐伯虎这样的名人，如果让旁人知道他连一位地位卑微的女人都追求不到，那又将情何以堪？

如果说，眼泪是女人的武器；那么，笑容就是女人的尚方宝剑。唐伯虎起心动念，是因为秋香隔船向他"掩口而笑"。这一笑，令唐伯虎"神荡魂摇"，秋香也从此春暖花开。

爱笑的女人最可爱，也一定会幸福，因为生活需要笑声，如草木需要阳光一样。但封建社会的礼教是不允许女人私下顾看或笑对陌生男子的，李慧娘情不自禁地脱口赞了一声"美哉少年"，便招来杀身之祸。秋香却能一笑赢得幸福，这与《红楼梦》里的丫鬟娇杏偶然回顾了贾雨村两眼便成了官太太，有着异曲同工之妙。

"偶因一着错，便为人上人"，辛辣地讽刺了礼教的虚伪。可见，本篇小说的社会意义并非可以一笑了之。

唐伯虎实有其人，点秋香则纯属虚构，将耳熟能详的历史名人或历史事件与民间传说有机地结合起来，从而创造出引人入胜的文学作品，这是"三言"重要的优秀艺术特色之一。

二十六、笑容如沐阳光　　147

唐解元一笑姻缘

二十七、真妄由来本自心

——《假神仙大闹华光庙》

这是一篇表面上写神仙、妖怪与凡人三者之间的爱恨情仇的短篇小说，但真正要表达的思想则是：

真妄①由来本自心②，神仙岂肯蹈邪淫！

人心不被邪淫惑，眼底蓬莱便可寻。③

冯梦龙文学视野十分广阔，善于捕捉生活中各个侧面的不同场景，即使是一些鲜为人知或不被社会关注的小众题材，经过他精心的艺术创造，都被纳入"三言"之中。

本篇作品中的主人公魏宇是个书生，丰姿俊雅，性格温柔，宛如处子，被同辈戏称为魏娘子。他独居楼中读书，不合有中科甲成神仙的奢念，被龟精幻化而成的吕洞宾、何仙姑所迷惑，险些儿丢了性命。

从魏生与假冒的吕洞宾、何仙姑三者共寝中，我们知道，魏生是个双性恋者。难能可贵的是，作者在此只是对魏生的性取向进行客观的描述，并没有另眼看待，更没有做出主观的评判。于此足见作者对待性取向的观念比一些现代人还要理性和人道。

只要有贪淫之心，无论是异性恋、同性恋或双性恋，都会被蒙住双眼，难辨真假雌雄。真妄由来本自心，作者对物与心之间的关系理解得十分透彻。俗话说，苍蝇不叮无缝的蛋。雌雄龟精找上魏生不是没有原因的，骗子专找贪小便宜的人，现如今街头诈骗、电话诈骗、网络诈骗固然防不胜防，但大多数的受骗者都是贪小便宜的人。当然，也有少数富人为了所谓的长生不老或成仙成佛而对骗子顶礼膜拜，奉上大把大把的真金白银，却对公益慈

---

① 真妄：教义名词。"真"与"妄"的合称。"真"指真如、真实、不虚妄，所谓"真心"、"真实"、"真法"等；"妄"指虚妄、虚诳、不真实，所谓"妄心"、"妄识"、"虚妄法"等。

② 自心：佛学术语。自心是佛。

③ 明·冯梦龙.警世通言[M].北京：人民文学出版社，2018：399.

善视而不见。那么，咱回过头来看看明代的冯梦龙对此是怎么说的：

　　欲学为仙说与贤，长生不老是虚传。
　　少贪色欲身康健，心不瞒人便是仙。①

---
① 明·冯梦龙.警世通言[M].北京：人民文学出版社，2018：391.

二十八、无处话悲凉

——《白娘子永镇雷峰塔》

　　许宣和白娘子的爱情故事家喻户晓，深受人们的喜爱，一直是小说、戏曲、说唱等通俗文学的重要表现题材。白娘子还被后人赞美为追求自由爱情的新时代女性。《白娘子永镇雷峰塔》是冯梦龙融合了前代关于白蛇传的文学作品和民间传说，编撰而成的。在这里白娘子已超越了唐代传奇小说及宋代《西湖三塔记》中的蛇妖形象，虽然尚未完全脱离妖气，但已无害人之心，她向往着人间的美好爱情和幸福生活，对爱情执着坚贞；故事的主题也有所突破，即作者借助故事来宣扬佛教因果轮回等思想，作品里许多内容都涉及到佛教知识，因此我们在阅读过程中，只有对相关的知识有所了解，才能做出比较客观、相对正确的解读。

　　白娘子偶遇许宣，便一见钟情，从此对许宣呵护有加，不求回报。为了许生，她偷了邵太尉库内五十锭大银和周将仕典当库内四五千贯金珠细软物件，但这也给许宣带来了不少麻烦。为此，许宣十分恼怒。白娘子则辨解说，这些金银财宝都是她前夫张官人留下来的，她自己也不知道是从哪里来的。白娘子的前夫张官人是谁呢？作品并没有交待。

　　佛教的六道轮回思想认为，一个人如果没有修行到家，就会在天、阿修罗、人、地狱、饿鬼、畜生这六道里不断轮回。所以，白娘子前世或更早之前也是在人道里为人，但因造了恶业才坠入畜生道为蛇。她所造的恶业可能就包括得到和使用不义之财，由此暗喻周将仕是奸商、邵太尉是贪官，他们所拥有的都是不义之财。

　　许宣是爱白娘子的，即使对她的身份有所怀疑，但只要白娘子稍加解释，两人便又和好如初。可以说，白娘子给许宣带来了一些伤痛，同时也给了许宣不少快乐。"不想遇着许宣,春心荡漾,按捺不住,一时冒犯天条①,却不曾杀生害命。望禅师慈悲则个!"②这是白娘子对法海禅师的请求,也是其内心的告白。对此,我们是选择同情还是惩罚?"犯天条"或是指白娘子犯了色戒,或是指白娘子私下从畜生道越界到人间,也许这两种可能都存在。但无论如何,将白娘子和青青压在塔下,使其永远不能出世,还是有点不通人性,也是不公正的。因为在贪色这件事上,许宣也有错,一个巴掌拍不响,但受惩罚只有白娘子和"不曾得一日欢娱"的无辜的青青,这是什么天条呢?真是无处话悲凉。

---

① 天条:传说中上天制定的、诸天神人必须遵守的条令。旧时民间认为有神人在无形之中监督着世人的一言一行,并负责制定对世人的功过赏罚,这些神人自身需严格遵守上天的条令,触犯天条将会受到严厉的惩处。
② 明·冯梦龙.警世通言[M].北京:人民文学出版社,2018:425-426.

二十九、两心既坚 缘分自定

——《宿香亭张浩遇莺莺》

在封建礼教的压制下，女人的青春虚度了，女人的激情枯萎了。面对这样惨痛的事实，作者通过莺莺的言行，传递出了积极的信号：不要企望男人的施舍，不要等待父辈的恩典，幸福的生活要靠自己创造。这样的心声，在当时必定振聋发聩，也一定遭到腐朽力量的憎恨，但谁又能抵挡得了文明的脚步？

如今，恋爱自由，婚姻自主，也许是幸福来的太容易，情侣间时时都有分手的可能，而一旦分手，"缘分未到"常常成为冠冕堂皇的理由。"两心既坚，缘分自定"[1]，这是莺莺对缘分的理解，也是莺莺对张浩的鼓励。莺莺是封建时代一位生活在深宅大院的少女，竟对缘分与婚姻之间的关系有如此深刻的理解，而今人呢？始乱终弃的人，请不要再亵渎"缘分"二字了。

莺莺是个有血有肉、秀外慧中、敢爱敢恨、说到做到的典型代表。为了找到真爱，她创造条件，主动接近张浩；为了获得真爱，她翻墙入室，与张浩行夫妻之事。而这一切在当时均被那些道貌岸然的伪君子视为大逆不道的丑事。秀才做偷香窃玉的事，就已经离经叛道了，更何况一个大家闺秀？而莺莺的胆识并没有仅局限于这私下里的"先上车，后买票"之举；在公堂之上，为女人的正当权益，她据理力争——

妾闻语云："女非媒不嫁"。此虽至论，亦有未然，何也？昔文君心喜司马，贾午[2]志慕韩寿，此二女皆有私奔之名，而不受无媒之谤。盖所归得人，青史标其令德，注在篇章，使后人继其所为，免委身于庸俗。[3]

两心既坚，缘分自定。莺莺的状辞入情入理，龙图阁待制陈公善解人

---

[1] 明·冯梦龙.警世通言[M].北京：人民文学出版社，2018：430.
[2] 贾午：西晋初期权臣贾充之女，韩寿的妻子。贾午与韩寿冲破门第，自由恋爱。历史上有名的风流韵事"韩寿偷香"，讲的就是二人的私会之事。
[3] 明·冯梦龙.警世通言[M].北京：人民文学出版社，2018：436.

意，依理依情做出判决：

"花下相逢，已有终身之约；中道而止，竟乖偕老之心。在人情既出至诚，论律文亦有所禁。宜从先约，可断后婚。"①

张浩与莺莺遂成夫妇，偕老百年。

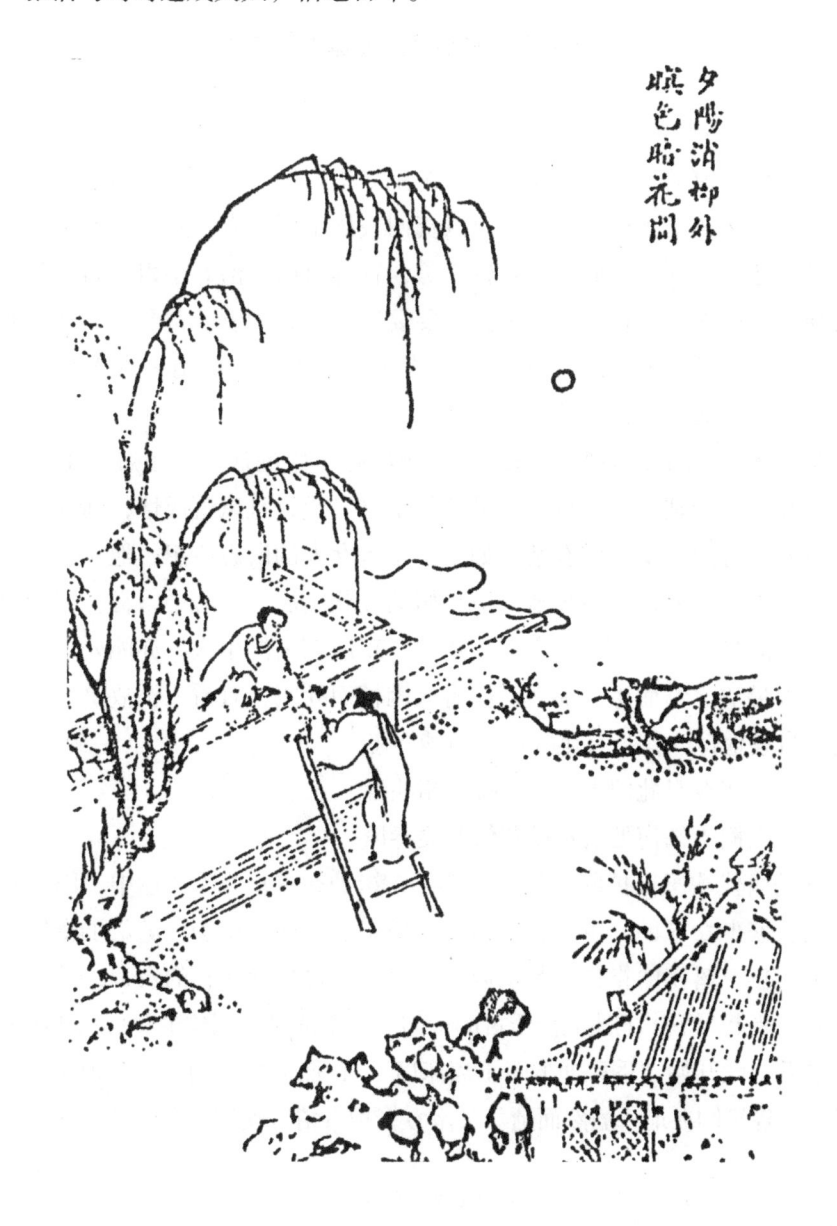

夕阳消柳外
暝色暗花间

---

① 明·冯梦龙.警世通言[M].北京：人民文学出版社，2018：437.

三十、情能生人 亦能死人

——《金明池吴清逢爱爱》

一位财主家的女儿因父亲多次拒绝别人提亲而病入膏肓,即使太医治疗也不见效,父亲便张榜求医,愿出巨资回报妙手回春者。此时,帅哥吴清恰好途经此地,看到告示后,便自告奋勇,宣称自己能治好小姐的病,条件是只要和这位病人结秦晋之好,也就是要娶这位小姐为妻,赏金可分文不取。情急之下,财主答应了吴清的条件。奇迹随即发生,吴清一进入小姐的房间,小姐就不狂了,病好了。

吴清不是医生,为何又深信自己能治好小姐的病呢?了解一下吴清的过去,我们就会理解他的自信。吴清是个富二代,且风流成性,到处寻花问柳,只要他有意,女人就有情。如果不了解女人的所思所想,他又怎么能成为爱情杀手呢?所以,当吴清知道小姐的症状之后,便心中暗喜,因为他断定小姐犯的是心病,用情医之便能痊愈。正所谓情能生人,亦能死人。财主的女儿因吴清之情而生,那么,会有人因情而死吗?且看入话故事,我们便会情不自禁地惊叹作品首尾呼应的巧妙构思。

去年今日此门中,人面桃花相映红。

人面不知何处去?桃花依旧笑春风。[①]

这是唐代才子崔护的一首诗。某年,崔护在进京赶考的途中,因口渴而向一位农家少女求助,少女急忙进去,盛半盏茶递与崔护,满足了崔护的需求。第二年,落榜的崔护又赴京赶考,再次路过少女所在的农舍,见舍中无人,便在墙上写下了上述流传千古的诗句。不幸的是,那位少女自从初次见到崔护之后,就开始"昏昏如醉,不离床席"[②];而当她看到墙上崔护所提的诗句时,竟昏然倒在地,溘然而逝。又幸亏崔护有情,唤醒少女,终成眷属。

[①] "去年"句:这是唐代诗人崔护写的诗作《题都城南庄》,流传甚广。诗中还有个爱情故事,饱含着才子佳人的纯真之情,情节曲折神奇,人们称之为"桃花缘"。
[②] 明·冯梦龙.警世通言[M].北京:人民文学出版社,2018:439.

三十、情能生人 亦能死人

情能生人，亦能死人。

金明池畔逢双美
了却人间生死缘

三十一、劝君还是莫贪花

——《赵春儿重旺曹家庄》

或许有人会问，富家子弟与名妓在一起，除了狂荡与淫欲，还能有什么事？当然有！名妓赵春儿不但是富二代曹可成的人生导师，而且还助力曹可成这个败家子重振了家业。

常将有日思无日，莫待无时思有时①。这是古训，但不到山穷水尽，那些花钱如流水又不务正业的富二代是不会正视它的。作品中的曹可成用假元宝替换父亲储藏的真元宝而胡乱花钱的情节十分形象生动。"以后但是要用，就将假银换出真银，多多少少都放在春儿处，凭他使费，并不检查。真个来得易，去得易，日渐日深，换个行云流水，也不曾计个数目是几锭几两。"②如果你不认真对待金钱，金钱早晚就会教训你。"暗想复壁内，正不知还存得多少真银？当下搬将出来，铺满一地，看时，都是贯铅的假货，整整的数了九十九个，刚剩得一个真的。五千两花银，费过了四千九百五十两。"③正所谓，冰冻三尺，非一日之寒。

不幸中的万幸，曹可成迷恋名妓赵春儿。赵春儿"花娇月艳，玉润珠明，专接富商巨室，赚大主钱财"，是个有智慧的名妓。当她得知曹可成的窘境时，就取出白金百两，赠送给他，嘱咐他拿回家要省吃俭用，但曹可成一离开赵春儿，仍将银子买酒买肉，请旧日的一班闲汉大吃大喝。江山易改，本性难移。要把曹可成这样的阿斗扶起来，就必须让他自食其力，体会一下谋生的酸甜苦辣，感受一下世间的人情冷暖。赵春儿劝导、改造曹可成的故事情节真实巧妙，悲中带喜，颇具戏剧色彩，值得品味。

在曹可成连遭二丧、十分凄惨之际，赵春儿出现了，她先是好言相劝，

---

① "常"一句：意为在过富有生活的时候要想到以后可能会过贫穷的日子，不要到了一无所有的时候再来回想以前的美好生活。劝导人们要有居安思危的意识，有一定的现实教育意义。
② 明·冯梦龙.警世通言[M].北京：人民文学出版社，2018：452.
③ 明·冯梦龙.警世通言[M].北京：人民文学出版社，2018：452-453.

待曹可成不听时，表面上冷却不理，背地里却暗中周济。直到曹可成服满三年[①]后，赵春儿才开始了一系列的大动作，她拿出银子让曹可成去做功德、买房子成亲，然后倾囊助曹可成购田经商，希望他能够痛改前非。可惜的是，曹可成一有钱就又旧病复发，根本不听劝，不上一年又将赵春儿的积蓄花得一干二净。赵春儿真是又气又苦，只是朝暮纺织自食，清贫过日子。曹可成自己亦是懊恼不已。

"有智妇人，胜如男子。"关键时刻又是赵春儿出主意。她让曹可成在村里收了十来个学生，以教书为生。曹可成渐渐地习惯了粗茶淡饭，"绝不想分外受用"。

夫妻俩就这样平淡地度过了十五年的时光，见时机成熟，赵春儿再一次出手了。在多次的试探下，赵春儿挪开了自己十五年来织麻常坐的凳子，挖出千两黄金，帮助曹可成选官成功。

当然，曹可成本身是个良善的可造之材。曹家的那些个亲友自己不肯周济曹可成，却撺掇他向赵春儿讨要当初花去的银子，曹可成却道："当初之事，也是我自家情愿，相好在前；今日重新翻脸，却被子弟们笑话。"[②]

在赵春儿的感化和帮助下，曹可成终于浪子回头，功成名就。但赵春儿毕竟只是少数，妓院毕竟只认钱不认人，所以作者还是负责任地总结道：

　　破家只为貌如花，又仗红颜再起家；
　　如此红颜千古少，劝君还是莫贪花。[③]

[①] 服满三年：出自《论语·阳货》是中国古代丧服制度最重要的一种。规定臣为君、子为父、妻为夫服丧三年，其间不能外出工作。
[②] 明·冯梦龙.警世通言[M].北京：人民文学出版社，2018：454.
[③] 明·冯梦龙.警世通言[M].北京：人民文学出版社，2018：461.

破家只为貌如花
又快红妆再起家
如此红妆千古少
劝君还是莫贪花

三十二、无言的结局

——《杜十娘怒沉百宝箱》

与《雷峰塔》一样，这是一篇在民间广为流传的古代通俗短篇小说。作品结构严谨，节奏明快，语言简洁，主题鲜明，思想性和艺术性都达到一定的高度，堪称"三言"的代表作之一。

妓女是一种最古老的职业，在中国已存在了几千年。这是个让不少男人纠结的群体，明里要数落它，暗中又爱着它，特别是那些有钱的富家子弟，谁没沾过烟花、吃过胭脂？

却说那杜十娘"自十三岁破瓜，今一十九岁，七年之内，不知历过多少公子王孙，一个个情迷意荡，破家荡产而不惜"；而李甲呢，"风流少年，未逢美色，自遇了杜十娘，喜出望外，把花柳情怀，一担儿挑在她身上。那公子俊俏庞儿，温存性儿，又是撒漫的手儿，帮衬的勤儿，与十娘一双两好，情投意合"[①]。结果呢，李甲钱花完了，妓院的老鸨也就翻脸不认人了。按理说，此时李甲识相点儿，灰头土脸地离开也就算了，但杜十娘却动了恻隐之心，悲剧也由此发生了。

李甲和杜十娘的故事，既是描写男女之间的爱恨情仇，也是"农夫与蛇"故事的升级版。杜十娘帮助李甲摆脱了困境，但在利益面前，李甲却毫不犹豫地私底下把杜十娘给卖了，李甲就是一条彻头彻尾的冬眠的毒蛇。

也许有人会说，如果杜十娘早点告诉李甲百宝箱的秘密，杜十娘的被卖以及投河自尽等悲剧也就不会发生了。

杜十娘"不知历过了多少公子王孙"，对这些拈花惹草的富人，不说已看透，起码也有所了解。通过赎身的方式离开妓院，这是当时许多妓女的愿望，但这样的机会少之又少，因为没有几个有钱人愿意与妓女长期厮守，他们来妓院只是图一时的快感。对此，杜十娘应该心知肚明。所以，她只是希

[①] 明·冯梦龙.警世通言[M].北京：人民文学出版社，2018：463.

望李甲能与其他公子哥儿有所不同，对他的海誓山盟还是本能地放心不下。可以说，向往自由生活的杜十娘也知道自己是在赌博，所以，在没有看清李甲真实面目之前，杜十娘是不会亮出手中的底牌，说出百宝箱的秘密的。因为在耀眼的金银之下，爱情往往是模糊不清的。不幸的是，李甲竟然在如此短暂的时间内、为了区区的一千金就把杜十娘转卖给了其他男人，这完全超出了杜十娘的想象，对她无疑是致命的一击。可以说，怒沉百宝箱一幕，既出乎意料之外，但又在情理之中，故事也由此达到了高潮。

"独谓十娘千古奇侠，岂不能觅一佳侣，共跨秦楼之凤，乃错认李公子，明珠美玉，投于盲人，以致恩变为仇，万种恩情，化为流水，深可惜也！"[1]

这样的评价也许只是一厢情愿。应该说，只有当外人不知道杜十娘妓女身份的情况下，杜十娘才有可能获得较为真实的爱情，因为李甲并非一个人，他是一个团体、一个阶层的代表。

---

[1] 明·冯梦龙.警世通言[M].北京：人民文学出版社，2018: 477.

三十二、无言的结局

杜十娘怒沉百宝箱

三十三、愚昧的牺牲品

——《乔彦杰一妾破家》

　　女性在封建社会里吃尽苦头，毫无地位可言。作为妻子不但是丈夫情欲发泄的工具，而且当丈夫外出时，还要管好丈夫的小老婆，以免小老婆给丈夫带绿帽子。本篇小说中的高氏就是这样的一个典型代表。

　　为了不让丈夫乔彦杰知道小老婆周氏与他人偷情，高氏起心杀死了周氏的小情人；为了丈夫和自己的面子，高氏最后连自己的性命都搭进去了。而此时的乔彦杰还在外地寻花问柳，与妓女沈瑞莲打得火热，已两年没有回家了。这两个场景的对比描写，男人与女人的差别便一目了然，足见作者的睿智。

　　"乔彦杰一妾破家"应该改为"乔彦杰因色破家"才更准确一些。因为乔彦杰才是惨案发生的根源，他的贪淫恋色和高氏的愚昧无知是导致小二死亡的直接原因。周氏最多就是个主犯，洪三不过是个从犯。报案的吴青，除了敲诈未遂，并无什么罪过，乔彦杰的鬼魂向他索命，是毫无道理的。可见乔彦杰做鬼都不老实，虽在阴间，却仍为封建的礼教制度和无耻的男权主义辩护。

　　本篇小说不够简洁，有些情节有重复之嫌。如杀害小二的情节重复了三次。按理说，第一次现场作案过程已经详细描述之后，第二次的官府审案和第三次乔彦杰的听闻便可以一笔带过，不必再次细写。当然，也可能是作者为了增强作品的可读性和警示性，而有意重复并强调事件的起因和过程。

三十三、愚昧的牺牲品

乔生悉家迁妻

三十四、始乱终弃酿苦酒
——《王娇鸾百年长恨》

在"三言"中,描写青年男女恋爱婚姻的作品很多。这些作品有对男欢女爱、忠贞不渝爱情生活的精彩描绘和颂扬;也有对朝三暮四、背信弃义负心男子的大胆暴露和愤怒谴责;还有对痴情女子被玩弄、受玷污不幸遭遇的同情,以及她们要求自由爱情生活的强烈呼声等。《王娇鸾百年长恨》叙述的正是囊括了这些内容的一篇通俗小说。

第一,叙述的是周廷章泡妞三部曲。"三言"中的富家子弟,才学和事业各有长短,而谈情说爱的热情却是空前一致,谁也不愿意落后。本篇作品的主人公周廷章同学不仅有热情,而且有计谋。一是捡到小姐的手帕故意不还,借机以诗挑情、撩妹。二是假借结拜兄妹之名,行接近、勾引小姐之实。三是冒充医生,以看脉为由,抚摩小姐玉臂,为两个人的幽会创造条件。

第二,表现的是孙九和王娇鸾哭诉的智慧。孙九得知廷章抛弃娇鸾之后,沿路哭诉,"自此周廷章无行之名,播于吴江,为衣冠所不齿"[①];娇鸾则是利用替父亲检阅文书的机会,将控诉材料装入官文书内,直接送到了周廷章所在地的父母官手里。

第三,展示的是中国古典诗词之美和《长恨歌》。廷章和娇鸾的情诗艳词勾魂摄魄,读之无不为之动情。王娇鸾的《长恨歌》和白居易的《长恨歌》虽然不能同日而语,但无论是皇帝的女人,还是皇宫外的女人,她们的命运都掌握在男人手里,为情而死的总是女人。

第四,阐述的是骗死女人要偿命的道理。父母官樊公看到王娇鸾的诗歌和婚书后,"深惜娇鸾之才,而恨周廷章之薄幸",便命人缉拿周廷章并痛斥道:"调戏职官家子女,一罪也;停妻再娶,二罪也;因奸致死,三罪也。婚

---
① 明·冯梦龙.警世通言[M].北京:人民文学出版社,2018:507-508.

书上说——男若负女，万箭亡身。我今没有箭射你，用乱棒打杀你，以为薄幸男子之戒。"①樊公的这段话道出了天下所有女人的心声，很是解气。

骗死人不偿命，这是骗子的口头禅，也是骗子给自己壮胆打气的力量。假如樊公在世的话，定会严打骗子，骗婚骗财的人可能会减少一些吧？

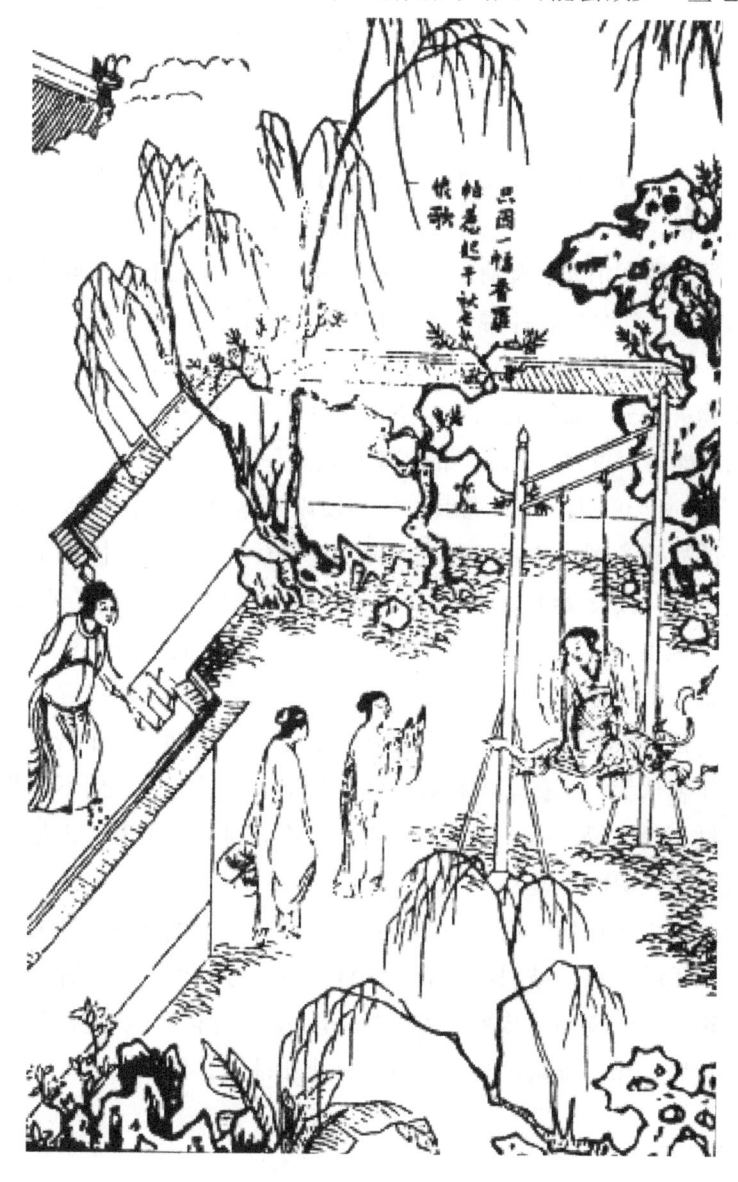

---

① 明·冯梦龙.警世通言[M].北京：人民文学出版社，2018：511.

三十五、为人切莫务虚名

——《况太守断死孩儿》

　　这篇作品一开篇便精辟地为读者介绍了三种男欢女爱的模式：第一种，男女一见钟情，两地相思，月下幽期，花间密约，为一刻风流，一往无前。第二种，虽非两厢情愿，却有一片精诚；在穷追不舍之下，渐渐由疏转密，"如冷庙泥神，朝夕焚香拜祷，也少不得灵动起来"①。第三种，男不慕色，女不怀春，只是在外力的作用下，一时性起而行男女之事，事后悔之不及。这种对事物进行分类描写的娴熟手法，充分体现了作者敏锐的观察力和清晰的分析归纳能力，也是"三言"的艺术特色之一。

　　为了进一步说明作者的观点，作品便以《喻世明言》卷29《月明和尚度柳翠》的故事为例，"如宋时玉通禅师，修行了五十年，因触了知府柳宣教，被他设计，教妓女红莲假扮寡妇借宿，百般诱引，坏了他的戒行。"②

　　男人把握不住身体，女人能系紧裤腰带吗？发誓将守节进行到底的寡妇邵氏，"看见得贵赤身仰卧，禁不住春心荡漾，欲火如焚，自解去小衣，爬上床去，还只怕惊醒了得贵，悄悄地跨在身上"③，从而失去了苦守十年的贞节，所以作者认为，"孤孀不是好守的。替邵氏从长计较，到不如明明改个丈夫，虽做不得上等之人，还不失为中等，不到得后来出丑。正是：作事必须踏实地，为人切莫务虚名。"④

　　本篇作品较为简短，有较强的可读性，只是有些地方的描写或叙述不够严谨。如邵氏的婴孩是被溺死后而抛入江中的，苏州府太守况钟又怎能两度听到啼哭声？是幻觉还是装神弄鬼？如果改为"一阵江风吹过，况钟隐约中闻到了一点腐臭味。推窗亲看，只见一个小小蒲包，浮于水面。"这样或可

---

① 明·冯梦龙.警世通言[M].北京：人民文学出版社，2018：512.
② 同上.
③ 明·冯梦龙.警世通言[M].北京：人民文学出版社，2018：516.
④ 明·冯梦龙.警世通言[M].北京：人民文学出版社，2018：513.

以少一些牵强附会，多一点情理。

地下料添寃恨鬼
人间少了偷狐贼

三十六、愚昧的代价

——《皂角林大王假形》

鲁迅先生认为,封建社会表面上讲"仁义道德",本质上却是"吃人"的。除了封建礼教这把杀人不见血的软刀子外,封建迷信有时也成了吃人的帮凶。"春间赛七岁花男,秋间赛个女儿。都是地方敛钱,预先买贫户人家儿女。临祭时将来背剪在柱上剖腹取心,劝大王一杯。"[1]这就是作品中写到的皂角林大王庙祭祀时的残酷一幕。

众人皆醉,但也会有醒着的。赵再理刚刚被任命为广州新会县知县,决心做个为民办事的好父母官,且绝不枉害人性命。因此当他知道皂角林大王愚弄和残害百姓的恶行后,勃然大怒,随即教从人打那泥神,点把火将庙烧得一干二净。从此,在赵再理的治理下,广州新会县路不拾遗,犬不夜吠,丰稔年熟。

敌人是决不会甘心自己的失败的。皂角林大王被赵知县驱逐后,怀恨在心,伺机报复。三年后,赵知县卸任归家。皂角林大王就趁机在途中偷走了赵知县的行李和告剳[2]文凭,然后假扮成赵知县,先行到赵家过起了家庭生活。赵知县到家后发现了皂角林大王的阴谋,但无论赵知县怎样解释,众人都无法辨别真假,逼得赵知县差点儿投水自尽。最后,幸亏九子母[3]娘娘显灵,才将皂角林大王打回原形。

不论是人是鬼,只要残害百姓,终将受到惩罚,这是作者的美好愿望。但愿望的实现过程并不是那么美好,有春暖花开的时候,也有寒冬腊月的季节。结尾处的"世情宜假不宜真,信假疑真害正人。若是世人能辨假,真人不用诉明神"[4],即是本篇小说的点睛之笔。

---

[1] 明·冯梦龙.警世通言[M].北京:人民文学出版社,2018:526.
[2] 告剳:即告札、告身。旧时官员的委任状。
[3] 九子母:又称鬼子母、欢喜母或爱子母,梵文音译为河梨帝母。是民间多神信仰中的多子女神,也就是生育神。
[4] 明·冯梦龙.警世通言[M].北京:人民文学出版社,2018:533.

三十六、愚昧的代价

妖怪不可怕，真正可怕的是有人相信它，这才让妖怪有了生存的土壤和空间。"世情宜假不宜真"，这是人类的最大悲哀。

三十七、不好的请走开

——《万秀娘仇报山亭儿》

"三言"中许多作品的开头或结尾的诗词,便是该作品的主题思想或主要内容,本篇小说就是如此。

"万员外刻深[1]招祸"[2]。有一次,万员外发现家里的茶博士[3]陶铁僧偷了一点点钱,就在毫无证据的情况下,以偏概全,推断他每日都有偷窃行为,因而将陶铁僧轰出门外。辞了陶铁僧情有可原,但万员外还一一向同行打招呼,让大家不要录用陶铁僧,致使陶铁僧无路可走,流落街头。把事做绝了,后果当然很严重。

"陶铁僧穷极行凶"[4]。狗急还会跳墙,陶铁僧被赶出茶馆之后,走投无路,又饥又饿又渴又冷。这时候任何一种诱惑,哪怕是邪恶的,都可能被他视为救命稻草。为了活命,只要时机合适,谋财害命的惨剧都有发生的可能,何况撞到枪口上的还是万员外的女儿?于是他便伙同十条龙苗钟、大字焦吉杀害了万小员外和当直周吉,劫走了万秀娘和她的万余贯家财。

"生报仇秀娘坚忍"[5]。"三言"中经常说,有智妇人,胜过男子。作者对女性的智慧十分信任和赞赏,这在男权主义盛行的时代非常难得。刚硬易断,越在危险的时刻,越需要机智和阴柔之术,如果没有巧言善辩、见机行事、坚忍等待,秀娘早就人头落地,更不用说复仇了。因此被劫之后,万秀娘与苗焦二人智慧周旋,虽然失了贞节,却保全了自己的性命。

"死为神孝义尹宗"[6]。有强盗,就有义士。孝义尹宗偶遇万秀娘,便路见不平,拔刀相助,不顾安危,护送秀娘归家,还因此付出了年轻的生

---

① 刻深:苛刻、严峻。
② 明·冯梦龙.警世通言[M].北京:人民文学出版社,2018:548.
③ 茶博士:旧时茶店伙计的雅号。宋以后城镇茶馆风起,人们称茶馆中的使役为茶博士。
④ 同上。
⑤ 同上。
⑥ 同上。

命。为了报答感谢尹宗的义举,吝啬的万员外将尹母接到家中奉养,还在襄阳城外建了一座尹宗庙宇,至今尚存古迹。

生为人杰,死泣鬼神,尹宗称得上是个完美的孝义典型。即使在科技发达的今天,尹宗式的人物仍为社会所需要。遗憾的是,这种英雄人物现在越来越少了,我们只好祈祷:最好的请过来,不好的请走开。

三十八、纵欲的后果

——《蒋淑真刎颈鸳鸯楼》

作品选材独特且有深意。女主人公蒋淑真屡屡出轨，炫色而情放，这在古代可是件石破天惊的事情，但是在这里作者关注的是潜藏于女人心底的难以压抑的持续喷发的情欲。女子有情，男人知否？

古代女性，有贤淑的，也有妖冶的，但像蒋淑真这样的先锋女性，在封建时代毕竟凤毛麟角。"况这蒋家女儿，如此容貌，如此伶俐，缘何豪门巨族，王孙公子，文士富商，不行求聘？却这女儿心性有些跷蹊，描眉画眼，傅粉施朱。梳个纵鬓头儿，着件叩身衫子，做张做势，乔模乔样。或倚槛凝神，或临街献笑，因此间里皆鄙之。"①说邻居都鄙视蒋淑真，这只是表面现象，因为作品里还是有不少男人拜倒在蒋淑真的石榴裙下。看到妖艳的女人，男人嘴上说的和心里想的往往是不一样的。

冶容诲淫②。男人把持不住自己，往往就怪罪于女人的妖媚。蒋淑真穿着紧身衣，倚窗左右顾盼，这在要求女人"行不露足，踱不过寸，笑不露齿，手不上胸"的封建年代，当然是一道难得的炫目的风景线，岂不让男人抓狂？但在专制的年代里，任何的特立独行都要付出代价。

在封建礼教盛行的年代，像蒋淑真这样的叛逆女性，很难被社会接纳，尽管有不少男人在角落里如痴如醉地看着想着蒋淑真紧身衣里的玉体，但蒋淑真的结局注定是悲惨的，不管是活或者还是死去。那么，作者又是如何看待蒋淑真这样的群体？

作者采用自然主义的艺术手法描写蒋淑真的情欲和爱恨，体现了作者理解和同情女性的悲悯之心。从未成年的阿巧，奔五的李二郎，鳏夫张二官，到情场高手朱秉中，二十多岁的蒋淑真跟朱秉中在一起才领略到个中妙不可

---

① 明·冯梦龙.警世通言[M].北京：人民文学出版社，2018：551.
② 冶容诲淫：出自《周易·系辞上》。指女子装饰妖艳，容易招致奸淫的事。冶容，打扮得容貌妖艳；诲，诱导、招致；淫：淫邪。

言的滋味。因此无论是阿巧、李二郎的鬼魂相逼,还是张二官的撞见,都阻挡不了蒋淑真与朱秉中的约会,最终只能命丧黄泉。

作者在同情蒋淑真的同时,却又以儒家的思想审视蒋淑真的情欲,并发出了温和的倡导:

"故知士矜才则德薄,女炫色则情放。若能如执盈,如临深,则为端士淑女矣,岂不美哉。"①

---

① 明·冯梦龙.警世通言[M].北京:人民文学出版社,2018:558.

三十九、儒生不易

——《福禄寿三星度世》

  本篇作品故事简单，内容平淡，但作者对读书人的不幸遭遇还是写得颇有深度。

  儒生不易。"那刘本道原是延寿司掌书记的一位仙官，因好与鹤鹿龟三物顽耍，懒惰正事，故此谪下凡为贫儒。谪限完满，南极寿星引归天上。"[①] 刘本道是因为不专心本职工作，才被下放到人间来体验生活的。在人间的刘本道二十年来灯窗用心，潜心苦学，还是连举不第，与做官没缘分。这又是什么原因？作者认为，这是"时也，运也，命也"。刘本道原本是来人间悔过自新的，但无论如何努力，还是做不了官，从而过着穷苦潦倒的生活。仙人如此，人间的儒生该有多么不容易！

  儒生刘本道倒霉得喝水都塞牙，干啥啥不顺，就连街边卖狗皮膏药的乞道士也要欺骗他，害得他们夫妻俩差点儿反目成仇。幸亏妻子女娘法术高强，乞道士只好逃之夭夭。

  刘本道虽然是仙官下凡，却和凡人一样，照样吃喝拉撒睡，并没有和普通百姓有何不同。可见世上本无神仙，如果有，也是假的。就好比前面提到的那个乞道士，为了骗钱，拿刘本道开涮，给了刘本道一张符，说是可以让他的妻子现出原形；而遇到真仙女娘却又认不得，还想与她争斗，结果反被女娘给镇住了。这有眼无珠的道士还能有啥功夫？

  "三言"中的道士经常功夫不灵，笑话百出。

[①] 明·冯梦龙.警世通言[M].北京：人民文学出版社，2018：567.

三十九、儒生不易

四十、人间万事善为先

——《旌阳宫铁树镇妖》

这则小说篇幅较长，但主题清晰，主要是通过描写真君剿灭孽龙的英雄事迹，宣扬道教为民的思想。

想象力丰富。作品有许多武打场景，仙人与妖龙都有上天入地、呼风唤雨的高超本领，所以斗法精彩纷呈，场面宏大，从而为喜欢武打作品的读者制造了巨大的想象空间。真君许逊和孽龙张酷的较量更是一波三折，有武斗，也有智斗，魔高一尺，道高一丈。正是这条主线贯穿了作品的始末，故事情节也由此有条不紊地向前发展。

对比手法娴熟。孽龙之所以能混迹人间，是因为孽龙善于利用人类的弱点。如刺史贾玉就是因为贪图财宝，才将美丽的女儿嫁给了化名慎郎的孽龙。有趣的是，女儿生下的孩子也是妖怪，而且与孽龙相处久了，女儿也有了妖性，果真是近墨者黑。当然也有近赤者朱的。遇见真君的人便是有福的。钱是个好东西，只须取之有道，真君遇到乐善助人的贫苦百姓，总是用点石成金的神奇力量感谢行善之人。作品正是通过正反人物言行差异的描写，告诉人们"欲达神仙之路，在先行其善而后立其功。"[①]这是真君的感悟和劝导，也是"三言"一再表达的思想观念。

众人添柴火焰高。作品中既有九天玄女、太上老君等道教神仙，也有观世音菩萨、罗汉等佛教人物，而且为了消除邪恶力量，他们携手合作，共同努力，谱写了一曲三教合一思想的赞歌，也显示了中华文化的博大精深。

[①] 明·冯梦龙.警世通言[M].北京：人民文学出版社，2018：618.

四十、人间万事善为先

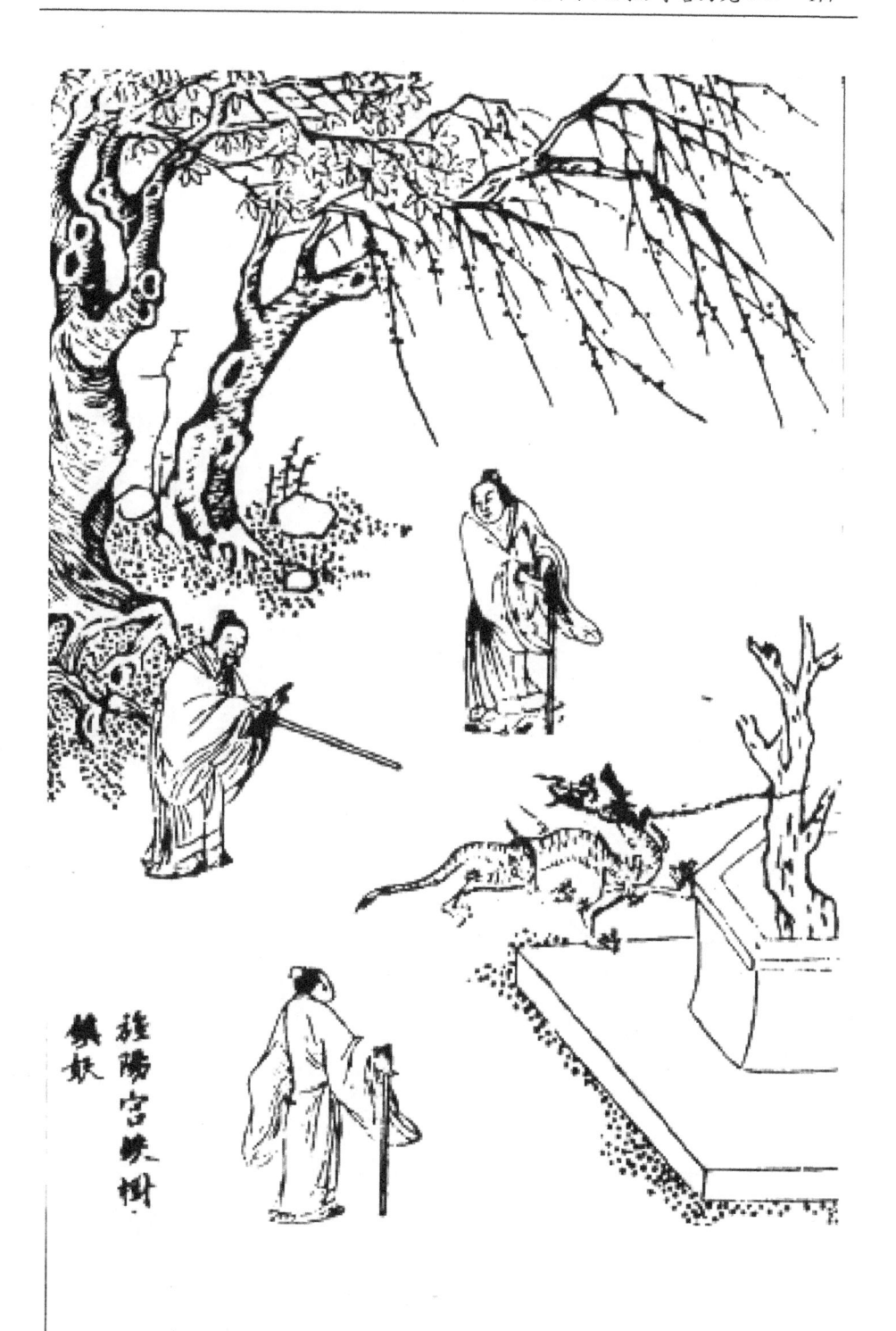

睢陽宮鐵樹
鎮蛟

下 篇

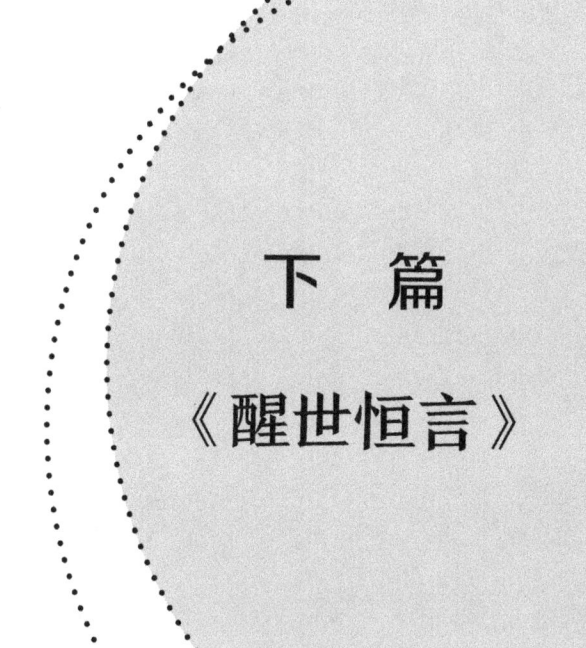

《醒世恒言》

一、洞察与智见

——《两县令竞义婚孤女》

处理一件事情的关键往往取决于当事人的态度，取决于当事人看待问题的角度。当一个人能将心比心、换位思考时，一般都会做出合乎情理的选择，找到解决问题的有效办法。

当大尹钟离公得知新来的婢女月香就是前两任县尹的女儿时，"正是兔死狐悲，物伤其类：'我与石璧一般是个县尹。他只为遭时不幸，遇了天灾，亲生女儿就沦于下贱。我若不闻不见，到也罢了；天教他到我衙里。我若不扶持他，同官体面何存！石公在九泉之下，以我为何如人！'"[①]

在利益面前，能像钟离公这样做到义字当先实非易事。有时人类利己的本能甚至还会让人做出背信弃义的事情。例如，入话故事里的王氏兄弟俩，当哥哥王春去世后，弟弟王奉就阳奉阴违，只为自己的女儿利益考虑，干起了偷梁换柱的丑事。

那王奉看到自己女婿又丑又穷，潘家又标致又富有，忽便起一个不良之心。何不暗地里兑转琼英琼真的婚事，谁人知道？自己的亲生女儿也不至于在穷汉家受苦。行善之家必有余庆；作恶之家呢？答案自然不言而喻。萧雅虽然穷丑，但刻苦攻书，一举成名；潘华富帅，却不习诗书，不务正理，最终投身为奴。正所谓"目前贫富非为准，久后穷通未可知。颠倒任君瞒昧做，鬼神昭鉴定无私。"[②]

人物的内心独白，往往就是人物的心理活动过程或思考过程。这是"三言"经常运用的一种人物心理描写方法。如上述钟离公和王奉的所思所想就是他们的内心独白。除此之外，作品中也有直接对人物言行背后的心理进行细致的刻画，例如：贾昌十分仁义，他老婆却为何对月香百般刁难呢？

"原来贾昌的老婆，素性不甚贤慧。只为看上月香生得清秀乖巧，自己

[①] 明·冯梦龙.醒世恒言[M].北京：人民文学出版社，2018：13.
[②] 明·冯梦龙.醒世恒言[M].北京：人民文学出版社，2018：2.

无男无女，有心要收他做个螺岭女儿。初时甚是欢喜，听说宾客相待，先有三分不耐烦了……"①

一旦感觉自己的地位有可能受到挑战，便起了害人的歹心，这完全就是心理不平衡惹的祸。

作者不仅有洞察心灵的犀利眼光，而且善用辩证的思维看待世界和事物。作品中有邪有正，有丑有美，有王奉就有钟离公，在鲜明的对比中推进故事的发展，而且故事结局总是充满希望。虽然美好的结局往往是建立在因果报应的思想之上，但它起码起到了慰藉心灵的作用。

---

① 明·冯梦龙.醒世恒言[M].北京：人民文学出版社，2018：5.

二、唯贤是举

——《三孝廉让产立高名》

生活可以平淡,但小说必须要有惊奇。意料之外,情理之中,这是小说追求的境界,也是本篇作品的艺术特色之一。

小说主人公许武长兄如父的形象十分丰满,让人感动。十五岁时,许武的父母双亡,留下两个年幼无知的弟弟和些许家产。为了教养弟弟长大成人,白天许武带着弟弟耕田种圃,晚上亲授弟弟读书及礼让之道等。渐渐地两个弟弟成长了,家事也日渐丰盛,有人劝许武娶亲,他怕对弟弟不利,便谢绝了别人的好意。乡里称他为"孝弟徐武"。

独成名不如众成名。为了引起有识之士对弟弟的关注,许武费尽心思,以退为进,助二弟功成名就,然后才道出了自己所作所为的原委:

"我当初教育两个兄弟,原要他立身行道,扬名显亲。不想我虚名早著,遂先显达。二弟在家,躬耕力学,不得州郡征辟。我欲效古人祁大夫内举不避亲,诚恐不知二弟之学行者,说他因兄而得官,误了终身名节。我故倡为析居之议,将大宅良田,强奴巧婢,悉据为己有。度吾弟素敦爱敬,绝不争竞。吾暂冒贪饕之迹,吾弟方有廉让之名……"[①]

如果不是大智慧,又怎能有如此之良策?原本左邻右舍对许武强行分家产、独占大头的做法十分反感,但听了许武的肺腑之言,所有的乡亲豁然开朗,而且对许武更加肃然起敬,剧情瞬间翻转。

小说讲究戏剧性,也讲究寓教于乐。作品中有关举孝廉的叙述,让人耳目一新——

"若是举孝廉时,不知多少分上钻刺[②],依旧是富贵子弟钻去了。孤寒

---

① 明·冯梦龙.醒世恒言[M].北京:人民文学出版社,2018: 29.
② 钻刺:钻营请托,说人情,走后门。

的便有曾参①之孝，伯夷②之廉，休想扬名显姓。只是汉时法度甚妙；但是举过某人孝廉，其人若果然有才有德，不拘资格，骤然升擢，连举主俱纪录受赏；若所举不得其人，后日或贪财坏法，轻则罪黜，重则抄没，连举主一同受罪。那荐人的，与所荐之人，休戚相关，不敢胡乱。所以公道大明，朝班清肃。"③

于此，读者轻松地了解到了古代的一些政治文化，看到了汉朝干部选拔制度的可借鉴之处。可以说，多角度、多层面地描写社会生活，这是"三言"最为可贵的地方之一。

---

① 曾参：春秋末年鲁国人，孔子的弟子，以孝顺父母而著称。
② 伯夷：商末孤竹国人。他和他的弟弟叔齐互相推让，不肯作国君，后来两人都饿死在首阳山。
③ 明·冯梦龙.醒世恒言[M].北京：人民文学出版社，2018：21.

三、真心与真情

——《卖油郎独占花魁》

这是一篇难得的名篇佳作,也是"三言"代表作之一。只要翻开它,定然爱不释手。

"卖油郎独占花魁",这个标题本身就相当引人注目。一个生活在社会底层的卖油郎为何能独占花魁?

没有敏锐的观察能力或丰富的生活阅历,是不可能写出如此优秀的作品的。作者认为,帮衬是获得芳心的终极武器,而不是传统观念中的金钱和美貌。作品既有总结性的经验介绍,又有卖油郎的具体事例描写。

"帮者,如鞋之有帮;衬者,如衣之有衬。但凡做小娘的,有一分所长,得人衬贴,就当十分。若有短处,曲意替他遮护,更兼低声下气,送暖偷寒,逢其所喜,避其所讳,以情度情,岂有不受之理。这叫做帮衬。风月场中,只有会帮衬的最讨便宜,无貌而有貌,无钱而有钱。"[①]

帮衬有虚情假意的,也有真心实意的。前者可以得逞一时,但难保一世;后者或会波折重重,但终生受用。卖油郎竟然想与名妓共度良宵,似乎有点癞蛤蟆想吃天鹅肉,但他偏偏吃到了,而凭的就是他的真心实意的帮衬。

临安城的卖油郎秦重与花魁娘子瑶琴初次相会的情节十分生动感人,低层百姓的朴实之情跃然纸上。而最引人入胜的是卖油郎决定接近花魁的心理纠结过程,写得合情合理、丝丝入扣。

秦重听得说是汴京人,触了个乡里之念,心中更有一倍[②]光景。吃了数杯,还了酒钱,挑了担子,一路走,一路的肚中打稿道:"世间有这样美貌的女子,落于娼家,岂不可惜!"又自家暗笑道:"若不落于娼家,我卖油的怎生得见!"又想一回,越发痴起来了,道:"人生一世,草生一秋。若

---

① 明·冯梦龙.醒世恒言[M].北京:人民文学出版社,2018:32.
② 一倍;多二倍。省略"多"字。

得这等美人搂抱了睡一夜，死也甘心。"又想一回道："呸！我终日挑这油担子，不过日进分文，怎么想这等非分之事！正是癞虾蟆想着天鹅肉吃，如何到口！"又想一回道："他相交的，都是公子王孙，我卖油的，纵有了银子，料他也不肯接我。"又想一回道："我闻得做老鸨的，专要钱钞。就是个乞儿，有了银子，他也就肯接了，何况我做生意的，青青白白之人？若有了银子，怕他不接！只是哪里来这几两银子？"①

有志者事竟成。念叨中，秦重想出了个积少成多的计策，从此他每日一分一厘地将银钱积趱起来，一年多后，他的愿望竟然可以实现了。

作品中有关刘四妈的篇幅并不长，但形象特别鲜活，尤其是她的攻心术可谓举世无双。凭借她的"三寸不烂之舌"，的确可以说得"罗汉思情，常娥想嫁"，将一块硬铁熔做热汁，这还真不是她在自吹自擂。比如她对美娘和王九妈的劝导，句句切中要害，入情入理，贴心入心。就连作者自己都情不自禁地评价一番：

刘四妈，你的嘴舌儿好不利害！便是女随何，雌陆贾，不信有这大才。说著长，道著短，全没些破败。就是醉梦中，被你说得醒；就是聪明的，被你说得呆，好个烈性的姑姑，也被你说得他心地改。②

在刘四妈精辟的劝说词中，她对妓女从良的理解、论述和总结，更是封建社会妓女从良的权威性指南，如果想从良的妓女听了刘四妈的言论之后，相信心中会踏实一些，弯路也会少走一点。

---

① 明·冯梦龙.醒世恒言[M].北京：人民文学出版社，2018：47.
② 明·冯梦龙.醒世恒言[M].北京：人民文学出版社，2018：43.

四、你惜花来花爱你

——《灌园叟晚逢仙女》

  如花似锦，花季少年，美人如花，人们常用花来比喻美丽的事物，但并非每个人都真正爱花、惜花、护花。本篇作品写的就是花与人之间的纠结和爱恨，从入话故事到正文内容，都以花暗喻女人，劝导众人爱花惜花，创造美好生活。

  作品虽然以花为题，但写的却是人间的生活。在入话故事里，年轻貌美的花精阿措敢于挑战风神十八姨，这象征着少数年轻女性的觉醒和反抗封建势力的精神；花精们最终得到护花使者崔玄微的帮助，再也不惧风神十八姨的威胁，体现了时代发展与进步的必然性。

  人话故事与正题中提到的武则天贬牡丹花于洛阳的传说有异曲同工之妙，趣味十足，而又引人深思。

  传说牡丹花曾因不肯奉承武则天，而拒绝冬天发蕊开花，被大怒的武则天贬到洛阳，之后洛阳牡丹反而冠于天下。

  真心付出才能有回报。"花痴"秋先一生与花为伴，他买花、养花、护花、惜花、葬花、浴花，字里行间，一言一行，皆体现出一个"痴"字。因为"痴"，秋先不许人损坏花的一瓣一叶，更不许人攀枝折朵。他对花的看法自有一番论断：

  "凡花一年只开得一度，四时中只占得一时，一时中又只占得数日。他熬过了三时的冷淡，才讨得这数日的风光。看他随风而舞，迎人而笑，如人正当得意之境，忽被摧残，巴此数日甚难，一朝折损甚易。花若能言，岂不嗟叹！"[①]

  如果你爱花，花也会爱你。秋光爱花护花，感天动地。当秋先遭到无赖张委等人欺凌时，司花仙女下凡了；当张委一行践踏花园，秋先痛不欲生

[①] 明·冯梦龙.醒世恒言[M].北京：人民文学出版社，2018：76.

时，花神帮助秋先将满地狼藉的落花重新移到树上，使满园鲜花绽放如故；当秋先蒙冤坐牢时，又是花神奏闻上帝，最终由上帝对以张委为首的黑恶势力进行了惩罚。而且历经磨难的秋先从此"日饵百花，渐渐习惯，遂谢绝了烟火之物"[1]；还将他"所鬻[2]果实钱钞，悉皆布施。不数年间，发白更黑，颜色转如童子"[3]；并在一个"丽日当天，万里无暇"[4]的日子里，随众仙登云，冉冉升天。正可谓"园公一片惜花心，道感仙姬下界临。[5]

有趣的是，毁花摧花的张委最后掉进粪坑而死。花香粪臭，强烈的两极对比，很有喜剧色彩，使人哑然失笑。

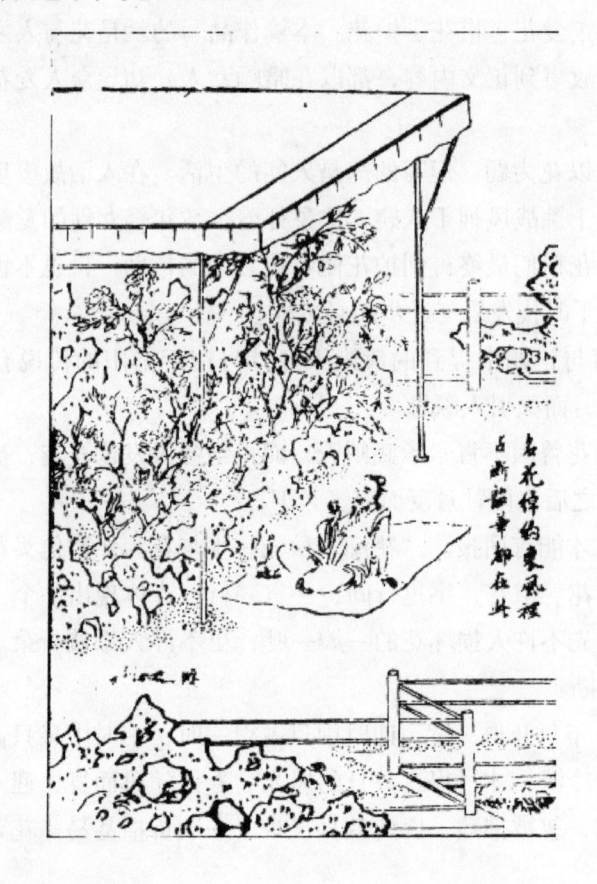

---

[1] 明·冯梦龙.醒世恒言[M].北京：人民文学出版社，2018：90.
[2] 鬻：读yù，古同"育"，养育。也可假借为"卖"。
[3] 明·冯梦龙.醒世恒言[M].北京：人民文学出版社，2018：90.
[4] 同上。
[5] 明·冯梦龙.醒世恒言[M].北京：人民文学出版社，2018：90.

五、人生处处是矛盾

——《大树坡义虎送亲》

这是个虚构的人救虎、虎报恩的故事，旨在"奉劝世人公道存心，天理用事，莫要贪图利己，谋害他人"。有诗为证：

从来只道虎伤人，今日方知虎报恩。

多少负心无义汉，不如禽兽有情亲。[①]

作品中的虎是感恩报恩的象征，是一个概念化的个体，并无文学形象意义。作者主要的笔墨还是落在人的身上，着重塑造了勤自励这样一个生动鲜活的硬汉形象，同时引发人们对情和义的思考。

福州人勤自励从小舞枪弄棒，以狩猎为乐，曾一天射杀过三只老虎。后经一老者规劝后，勤自励幡然醒悟，发誓再也不杀老虎这一有情动物。一次遇一黄斑老虎落入陷阱里，勤自励叮嘱它出去不要再伤人，得到老虎的回应后便救了它。老虎跑走了，勤自励却纠结了，心道："人以获虎为利，我却以救虎为仁。我欲仁而使人失其利，非忠恕之道也。"[②]于是便将自己所得的野味，置于阱中，空手而回。正是"可施恩处便施恩"，人生处处是矛盾。

勤自励慷慨大方，但不想经商务农，因此伤了父母的心。在父母的训导下，他便私下前往府中投军，因他武艺出众，骁勇善战，多次立功，曾做到都指挥[③]之职。但千辛万苦回家之后，他却听说自己从小聘定的未婚妻林潮音即将嫁给别人，就"狠狠地仗剑出门"。这是谁的错呢？

未来的女婿在外十来年，不知死活，自己的女儿却要为他守活寡，做父母的怎不替女儿焦急？于此，勤自励的父母也表示理解。但林潮音认为，一女不吃两家茶。既然自己已许配给勤自励，就必须从一而终。

父辈认为女人不宜守活寡，儿女辈则认为应该遵守诺言。此时，作者又

[①] 明·冯梦龙.醒世恒言[M].北京：人民文学出版社，2018：102.
[②] 明·冯梦龙.醒世恒言[M].北京：人民文学出版社，2018：95.
[③] 都指挥：武官名。唐代方镇所属的军校。

抛出一个两难的问题。

如果站在情与义的角度来看待评判两代人的是非对错，恐怕很难得出令人信服的答案。但假如以情理来衡量两代人的主张，则相对比较容易理解他们各自的立场。

从情的角度看，父辈应该是对的；因为他们是过来人，对男女之情的感受比较具体真实，其主张较为人性化。从理的角度看，儿女辈又是正确的一方；因为他们追求的是契约精神，坚持的是一诺千金的诚信。可见，人生处处是矛盾。

那么，该如何解决这些矛盾呢？黄斑老虎闪亮登场。将成亲途中的林潮音从人丛中衔还给勤自励，也成全了老虎报恩送亲的一段奇事。

六、刀枪和思想

——《小水湾天狐诒书》

  本篇作品的主要内容是：主人公王臣所经历的遭遇都是自取的，"非干野狐之罪。那狐自在林中看书，你是官道行路，两不妨碍，如何却去打它，又夺其书？及至客店中，它忍著疼痛，来赚你书，想是万不得已而然。你不还它罢了，怎地又起恶念，拔剑斩逐？及至夜间好言苦求，你又执意不肯，况且不识这字，终于无用，要它则甚！今反吃它捉弄得这般光景，都是自取其祸"[①]。目的是告诫人们，不要伤害无辜，尤其像野狐这样爱读书的善类，否则受害者也将用自己的聪明智慧惩罚加害者。

  借物说人，以物类人，这是"三言"常运用的艺术手法，本篇作品也不例外。天狐暗寓书生，书籍代表智慧。天狐为了拿回自己喜爱的书，不惜冒着伤亡的疼痛与生命危险，然而其行动方式又是书生式的温和与理性。连王臣的母亲都说："这狐虽然惫懒，也亏他至蜀中赚你回来，使我母子相会。将功折罪，莫怨他罢！"[②]这与王臣的粗野和顽愚刚好相反。

  处理一件事情，武夫有武夫的粗暴，文人有文人的智慧；然而智慧终将战胜粗暴。拿破仑就曾说过，世界上有两种力量，即刀枪和思想，但从长远来看，最后胜利的还是思想。

[①] 明·冯梦龙.醒世恒言[M].北京：人民文学出版社，2018：118.
[②] 明·冯梦龙.醒世恒言[M].北京：人民文学出版社，2018：120.

山花多艳如含笑
野鸟无君但乱啼

七、弄巧成拙

——《钱秀才错占凤凰俦》

"三言"在小说人物的命名上极大地继承了中国古代姓名字号文化的传统,常常通过谐音①、取义②、反讽③、随事④、形似等艺术手法,以展现主题内容,揭示人物的性格命运,表达作者的爱憎褒贬,让读者的阅读更为晓畅易懂等,从而获得独特的艺术效果。本篇作品中的颜俊,富家子弟,名字听起来像帅哥,但偏偏外貌丑陋,可不学无术又爱张扬;钱青,名字与经济状况相符,贫穷落魄,但俊美且饱学敦厚。人物名字简单直白,却透露着浓浓的文化气息,这也是"三言"的艺术特色之一。

颜俊弄巧成拙,钱青因祸得福。对比是作者常用的艺术手法之一。而独具匠心的比较往往能令小说内容更出彩,人物形象更鲜明,感受更强烈。颜俊想用张冠李戴的欺骗方法捕获美人,从现在看来,这简直是天方夜谭,但在婚姻父母包办的封建社会却有存在可能性。因为当时不少婚前男女根本没有见面的机会,只要双方父母见面并同意就行了。当然,谎言不能长久,而且还要付出代价。结局是钱青获得美人之爱,而颜俊既丢了钱财也失了人品。

作品中颜俊暴打钱青的情节似乎有点唐突,但细究起来,还是合情合理。其一,以小人之心度君子之腹。见到美女就眼睛发直的颜俊,他的心里难免会嘀咕,一对青年男女以夫妻的名义,单独在一屋里生活了三天三夜,怎能没有夫妻之实?自己心里有鬼,所以就不分青红皂白地对钱青动粗。这纯属个人问题。其二,封建贞节观念在作祟。颜俊与当时的许多伪君子一样,认为女人一旦与男人有肌肤之亲,就身价大跌,大不如前;要不得,更

---

① 谐音,即作者在安排文本中人物名称时,利用汉字音同而字异的规律。
② 取义,即作者根据汉字表面或延伸出的意义而为文中人物命名。
③ 反讽,即小说中虽然选用一些含有褒义性的词汇,然而实际上却传达的是一种反面的东西。
④ 随事,即根据事情的发生发展而随意命名,不做过多刻意的考量。

娶不得。这是社会问题。

  小说故事颇有喜剧色彩，揶揄嘲讽了封建礼教下婚姻制度的不合理性和荒谬性，尤其可贵的是，小说不但为贫穷诚实的读书人喝采，还给予了他们生活的信心。

钱秀才错占凤凰俦

八、鸳鸯谱中有情怀

——《乔太守乱点鸳鸯谱》

运用历史典故和神话传说丰富作品内容，展现中华文化的博大精深，这是"三言"的艺术特色之一。本篇作品的入话故事就提及了诸如"仙境桃花出水"[①]、"宫中红叶传沟"[②]，以及"汉家飞燕"、"吴国西施"、"蕊宫仙子"[③]、"月殿嫦娥"等美丽的神话与传说。

封建社会里，有种迷信风俗叫"冲喜"，也就是家中有人病重时，用办喜事（如迎娶未婚妻过门）等方式来驱除所谓的邪气病气，希望病人转危为安。冲喜的结果往往是救不了病人的命，却多出了无数的寡妇。

冲喜的危害显而易见，但为了情节发展的需要，本篇作品却并不非议"冲喜"本身的好坏，而是借助"冲喜"来展开故事情节："且说刘璞自从结亲这夜，惊出那身冷汗来，渐渐痊可。晓得妻子已娶来家，人物十分标致，心中欢喜，这病愈觉好得快了。"[④]冲喜还真能治病，可见这刘璞害的应该是相思病。

情欲如果没有合适的疏通渠道，就容易堵塞，从而引发精神或身体疾病。所以，男女之情，天经地义，自然而然，并不以人的意志为转移。玉郎就说："你想恁样花一般的美人，同床而卧，便是铁石人也打熬不住，叫我如何忍耐得过！"[⑤]这应该是一位身心健康的青年的内心真诚独白，也是"三言"所倡导的真性情。

[①] 仙境桃花出水：古代神话故事。东汉时期，刘晨、阮肇入天台采药，迷路不得返，遇见桃园里的两个仙女，最终成婚配的故事。最晋干宝《搜神记》与南朝刘义庆《幽明录》均有记载。

[②] 公众红叶传沟：唐代传说故事。传说一宫女在红叶上题诗，从御沟中流出，被一士人拾得，也题了一首诗在红叶上，流送入宫。因此，后来二人成了夫妻。

[③] 蕊宫仙子：又称龙吉公主。相传是昊天大帝与瑶池金母之女，只因心生思凡之念，被贬下凡，在凤凰山青鸾斗阙修道，助姜子牙灭西歧火焰、生擒纣营大将洪锦、兵度五关等。与洪锦成亲后，同心效力于周营，死后分封为龙德星与红鸾星。

[④] 明·冯梦龙.醒世恒言[M].北京：人民文学出版社，2018：158.

[⑤] 明·冯梦龙.醒世恒言[M].北京：人民文学出版社，2018：156-157.

媒妁之言，父母之命，这是封建社会最基本的婚姻缔结方式。本篇中却出现了官方干预民间婚配的事情，有点特殊，但民众都乐意地接受了。为什么呢？

"这乔太守虽则关西人，又正直，又聪明，怜才爱民，断狱如神，府中都称为乔青天。"①这鸳鸯谱不但点得合理合情，更是点到了青年男女的心坎里；何况乔太守还"在库上支取喜红六段，叫三对夫妻披挂起来，唤三起乐人，三顶花花轿儿，抬了三位新人。新郎及父母，各自随轿而出。此事闹动了杭州府，都说好个行方便的太守。"②这应该就是今天的集体婚礼。可见，只要是好官，无论判什么案还都在理上，百姓也满心欢喜。所以，乔太守没有乱点鸳鸯谱，其实是巧点鸳鸯谱。

---

① 明·冯梦龙.醒世恒言[M].北京：人民文学出版社，2018：163.
② 明·冯梦龙.醒世恒言[M].北京：人民文学出版社，2018：168.

九、娃娃亲的烦恼

——《陈多寿生死夫妻》

本篇作品与《大树坡义虎送亲》的内容颇为相似，都涉及到当时社会遇到的一个普遍性问题，即父母许配的娃娃亲是否合乎情理？男女双方是否应该无条件履约？

所谓娃娃亲，就是男女双方还处在幼小阶段，父母就为他们订下婚约，约定儿女一旦成年就应成婚。父母的心愿也许是好的，但随着时间的推移，一切都在变化之中。如《大树坡义虎送亲》中的勤自励出外从军十来年，生死未卜，难道从未谋面的未婚妻林潮音就得默默地守着一纸婚约十来年？本篇作品中的陈多寿重病多年，无法医治。在这种情况下，又该如何处理儿时的婚约？各方态度不一。

女方的父母主张退婚。原因是为女儿今后的生活考虑，目的是避免女儿守活寡或活遭罪。当然，这里面也有父母悔过的心理因素。如果父辈不为女儿订娃娃亲，也就不会有退婚的苦恼；而如果再不及时纠错，那么就会毁了女儿一辈子。因此即使会有被非议的可能，但长痛不如短痛，还是退婚为好。

男方父母一般也会表示理解。平民百姓通常比较通情达理，娃娃亲的双方父母一般彼此相识或世交，关系较为融洽。这样就比较容易换位思考，将心比心，男方或男方父母一般都会比较通情达理，同意女方的退婚提议。

女方的态度最令人惊诧。不同意父母退婚的往往就是女儿本身，而这并非是男女双方已有感情基础。试想下男女双方或素未谋面，或虽两小无猜但订亲后就不能接触交流，感情又能从何谈起？其主要原因只是所谓的一女不嫁二夫，一女不吃两家茶的封建礼教在作祟。对此，现代的人可能会慨叹不已，这岂不是明摆着遭罪？殊不知，履约完婚受苦的主要是肉体，但可能会得到贞节的赞誉；而如果退婚了，那就必须承受一辈子的骂名，一辈子遭受封建礼教这把软刀子的无情折磨，就像林黛玉所悲叹的———一年三百六十日，风霜风刀严相逼。可以说，嫁过去苦，不嫁过去更苦。

那么，如何摆脱并走出这种人生困境？为了满足百姓大团圆心理的需求，在《大树坡义虎送亲》里，作者让老虎救了拒绝再嫁的女孩，勤自励和女孩终于完婚并过上幸福的生活。本篇作品里，陈多寿喝了砒霜准备自杀，不过非但不死，多年不治的病却痊愈了，娃娃亲终于变成了现实。将美好的愿望寄托在灵异的事情上，这显然不现实，可见女孩的坚持并不一定就能带来幸福的未来。

那么我们又该如何正确对待娃娃亲呢？在强大的封建礼教势力面前，主张"真情说"的冯梦龙也很纠结，在作品里他既描写了娃娃亲所带来的痛苦，又没有给出明确的解决方案，或者说是不敢亮出自己的主张。正如鲁迅先生说过的那样，一个人醒了，却无路可走，这是最大的悲哀。庆幸的是，时代进步了，如今的我们再也不会惹上娃娃亲的烦恼了。

十、慈悲的回报

——《刘小官雌雄兄弟》

在动荡和男尊女卑的封建时代，女人为了安全外出，无奈之下，常女扮男装，这种看似浪漫潇洒的做法，带给她们的往往是痛苦和遗憾，流传千古的木兰代父从军和梁山伯与祝英台的故事，就是典型的先例。

与花木兰、祝英台一样，本篇作品中的主人公刘方为了生活，也女扮男装外出经商，她们都是善良真诚的女性，从她们身上可以看到女人的艰辛和可爱。而男扮女装却恰恰相反。作品入话故事中的桑茂就是为了贪图淫欲，竟男扮女装，出入闺房，残害女性。当然，多行不义必自毙，桑茂最终还是被"凌迟重辟"①。

作品中的刘公形象比较丰满。他虽是开酒店的生意人，但对金钱并不计较，每每遇到困难不便的客人，他总会伸出援手。如果有人错给了钱，多出的部分刘公也一定会归还。或许有人会纳闷，刘公没有子女，多出的钱何不留着养老？刘公的回答是："我身没有子嗣，多因前生不曾修得善果，所以今世罚做无把之鬼，岂可又为怎样欺心的事！倘然命里不该时，错得了一分到手，或是变出些事端，或是染患些疾病，反用去几钱，却不倒折便宜？不若退还了，何等安逸。"②这也是本篇作品所要传达的思想。刘公因为认同佛教思想，并将之奉为行动指南，镇上的人无不敬服，都称他为刘长者。

救人救彻，帮人帮到底，且不图回报。这样的大慈大悲，反而又使他不求自有。没有儿女的刘公，因为好做善事，为人公平，无意中收留了刘奇刘方，结果这两个收养的儿女不是亲生却胜似亲生，刘家也因此子孙蕃盛，遂为旺族。

---

① 凌迟重辟：凌迟，即剐刑，古代的一种酷刑。先砍断罪犯的肢体，然后再穿断咽喉，致其多受痛苦，慢慢死掉。重辟，即大辟，死刑的意思。
② 明·冯梦龙.醒世恒言[M].北京：人民文学出版社，2018：190.

· 200 · 三言两语话"三言"

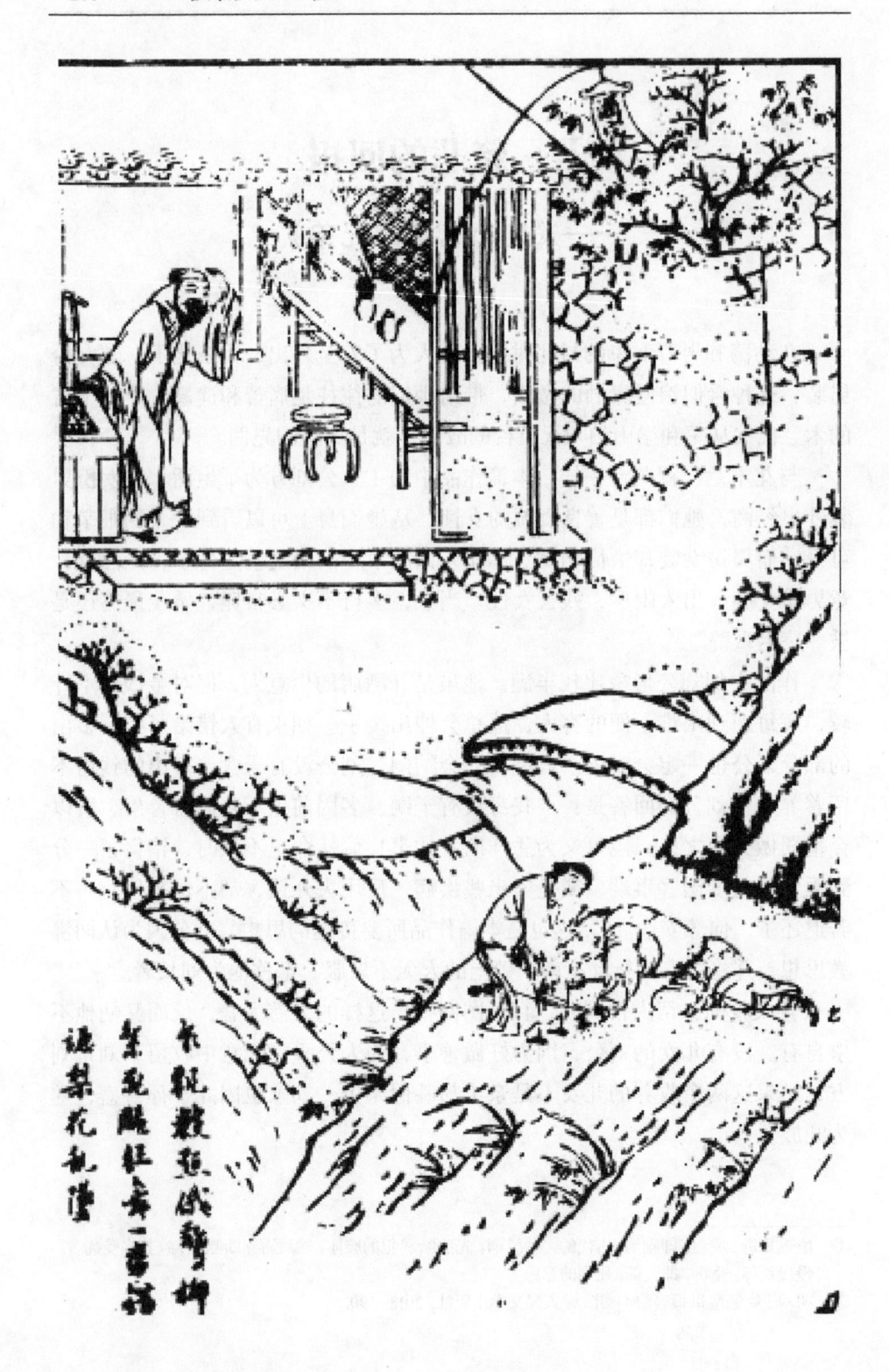

永观数点似飘雪
笑乱舞花一场话
谁梨花乱坠

十一、诗意才女

——《苏小妹三难新郎》

苏东坡本没有妹妹，因为民间百姓喜爱他，便为他创造了一个精怪可爱的苏小妹。

作品古代诗词大家云集，苏小妹、苏东坡、秦观三者强强联袂，在智慧与诗词的奇妙碰撞中，成就了诸多文坛佳话，中国汉字文化的博大精深、诗词之美、女性的智慧和才华等——得以畅快淋漓地展现。尤其是女主人公苏小妹，才华横溢，锦心绣口，字字珠玑，胜过男子，就连苏东坡、秦观这样的大才子也甘拜下风。

谁说女子不如男？冯梦龙同情女性，赞美女性，而且对女性怀有深深的敬意。"三言"塑造了大量性格鲜明、才华横溢的女性形象，她们有胆有识、敢爱敢恨、敢作敢当、勇于追求自己的幸福生活，哪怕为之牺牲自己的生命也在所不惜，着实令人动容和敬佩，这在我国文学史上是很少见的。苏小妹便是其中的典型形象之一。苏小妹的才学与智慧，就连苏东坡也不禁感叹："吾妹敏悟，无所不及！若为男子，官位必远胜我也。"[1]

更有意思的是，在入话故事里，作者还将历史上著名的才女融汇成一组女性群像，她们"吟诗与李杜争强，作赋与班马斗胜"[2]，有汉代续写《汉书》的班昭，谱写《胡笳十八拍》的蔡文姬，咏出"未若柳絮因风起"的谢道韫[3]，品第朝臣之诗的上官婕妤[4]，还有"闺阁文章之伯，女流翰苑之才"[5]的李清照，等等。这种将历史上具有某一共同特征的人物串联一体，运用优

---

[1] 明·冯梦龙.醒世恒言[M].北京：人民文学出版社，2018：212.
[2] 明·冯梦龙.醒世恒言[M].北京：人民文学出版社，2018：207.
[3] 谢道韫：晋代有名的才女，将军谢奕的女儿，著名书法家王羲之次子王凝之的妻子。《世说新语》中载：一个雪天，谢安赴任，叔父说："下雪好像什么呢？"她的兄弟说："撒盐空中差可拟"，她则说："未若柳絮因风起"，比喻精妙而受到众人的称许。
[4] 上官婕妤：即上官婉儿。唐代武则天时期的女官。很有文才，善于作诗。婕妤，宫中女官名。
[5] 明·冯梦龙.醒世恒言[M].北京：人民文学出版社，2018：208.

美风趣的笔调、白描的手法塑造特定的群像，巧妙地提升作品的知识性和趣味性的艺术创作，值得后人借鉴。

十二、趣闻轶事皆文化

——《佛印师四调琴娘》

佛印是北宋高僧，据说他自幼学习儒家经典，三岁能诵《论语》、诸家诗，五岁能诵诗三千首，长而精通五经，当时被誉为神童。他是苏东坡的方外①至交。过从甚密，民间流传着许多他们之间的佳话，风趣而富有哲理。如"心中有佛，所见皆佛"的故事在民间流传得相当广泛。

一天，苏轼闲来无事，开玩笑地问佛印："在你眼中，我像什么？"佛印说："在我眼中，居士像佛。"苏轼又问："那你知道在我眼中的你像什么吗？"佛印回答："不知道。"苏轼说："在我眼中，你像一堆牛屎。"然后苏东坡得意洋洋地回到家中，把这件事说给苏小妹听。苏小妹听后皱着眉说："一个人心里有佛，他看别的东西就都有佛的影子；一个人要是心里装着牛屎，什么东西在他眼中都像牛屎。禅师心净，大哥心秽也。"闻言，苏东坡惭愧不已。

作者正是巧妙地借助佛印和苏东坡这样的民间"网红"影响力进行小说创作，既吸引读者的眼球，又传递思想，从而获得娱乐学习、营销推广的双赢。

再看看这篇作品的副题，本身就很有意思。得道高僧佛印怎么会与姑娘调情？而且还不止一次。为何这与佛印的其他传说大相径庭？读者的好奇心可能瞬间就被激发出来。

作品中有关佛印脱俗入佛的原由纯属虚构，但又诗意盎然，读起来趣味十足，这也许就是文学高于现实的魔力。有心栽花花不开，无心插柳柳成荫。佛印原是入京应试，准备求取功名，却阴差阳错地被"钦定出家"，这确实难以接受。但佛印最终竟"把功名富贵之想，化作清净无为之业"，而且信佛之心始终坚如磐石。这是好因缘还是坏因缘？应该说，随遇而安都是

---

① 方外：尘世之外。

好因缘。

佛印与琴娘之间到底发生了什么？

原来这只是佛印与苏东坡之间的一场智力游戏，琴娘只是点缀。佛印酒后失言，东坡便以女色试探，但酒醒之后的佛印心如止水，并未被女色击倒。从此以后，苏东坡便更加敬重佛印禅师。

调足了读者的胃口，最后却轻轻一放，没有调情的细节，有的只是文人高雅的情趣。读完这篇小说，有失望的，也有满足的，这并不奇怪，因为喜好不同，体验感受也就不一样。

佛印禅师与苏东坡的故事一直在民间流传，在他们身上，人们看到了中华文化的博大精深，体悟到了智慧的喜悦。这也许是"三言"中多次出现佛印禅师与苏东坡趣闻轶事的原因吧。

十三、真情在民间

——《勘皮靴单证二郎神》

"三言"对丧权辱国的帝王君主始终持否定态度，一有机会，就会在相关作品里进行嘲讽和谴责。本篇作品中的开篇写的是道君皇帝[①]的传说。据说宋徽宗赵佶是南唐后主李煜[②]转生的。这种托生的民间传说固然不足为信，但在赵佶身上，的确看到了李煜的影子；而且他们还有一个相同之处，就是二者都是亡国之君。

历史上被敌人掳走的皇帝是少数的，但皇帝的荒淫却很普遍，也因此折杀了无数女人的青春和生命。后宫佳丽三千，又有几人被宠幸？韩夫人在宫里生病了，无论太医怎么努力，还是不见好转。道君皇帝就把她送回到殿前太尉杨戬[③]家里调治，因为她是杨戬进奉给道君皇帝的。出宫不久，韩夫人渐渐康复，且光彩夺目。在去神庙还愿时，韩夫人竟对二郎神庙中的二郎神神像一见钟情，还向他神像道出了女人的不幸和怨恨："若是氏儿前程远大，将来嫁得一个丈夫，好像二郎尊神模样，煞强似入宫之时，受千般凄苦，万种愁思。"[④]

怨皇宫愁苦，爱民间真情，这种发自内心的真情实感，在当时可谓振聋发聩，直指人心。即便后来发现二郎神是庙官孙神通假扮的，对此韩夫人也不后悔。虽然"好一场惶恐，却也了却相思债，得遂平生之愿。后来嫁得一个在京开官店的远方客人，说过不带回去的。那客人两头往来，尽老百年而终。"[⑤]

[①] 道君皇帝：即宋徽宗赵佶，宋朝第八位皇帝。他自创一种书法字体，被后人称为"瘦金体"；他热爱画花鸟画，自成"院体"，是古代少有的艺术天才与全才。在位25年，国亡被俘受折磨而死。

[②] 李煜：南唐最后一位国君。他精书法、工绘画、通音律，诗文均有一定造诣，尤以词的成就最高。后来国亡降宋，被害而死。

[③] 杨戬：神话中的人物，俗称二郎神。是神仙与凡人结合而生，力大无穷，法术无边。但此处的太尉杨戬应该是与二郎神同名罢了。

[④] 明·冯梦龙.醒世恒言[M].北京：人民文学出版社，2018：235.

[⑤] 明·冯梦龙.醒世恒言[M].北京：人民文学出版社，2018：249.

这也是一篇构思巧妙的破案小说。侦探高手冉贵机智沉着，形象鲜活；案情扑朔迷离，侦破过程一波三折，往往是疑无路时却又渐渐柳暗花明。

十四、人鬼情未了
——《闹樊楼多情周胜仙》

本篇作品短小精练，男女深情跃然纸上，于惊异中见人间百态，不失为一部引人入胜的短篇小说。

"原来情色都不由你"，作品开门见山，寥寥数笔，就点出范二郎与周胜仙这对少男少女互为倾心、一见钟情的感觉。为了探究对方的身份和情感态度，两人在众人面前一唱一和，演了一出只有当事人心领神会的对台戏，显得多情、机智又大胆。

情可以使人死，也可以使人生。当周胜仙知道父亲拒绝范二郎的求亲时，伤心悲痛，气绝而亡。小说至此似乎已经进入尾声，作者却用盗墓情节推进了故事的进一步发展，主题思想也随之更加深刻。盗墓贼朱真"见那女孩儿白净身体，那厮淫心顿起，按捺不住，奸了女孩儿。你道好怪！只见女孩儿睁开眼，双手把朱真抱住。"[①]这一段落无疑是作品的精彩之处。周胜仙为何能够死而复生呢？"原来那女儿一心牵挂着范二郎，见爷的骂娘，斗别气死了。死不多日，今番得了阳和之气，一灵儿又醒将过来。"[②]可见"阳和之气"有多神奇！

周胜仙复活了，却又被范二郎误杀，范二郎也因此而坐牢。对自己的再度死亡，周胜仙不但没有怨恨，反而飘然进入范二郎的梦境，"枕席之间，欢情无限"[③]，了其心愿。最后，周胜仙又通过神灵之力，使范二郎免受牢狱之灾，过上普通人的生活，从而上演了一曲人鬼情未了的奇剧。

---

① 明·冯梦龙.醒世恒言[M].北京：人民文学出版社，2018：258.
② 明·冯梦龙.醒世恒言[M].北京：人民文学出版社，2018：259.
③ 明·冯梦龙.醒世恒言[M].北京：人民文学出版社，2018：262.

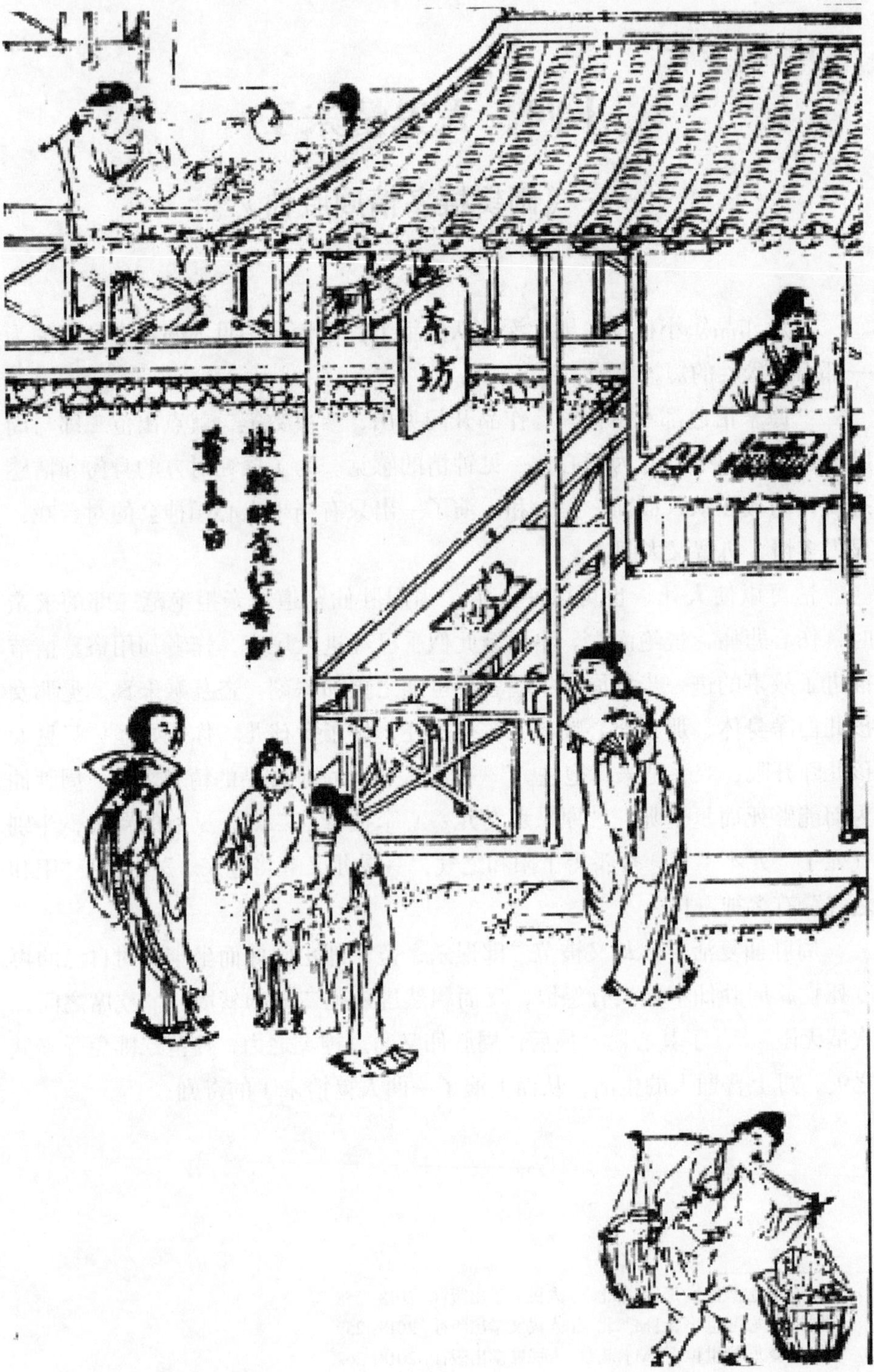
茶坊

十五、尼姑也疯狂

——《赫大卿遗恨鸳鸯绦》

这是一篇典型的情色小说，说的是尼姑淫乱的故事，目的是告戒那些贪图淫欲之人不要因纵欲无度而致自己命丧黄泉。

作品对色进行归类，划分为正色、傍色、邪色和乱色等，贴切而有趣，这是"三言"惯用的艺术手法之一。

"他原是个真念佛，假修行，爱风月，嫌冷静，怨恨出家的主儿"[1]，这样的尼姑，见了英俊的男人怎不春心荡漾？如果这样的几个尼姑凑在一起，出现淫乱现象也并非不可能。发自内心的情欲，如果一直被压抑着，那么，一旦有机会，就可能一发而不可收拾。正所谓不在沉默中爆发，就在沉默中死亡。

作品中的一首打油诗十分有趣，简单直白，情节完整。如果稍加修改，应该是绕口令的好素材：

"可怜老和尚，不见了小和尚；原来女和尚，私藏了男和尚。分明雄和尚，错认了雌和尚。为个假和尚，带累了真和尚。断过死和尚，又明白了活和尚。满堂只叫打和尚，满街争看迎和尚。只为贪那一个莽和尚，弄坏了庵院里娇滴滴许多骚和尚。"[2]

---

[1] 明·冯梦龙.醒世恒言[M].北京：人民文学出版社，2018：267.
[2] 明·冯梦龙.醒世恒言[M].北京：人民文学出版社，2018：289.

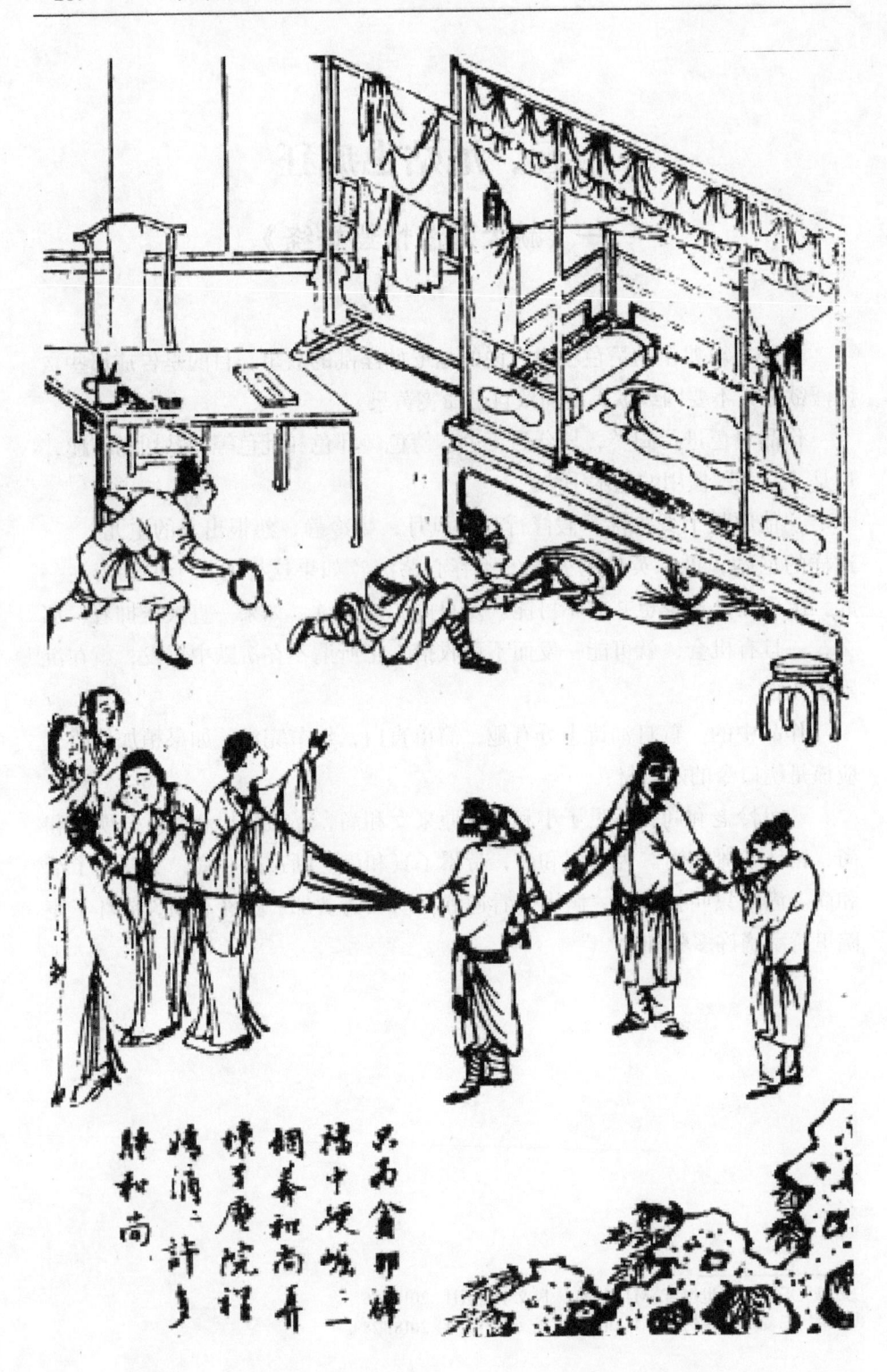

只有禽卿牌
榻中硬嵌二
侗养和尚弄
壞了庵院裡
鶏漏二許多
肸和尚

十六、礼教不废 女人难活

——《陆五汉硬留合色鞋》

前面的甲捡到了一包东西，后面的乙追上说，那包东西是自己丢的，可又说不出包里有什么。因为乙是地痞无赖，甲只好将这包东西让给了乙。乙自以为占了便宜就洋洋得意，岂料包里装的竟是两块假银锭，乙也因此破了财，坐了牢。"财可义取，不可力夺"[①]，这是本篇作品入话故事的主要思想。

当今的一个骗术与上述故事有着异曲同工之妙：前面的甲故意丢了一包东西，后面的乙捡到了。乙悄悄地打开一看，原来是一根金条，心里暗暗高兴。此时甲已回头来到乙身旁，并以见者有份为由，要求乙给他一些好处。乙想了想，便给了甲几百块钱，双方满意地分开了。这金条是真的吗？答案不言而喻。由此可见，无论时代如何变化，贪小便宜者仍然前赴后继，举不胜举。

这篇作品的正文十分简洁，情节巧妙，表面上写骗奸杀人的事，实际上却另有深意，主要是表达封建制度下女人的无奈和不幸。

潘寿儿年方十六，花季年龄，却被父母看管得足不能出户。哪个少女不怀春，却又无处说春；任凭春情荡漾，也无处话衷肠。此时如果遇到或见到一位俊美男子向自己抛媚眼放电波，又岂能不动情？在这种情境下，像张荩这种到处沾花惹草的富家子弟便有了可乘之机。

潘寿儿思春，完全可以正当结婚，为何还想和陌生男子偷情？对此现在的人可能很难理解，但在父母包办婚姻的封建社会里，这种事就比较正常了。因为当时的许多女人在不知未来丈夫是俊还是丑的情况下，就被推进洞了房。那么，潘寿儿知道风流俊俏的张荩对自己有情之后，亦生了爱恋之心，这应该比被迫成婚、盲目为妻更有人性，而这又恰恰为封建礼教所不容。

[①] 明·冯梦龙.醒世恒言[M].北京：人民文学出版社，2018：291.

因为暗中偷情，潘寿儿会错了情人；还是因为暗中偷情，潘寿儿的父母被杀害了。

"寿儿虽不知情，因奸伤害父母，亦拟斩罪。"[1]仅仅因为与男人偷情，潘寿儿就被判死刑，这简直就是草菅人命。这当然是现代人的想法，而在封建社会里，即使太守没这么判，寿儿也是会死的——

那潘寿儿思想："却被陆五汉奸骗，父母为我而死，出乖露丑！"[2]懊悔不及，无颜再活，立起身来，望丹墀阶沿青石上一头撞去，顷刻死于非命。

礼教不废，女人难活。

---

[1] 明·冯梦龙.醒世恒言[M].北京：人民文学出版社，2018：309.
[2] 明·冯梦龙.醒世恒言[M].北京：人民文学出版社，2018：312.

十七、浪子回头

——《张孝基陈留认舅》

这篇作品具有现实意义，值得一读。作品主要涉及到父母对儿女的教育和浪子回头等问题。

俗话说，富不过三代。这应该是针对那些缺乏教育或不注重教育的家庭而言。主人公过善忙于赚钱，见儿子过迁聪明，就想让他读书，却又悭吝，不肯请老师在家里教，就送到一个亲戚家里附学；送去之后，却又不管不问。孩子教育的第一责任人应该是家长，如果把教育孩子的责任一味推给别人或社会，那么，孩子可能就会因为缺乏亲情而难以正常成长。

"谁知过善是个看财童子，儿子却是个败家五道。"[①]当得知儿子过迁偷盗家财、吃喝嫖赌抽之后，过善就采用简单粗暴的打骂方式来教育儿子，最后还无奈地把过迁关闭起来，试图以此将他与外界的浮浪子弟隔离开来，促其闭门思过，回心转意。这些办法显然是治标不治本，因为没有从根本上解决过迁的思想认识问题，其结果是情急之下，过迁负气离家出走，浪迹街头，求乞度日。

"受用须从勤苦得，淫奢必定祸灾生。"[②]过善勤俭治家，而过迁却不懂得珍惜，以至流落街头。所幸的是过迁有个好姐夫张孝基。张孝基生于世代耕读之家，家境富裕，自己又广读诗书，深通古今。同时，他为人谦逊，善于经营持家，还懂得如何去挽救失足青年，如何去除江山易改、本性难移的痼疾，也了解浪子回头金不换的珍贵。

教育很重要，这是共识；但该如何教育，看法和办法都不尽相同。过善简单粗暴，缺乏耐心；张孝基却是用爱心去感化，用智慧去劝导，用耐心去等待。皇天不负有心人，在张孝基的不懈努力下，过迁通过了种种考验，终

---

① 明·冯梦龙.醒世恒言[M].北京：人民文学出版社，2018：315.
② 明·冯梦龙.醒世恒言[M].北京：人民文学出版社，2018：314.

于浪子回头,而且愈加勤勉刻苦,遂为"乡闾①善士"。

---

① 乡闾:古代以二十五家为闾,一万二千五百家为乡,因此以"乡闾"泛指民众聚居之处。

十八、说时容易　做时难

——《施润泽滩阙遇友》

　　入话故事里，作者借用了唐朝晋公裴度[①]"还带曾消纵理纹"和五代窦禹钧[②]"返金种得桂枝芬"的民间故事，目的是劝人为善。但说的容易，做起来就有些难了。在金钱和利益面前，还是有人会摇摆不定。

　　如果无意间捡到一袋金子，你将做出怎样的选择？施复守候在原地，等待失主的到来，并将金子如数归还给失主。不是所有人都会像施复这样拾金不昧，那么，施复为何不见钱眼开呢？在还与不还之间，施复也纠结过，矛盾过，但最终还是做出了心安的选择——

　　若是客商的，他抛妻弃子，宿水餐风，辛勤挣来之物，今失落了，好不烦恼！如若有本钱的，他拚这账生意扯直，也还不在心上；倘然是个小经纪，只有这些本钱，或是与我一般样苦挣过日，或卖了绸，或脱了丝，这两锭银乃是养命之根，不争失了，就如绝了咽喉之气，一家良善，没甚过活，互相埋怨，必致鬻身卖子，倘是个执性的，气恼不过，肮脏[③]送了性命，也未可知。我虽是拾得的，不十分罪过。但日常动念，使得也不安稳。就是有了这银子，未必真个便营运发迹起来。一向没这东西，依原将就过了日子。不如原往那所在，等失主来寻，还了他去，到得安乐。[④]

　　若都能像施复这样换位思考，将心比心，就有可能诸善奉行。由此可见作者的心理描写能力非同一般。

　　施复因为将金子归还给失主朱恩，不但得到了朱恩的回报，而且得到了不少意外之财，家业越来越兴旺。作品中有关这方面的描写极具偶然性，且

---

① 裴度：字中立，唐代中期杰出的政治家、文学家。曾督统诸将平定淮西之乱，以功封晋国公，世称"裴晋公"。度出镇拜相，官终中书令。
② 窦禹钧：即《三字经》里提到的窦燕山，五代后周时期大臣、藏书家。以词学著名。历任八州支使判官，后升户部郎中、太常少卿，以右谏议大夫致仕。
③ 肮脏：这里指糟蹋的意思。
④ 明·冯梦龙.醒世恒言[M].北京：人民文学出版社，2018：341.

具有超现实主义的色彩。那么，作者为什么要这样描写呢？拾金不昧是一种美德，但我们仅能从道德层面进行倡导，并不能用律法加以约束。在这种情况下，宣扬善有善报的思想，即使再离奇的故事，也不能全盘否定。因为只要是劝人为善，又能寓教于乐，这样的作品就有其存在的价值。

十九、惊奇与情理

——《白玉娘忍苦成夫》

意料之外,情理之中。一篇小说是否引人入胜,都应该在惊奇与情理这一天平上量一量称一称。

宋末,程万里和白玉娘皆为落难之人,被叛将张万户①所捕获并收为家丁,随机婚配而成夫妻。结婚的第三夜,白玉娘就劝程万里道:"妾观郎君才品,必非久在人后者,何不觅便逃归,图个显祖扬宗,却甘心在此,为人奴仆,岂能得个出头的日子!"程万里对于白玉娘的劝导十分惊讶,心中暗想:"他是妇人女子,怎么有此丈夫见识,道着我的心事?况且寻常人家,夫妇分别,还要多少留恋不舍。今成亲三日,恩爱方才起头,岂有反劝我还乡之理?只怕还是张万户教他来试我。"②正是程万里的这番主观臆断,给白玉娘带来了许多伤痛。

有智妇人,胜过男子。"三言"中时常重复这句话,事实也是如此。但封建社会中男尊女卑的思想十分盛行,男尊女卑也成了许多人的惯性思维。为此,不少男人不相信女人的能力,要么以"头发长,见识短"这一以偏概全的错误逻辑将女人的智慧全盘否定,要么认为女人的聪明背后一定另有原因。正是这种根深蒂固的男尊女卑思想意识,使得程万里误解了白玉娘的一片真心。

当然,事物既有普遍性,也有特殊性。程万里恰恰就是忽视了事物的特殊性,未能具体问题具体分析。白玉娘与其他年轻女人一样,也留恋新婚的快乐和男人的呵护,同时她还是名门将士之后,也是离乱的受害者,她当然不甘心当名侍候主人的奴仆,所以她有理解同情丈夫的心理基础。但程万里却没能以心比心,将问题个性化,致使做出了一厢情愿的错误判断。悲剧往往就是从误解开始。

---

① 万户:古代官名。为管理军事的机关。
② 明·冯梦龙.醒世恒言[M].北京:人民文学出版社,2018:361.

在离乱的年代，如何用智慧和坚贞去守护一份难得的爱情，这也是作品着重表达的内容。其中，程万里和白玉娘从相遇到成婚、从猜疑到相知、从相爱到坚守的过程尤其令人动容。

二十、利字摆中间

——《张廷秀逃生救父》

道义放两旁，利字摆中间。这是《凡人歌》中的一句歌词。用它来概括本篇作品所描写的社会价值取向颇为贴切。

在物质匮乏的年代，如果又遇到自然灾害，那么，老百姓的苦难往往是超乎想象的，而有些人却趁机从中发不义之财。"谁想这年一秋无雨，做了个旱荒，寸草不留。大户人家有米的，却又关仓遏粜[1]。只苦得那些小百姓，若老若幼，饿死无数。官府看不过，开发义仓，赈济百姓。关支的十无三四[2]，白白地与吏胥做了人家。又发米于各处寺院煮粥救济贫民，却又把米侵匿，一碗粥中不上几颗米粒。还有把糠秕木屑搅和在内，凡吃的俱各呕吐，往往反速其死。上人只道百姓咸受其惠，那里晓得怎般弊窦，有名无实。"[3]

平民百姓生活艰难，而富人家里，却又因为个人利益而时常上演着一出出勾心斗角、谋财害命的惨剧。为了独占财产，亲人反目，王员外家的大女儿瑞姐伙同丈夫赵昂一起谋害妹妹玉姐和妹夫张廷秀；为了小恩小惠，王府里的仆人们不惜撒谎污蔑张廷秀；为了钱财，官府的巡捕杨洪更是用计将张廷秀的父亲打入死牢。这是明朝市民阶层生活的一个侧面，透露出的却是，商品经济的发展在一定程度上，引发出道德的弱化和金钱至上意识的抬头。

市民阶层无论如何相互倾扎争利，但最终还是官府说了算。张廷秀的父亲最终得以昭雪洗冤，完全是因为张廷秀和张文秀兄弟登科入仕的结果。

俗话说："官官相护"。"见放着兄弟两个进士，莫说果然冤枉，就是真正强盗，少不得也要周旋"[4]。由此可见，在资本主义萌芽的明朝，是由金

---

[1] 关仓遏粜：关闭粮仓，停止粜米。也就是指囤积居奇，不肯出卖粮食的意思。
[2] 关支的十无三四：关支，即发给，支出之意。也就是说，支出发给百姓的，十分之中不到三四分。
[3] 明·冯梦龙.醒世恒言[M].北京：人民文学出版社，2018：375.
[4] 明·冯梦龙.醒世恒言[M].北京：人民文学出版社，2018：413.

钱和官本位共同决定着社会的发展方向。

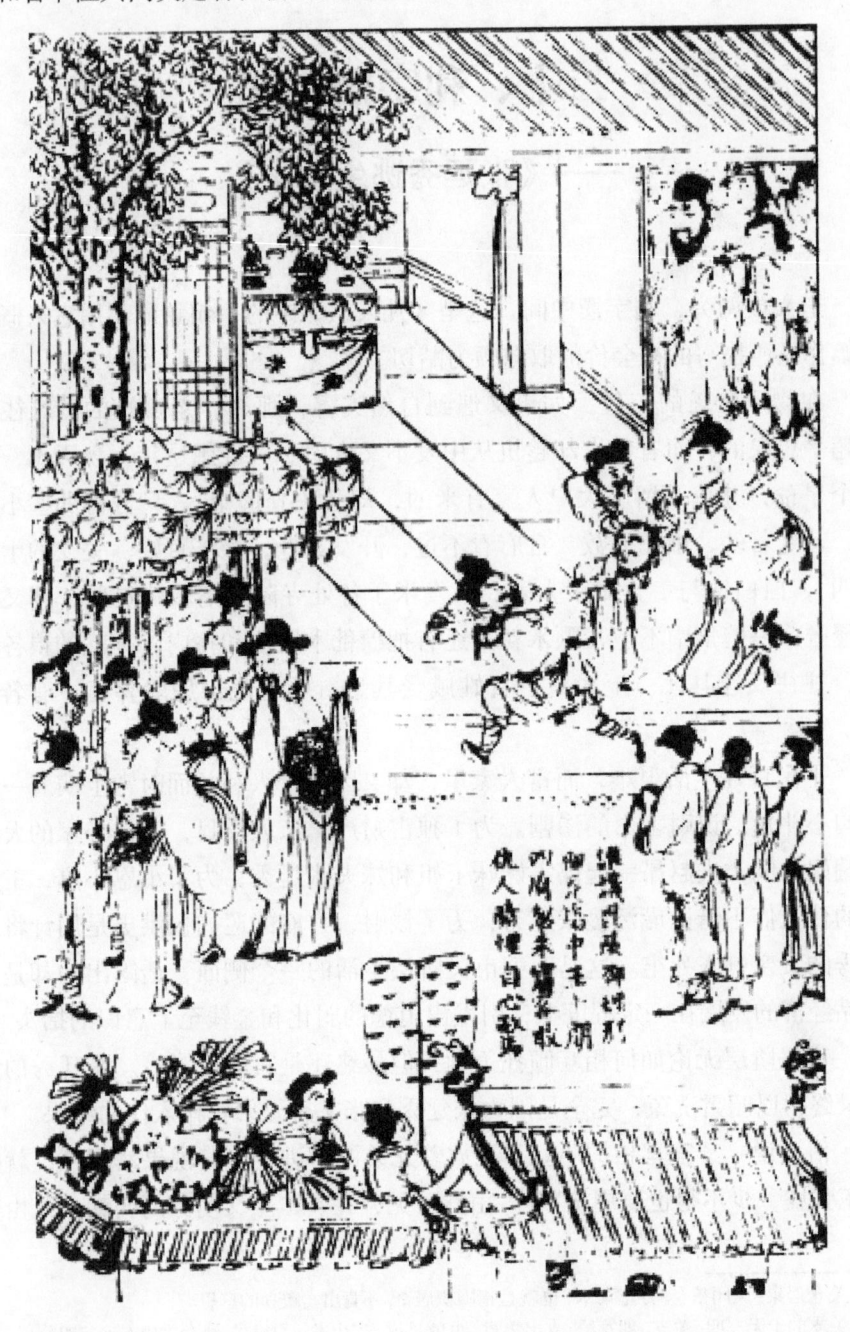

二十一、性格就是命运

——《张淑儿巧智脱杨生》

古希腊哲人赫拉克利特说，性格就是命运。现实生活如此，文学作品中的人物命运也是性格逻辑发展的结果。

本篇小说内容简短，故事情节发展比较顺畅自然，对于人物性格的刻画落墨不多，但对举人杨元礼还是颇有关照。赴京赶考的一行书生借宿在宝华禅寺，见寺内凋零，和尚油头滑脸，杨元礼心中疑惑，暗中向同行书生说："这样荒僻寺院，和尚外貌虽则殷勤，人心难测。他苦苦要留，必有缘故。"[1]当晚，杨元礼没有与其他同伴一样喝得酩酊大醉，从而逃脱了宝华禅寺和尚的魔掌，这是他善于观察、特立独行性格的回馈。

杨元礼从小聪慧，"苦志读书，十九岁便得中了乡场第二名"[2]，但父母早亡，养成了凡事都要思考和观察的习惯，这使得杨元礼与众不同，在面对陌生的环境时更加谨慎，更加容易做出正确的判断和选择。

性格的形成和发展支撑着人物言行的现实真实性。同时，从利益最大化角度选择自己的言行也具有现实真实性，这就是人们常说的，没有无缘无故的爱，也没有无缘无故的恨。张淑儿之所以要解救素昧平生的杨元礼，是因为她对杨元礼一见倾心，"我见你丰仪出众，决非凡品"[3]，而且张淑儿还想好了施救计策，不留后患；甚至为了以后的重逢，她还特意留下自己的相关信息和诉求，"妾小名淑儿，今岁十三岁。若不弃微贱，永结葭莩，死且不恨。只是一件：我母亲通报寺僧，也是平昔受他恩惠，故尔不肯负他。请君日后勿复记怀"[4]，足见其睿智非凡。

---

[1] 明·冯梦龙.醒世恒言[M].北京：人民文学出版社，2018：426.
[2] 明·冯梦龙.醒世恒言[M].北京：人民文学出版社，2018：424.
[3] 明·冯梦龙.醒世恒言[M].北京：人民文学出版社，2018：431.
[4] 同上.

二十二、佛与道

——《吕洞宾飞剑斩黄龙》

　　道教的衰微只是时间问题，冯梦龙对此早有预感。"三言"中的不少作品对道士的言行进行了揶揄讽刺，本篇作品又对道教进行了较为全面的剖析和批判，而对佛教予以褒扬，显示了作者思想意识的先进性和前瞻性。

　　道教并非道家，两者有根本性的不同。道家是信奉老庄等道家学说的哲学学派，认为大道无为，主张道法自然，提出道生法、以雌守雄、刚柔并济等政治、经济、治国、军事策略，具有朴素的辩证法思想；而道教则是中国本土宗教，以"道"为最高信仰，主要宗旨是追求长生不死、得道成仙、济世救人。因此，作品从理论基础上对道教进行驳斥，还引用了白居易的《讽谏》一诗，来进一步说明被唐代皇帝认作道教祖宗的老子与道教有着根本性区别。更"何况玄元圣祖五千言[1]，不言药，不言仙，不言白日上青天。"[2]老子所著的《道德经》并没有讲服长生药、求仙和白日升天的事。

　　在实际生活中，世上根本没有长生不老之药，也没有成仙成道之例。"蓬莱今古但闻名，烟水茫茫无觅处。"[3]秦始皇和汉武帝曾派人到海上求仙和长生不老之药，但都毫无结果。

　　作品还从劝人为善、普度众生的角度来衡量道教的合理性。认为道教过于自私，"几曾见你道门中阐扬道法，普度群生，只是独吃自疴"；而佛教则"讲经说法，广开方便之门，普度群生，接引菩提之路。说法如云，度人如雨"[4]。所以，作品中的道教神仙钟离权也认为，道教将比佛教先衰亡；他

---

[1] 玄元圣祖五千言：玄言圣祖即老子李耳，道家学派创始人。唐代皇帝误认为他是道教的祖宗，追封他为大圣祖玄元皇帝。五千言，即指老子的著作《道德经》，书中并没有涉及服长生药、求仙和白日升天的事。
[2] 明·冯梦龙.醒世恒言[M].北京：人民文学出版社，2018：440.
[3] 同上.
[4] 明·冯梦龙.醒世恒言[M].北京：人民文学出版社，2018：441.

还特别交待徒弟吕洞宾"到中原之地，休寻和尚闹。"①但吕洞宾争强好胜，还是与高僧斗禅起争执，结果尽失道教颜面。

吕洞宾想到人间度化众生，反而成了被度化的对象，这是作品最出彩的地方。吕洞宾乃是道教神话中天上最高的神仙，却在与黄龙长老的斗智斗勇中完全处于下风，最后只好"拜辞了黄龙禅师，径回终南山，见了本师，纳还了宝剑。从此定性，修真养道，数百年不下山。"②

通过这样的点睛之笔，道教和佛教，谁的生命力更强，谁更容易被大众接受，便不言而喻。

---

① 明·冯梦龙.醒世恒言[M].北京：人民文学出版社，2018：436.
② 明·冯梦龙.醒世恒言[M].北京：人民文学出版社，2018：447.

二十三、此事古难全
——《金海陵纵欲亡身》

这是"三言"为数不多的一篇以历史真实人物为原型的通俗短篇小说。金海陵的原型就是金废帝完颜亮[①]。小说主要描写金海陵的淫乱生活,有不少细节与色情有关,但在一定程度上展现了少数民族的异域风情,具有自然主义的文学倾向。

作品假借定哥与贵哥的对话,阐述作者对女子嫁人的看法,十分有趣且耐人寻味。

定哥认为,找老公一定要找个趣人,如果和俗人在一起,还不如独处。那么趣人和俗人有何不同?

定哥说:"那人生得清标秀丽,倜傥脱洒,儒雅文墨,识重知轻,这便是趣人。那人生得丑陋鄙猥,粗浊蠢恶,取憎讨厌,龌龊不洁,这便是俗人。"[②]

贵哥反问道,如果不幸遇到了俗人,该怎么办?这可是一个没有唯一答案的无解之题,可谓此事古难全。定哥是主,贵哥是仆,但主竟被仆问懵了。对此,贵哥只能苦笑地打哈哈。

贵哥又问:"若是夫人包得小妮子嫁得个趣丈夫,又去偷什么情?倘或像夫人今日,眼前人不中意,常常讨不快活吃,不如背地里另寻一个清雅人物,知轻识重的,与他悄地往来,也晓得人道之乐。终不然人生一世,草生一秋,就只管这般闷昏昏过日子不成?哪见得那正气不偷情的就举了节妇,名标青史?"[③]

精心细读,去粗取精,去伪存真,这是后人阅读前人作品应有的态度。

[①] 金海陵:字元功,女真名迪古乃。金朝第四位皇帝、文学家。他弑君篡位,为人残暴狂傲,淫恶不堪,杀人无数。后为完颜元宜所害,追废为海陵王。
[②] 明·冯梦龙.醒世恒言[M].北京:人民文学出版社,2018:458.
[③] 同上。

尽管本篇作品有些不足，但其涉及的题材还是生活中真实存在的，作者的生活观察能力还是值得肯定。

二十四、后人而复哀后人

——《隋炀帝逸游召谴》

这篇作品主要描写隋炀帝杨广篡权骄逸和走向死亡的一生，总结了隋朝灭亡的原因，即隋炀帝独断专行，贪图享乐，以致民不聊生、国力衰弱。

作品中的一些情节设置得颇为巧妙，这对于人物形象的塑造和主题思想的表现，起到了四两拨千斤的作用。如隋炀帝梦中与前朝陈后主及其宠妃张丽华相会，这一情节内容的寓意就十分深刻。

"帝自达广陵，沉湎滋深，荒淫无度，往往为妖祟所惑。尝游吴公宅鸡台，恍惚间与陈后主相通。帝幼年与后主甚善，乃起迎之，却忘其已死。后主尚唤帝为殿下。后主戴青纱皂帻，青绰袖，长裾，绿锦纯缘紫纹方平履。舞女数十，罗侍左右。中有一女殊色，帝屡目之。"[1]隋炀帝竟荒唐到连死去的、敌人所宠幸的美女都耿耿于怀。后主问帝："龙舟之游乐乎？始谓殿下之治在尧舜之上，今日仍此逸游。大抵人生各图快乐，向时何见罪之深耶？三十六封书，至今使人怏怏不悦。"[2]

看到这里，不禁让人想起唐代杜牧的《阿房宫赋》中的名句："秦人不暇自哀，而后人哀之；后人哀之而不鉴之，亦使后人而复哀后人也。"

用生动的语言描述历史事件，以嘲讽的方式塑造历史人物，这也是本篇作品的艺术特色之一。如隋炀帝召见矮民[3]王义，并问他："汝知天下将乱乎？"王义泣对曰："臣远方废民，得蒙上贡，进入深宫，久承恩泽，又常自宫，以近陛下。天下大乱，固非今日，履霜坚冰，其渐久矣。臣料大祸，事在不救。"帝曰："子何不早告我也？"义曰："臣惟不言，言即死久矣。"[4]

---

[1] 明·冯梦龙.醒世恒言[M].北京：人民文学出版社，2018：489.
[2] 明·冯梦龙.醒世恒言[M].北京：人民文学出版社，2018：490.
[3] 矮民：身材短小之人。
[4] 明·冯梦龙.醒世恒言[M].北京：人民文学出版社，2018：491.

足见隋炀帝之荒唐误国。

当然这里写的只是文学作品中的隋炀帝，作者借用隋炀帝这个历史人物来警戒后人，以增强其说服力和真实性，而历史上的隋炀帝则并非如作品所写的那样。《剑桥中国隋唐史》认为，在民间传说、戏剧和故事中，隋炀帝的形象被作者和观众的随心所欲的狂想大大地歪曲了；儒家修史者对隋炀帝道义上的评价的确是苛刻的；在中国的帝王中，他绝不是最坏的，从他当时的背景看，他并不比其他皇帝更加暴虐。他很有才能，很适合巩固他父亲开创的伟业，而他在最初的执政时也确有此雄心。

二十五、梦与现实

——《独孤生归途闹梦》

做梦就与吃喝拉撒睡一样，陪伴着人的一生，因个体差异，每个人的梦又不尽相同。作品中的独孤遐叔与妻子白氏却进入了同一个梦境，二人梦到的情境一模一样。这是什么原因？

"看官有所不知：大凡梦者，想也，因也。有因便有想，有想便有梦。那白氏行思坐想，一心记挂着丈夫，所以梦中真灵飞越，有形有像，俱为实境。那遐叔亦因想念浑家，幽思已极，故此虽有醒时，这点神魂，便入了浑家梦中。此乃两下精神相贯，魂魄感通，浅而易见之事，怎说在下掉谎？"[①]

这是否就是一心有灵犀一点通？亦或是神秘主义者所说的心灵感应、直觉、预感、第六感[②]？

相爱的夫妻俩为何会做同一个梦？作者认为，只要两个人想着相同的事，在心灵感应（交感）下，就会出现相同的梦境。也许作者在生活中有过这样的感受或听闻过这样的事例，但未经科学证实的事情还是不具有说服力。

弗罗伊德认为，梦是扭曲了的生活，也就是现实生活的一种折射。关于梦，不少心理学家和神经学家对此进行研究，所得出的结论基本上与"日有所思，夜有所梦"相同，也就是作者所认为的"大凡梦者想也，因也；有因便有想，有想便有梦。"由此可见，作者对梦的描写和探究并非空穴来风，而是其敏锐的生活观察力和勇于创新的体现。

---

① 明·冯梦龙.醒世恒言[M].北京：人民文学出版社，2018：514.
② 心灵感应等：指的是两个人之间不用视觉、听觉、嗅觉、味觉、触觉等五种传统感觉，而用"第六感"来传递思维和感觉的信息。现代科学已经彻底否认了心灵感应，认为它是一种伪科学和迷信。

二十五、梦与现实 · 229 ·

锄头撇剃随人去

屏口虎逐访客来

二十六、娴熟的暗寓手法

——《薛录事鱼服证仙》

本篇作品似乎都在写神仙梦幻之事，荒诞且不真实，但其着眼点还是劝导人们不要太在意世俗的生活，应该超凡脱俗，追求更高的境界。

作品中有不少地方用嘲讽的笔调暗寓世俗社会的荒诞黑暗。例如，爱民如子、廉谨仁慈的薛少府①羡慕鱼的自由自在，河伯满足了他的愿望。但当他游玩时，闻到饵香，便思量去吃它，结果被本县渔户赵干钓到了。试想变成鱼的薛少府若没有贪念，又岂能上钩？

被钓去之后，薛少府自以为是县官，赵干会放了他，岂料事与愿违。赵干的妻子见到鱼很高兴，便对赵干说："县里不时差人取鱼。我想这等一个大鱼，若被县里一个公差看见，取了去，领得多少官价？"②鱼终于被县官们拿去了，那些平常与薛少府关系融洽的同僚们正准备吃那鲤鱼，大饱口福，假死多日的薛少府活转过来了。

"这鱼不死，我也不生"，这是薛少府死而复生后的一句话。鲤鱼暗喻什么呢？"也只恋着这几文的官价，思量领去，却被打了五十皮鞭，价又不曾领得，岂不与这尾金色鲤鱼为贪着香饵上了他的钩儿一般！正是：世上死生皆为利，不到乌江不肯休③。"④鱼不但因贪心受困，而且还不得不面对世态炎凉的无常。"忽得少府顶门上飞散了三魂，脚板底荡调了七魄，便大声哭起来道：'我平昔和同僚们如兄若弟，极是交好，怎么今日这等哀告，只要杀我？哎，我知道了，一定是妒忌我掌印，起此一片恶心。须知这印是上司委把我的，不是我谋来掌的。若肯放我回衙，我就登时推印，有何难哉。'说了又哭，哭了又说。岂知同僚都做不听见"。⑤由此可见，这鱼就暗

---

① 少府：古代官名。中国历代政府为皇室管理私财和生活事务的职能机构。
② 明·冯梦龙.醒世恒言[M].北京：人民文学出版社，2018: 526.
③ 不到乌江不肯休：项羽被围，自刎于乌江。意为不到死不肯停止。
④ 明·冯梦龙.醒世恒言[M].北京：人民文学出版社，2018: 530.
⑤ 明·冯梦龙.醒世恒言[M].北京：人民文学出版社，2018: 532.

喻着薛少府目前的困境：虽然为官清廉，受民爱戴，但人性的贪婪和官场的暗流涌动，又让薛少府难以长久安宁。所以，仙人李八百才会责问前来讨教的薛少府——敢是你只认得青城县主薄么？

鱼不死，世俗心不灭，薛少府也就无法"脱离风尘，早闻大道"。

二十七、理性的思考与归纳

——《李玉英狱中讼冤》

"大抵说人家继母心肠狠毒，将亲生子女胜过一颗九曲明珠，乃希世之宝，何等珍重。这也是人之常情，不足为怪。单可恨的，偏生要把前妻男女，百般凌虐，粪土不如。"①继母历来与继子女的关系十分微妙，如果处理不当，不但会影响到家庭的幸福，而且也不利于社会的和谐安宁。无疑这是个值得关注的社会问题，不管在哪个年代。

"三言"全景式地再现明代都市社会的生活，作者往往会对某类生活现象或事物进行归纳，并加以评述，极具社会学意义，从而构成了"三言"独特的艺术魅力。在这篇作品中，作者就对儿女受到继母虐待的情形进行归纳分类，如第一等"乃富贵之家，幼时自有乳母养娘服侍，到五六岁便送入学中读书"②；第二等"乃中户人家，虽则体面还有，料道幼时，未必有乳母养娘服侍，诸色尽在继母手内出放"③；第三等"乃朝趁暮食，肩担人家"④。先分类，再细述，由此读者便能够在短时间内对这一社会较为普遍的问题有了比较全面清晰的了解，这充分体现了作者敏锐的观察能力和高超的概括能力。

"三言"亦经常采用对比的手法，描写事物，叙述事件，刻画形象，本篇也不例外。如救人的老妪和嘲笑救人的邻居、讲情义的将士和冷漠的官府、狠毒的继母和仁慈的父亲，等等。在比较中充分凸显人物的性格、特征等。

文化就是力量，无论在哪朝哪代都是如此。李玉英因为胸有笔墨，写了一封催人泪下的诉状，孤单无援的姐妹们才得到公正的对待。如果没有文

---

① 明·冯梦龙.醒世恒言[M].北京：人民文学出版社，2018：540.
② 同上.
③ 明·冯梦龙.醒世恒言[M].北京：人民文学出版社，2018：541.
④ 明·冯梦龙.醒世恒言[M].北京：人民文学出版社，2018：542.

化，结局可能就截然相反。可见，笔墨不仅能锦上添花，也可以雪中送炭。

二十八、反抗礼教的赞歌

——《吴衙内邻舟赴约》

这是一篇描写富家子女追求自主爱情的作品。作为封建社会的一位青年女性,秀娥为婚姻自由而表现出来的智慧和勇敢,尤其令人敬佩。

生活在"媒妁之言,父母之命"的封建礼教时代,秀娥为何敢听从内心、主动追求爱情呢?这不仅仅是作者的一种鼓励和愿望,也是有其真实的心理需求基础和社会现实条件。首先,哪个少年不钟情,哪个少女不怀春?情欲发自内心,只要有合适的渠道,它就会尽情倾泄。第二,富家小姐基本足不出户,很少有机会与男生接触交流。如果偶然遇到一位心仪的男生,怎不芳心暗许、辗转反侧?第三,婚姻由父母作主,自己无法选择。如果一旦有自主选择的可能,又岂能不去争取?第四,女儿是父母的心头肉,即使做了违背父母意愿的事,一般情况下父母也是会原谅的,并不会一棍子打死。第五,官宦富裕之家最爱面子,首先想到的是如何遮丑,而不是如何惩罚女儿。在知道女儿与吴衙内的私通之后,父亲贺司户怒火冲天,母亲则劝说:"你我已在中年,只有这点骨血。一发断送,更有何人?论来吴衙内好人家子息,才貌兼全,招他为婿,原是门当户对。独怪他不来求亲,私下做这般勾当。事已如此,也说不得了。将错就错,悄地差人送他回去,写书与吴府尹,令人来下聘,然后成礼,两全其美。今若声张,反妆幌子。"①

由此可见,"三言"中许多像秀娥这样的女性形象,并非空穴来风,而是当时现实生活的一个真实反映,也预示着封建礼教必将消亡的客观趋势。

---

① 明·冯梦龙.醒世恒言[M].北京:人民文学出版社,2018:584.

二十八、反抗礼教的赞歌

隔门相叩小窗
开帘忽见猎猎裳
裡来

二十九、黑暗中的一点光亮

——《卢太学诗酒傲王侯》

富家才子卢楠好酒任侠，轻财傲物，连汪知县都不放在眼里，从而导致牢狱之灾。有人称赞他：

"命蹇英雄不自繇，独将诗酒傲公侯。

一丝不挂飘然去，赢得高名万古留。"[1]

也有人认为卢楠不该以傲取祸：

"酒癖诗狂傲骨兼，高人每得俗人嫌。

劝人休蹈卢公辙，凡事还须学谨谦。"[2]

前者浪漫，后者实用。这种用辩证的思维分析问题，力争较为客观地表达各种不同的看法和声音，从而达到全面反映现实生活的目的，也是"三言"的特色之一。

卢楠蒙冤入狱，救他的人是一个与他毫无交织的人。平时与卢楠往来的都是名公巨卿，这些人常常在卢楠的花园豪宅里吟诗醉酒，而一旦卢楠落难，这些昔日的酒色朋友却通通明哲保身，无一人鼎力相助，可见交友需谨慎。因为世上锦上添花者多，雪中送炭者少。有贪婪无比的汪知县们，也有难得的济世安民的陆光祖陆知县。那么，陆知县为何要伸出援手帮助狂生卢楠呢？原来那陆知县自身"胸藏锦绣，腹隐珠玑，有经天纬地之才，济世安民之术"[3]。出京前往濬县接任时，前汪知县曾交代他不要管卢柟的事，心下就有些疑惑，想道："虽是他旧任之事，今已年久，与他还有甚相干，谆谆教谕？其中必有缘故。"[4]到任之后，他便访问邑中乡绅，都为卢楠喊冤，并叙其得罪之原由。陆知县还恐卢楠是个富家，"央浼[5]下的，未敢全信。又四

---

[1] 明·冯梦龙.醒世恒言[M].北京：人民文学出版社，2018：615.
[2] 明·冯梦龙.醒世恒言[M].北京：人民文学出版社，2018：616.
[3] 明·冯梦龙.醒世恒言[M].北京：人民文学出版社，2018：613.
[4] 同上。
[5] 央浼：恳求请求，哀求之意。浼，恳托。

下暗暗体访,所说皆同"①。于是,这位新来的陆知县,凭着自己的良心和智慧解救了卢楠。也有人因此而怀疑陆知县,"闻得卢柟家中甚富,贤令独不避嫌乎?"陆公道:"知县但知奉法,不知避嫌。但知问其枉不枉,不知问其富不富。若是不枉,夷齐②亦无生理;若是枉,陶朱③亦无死法。"④这种凛然正气的回答无疑给了黑暗制度下的无奈的百姓一点儿光亮,而这也是"三言"其他作品所共有的特点。

---

① 明·冯梦龙.醒世恒言[M].北京:人民文学出版社,2018:613.
② 夷齐:伯夷和叔齐的并称。
③ 陶朱:即陶朱公范蠡。后泛指大富者。
④ 明·冯梦龙.醒世恒言[M].北京:人民文学出版社,2018:613.

三十、奇妙的攻心术
——《李汧公穷邸遇侠客》

同一个事件，由于每个人的认知不同，看法往往就有差异，得出的结论有时还可能南辕北辙，因此便有"人心叵测"一词。这在本篇作品中的房德和他的老婆贝氏在应该如何对待恩人李勉的一番对话，可窥见一斑。

当时社会，"那些酷吏，一来仗刑立威，二来或是权要嘱托，希承其旨，每事不问情真情枉，一味严刑锻炼，罗织成招。任你铜筋铁骨的好汉，到此也胆丧魂惊，不知断送了多少忠臣义士"。[①]唯有畿尉[②]李勉与众不同，他专尚平恕，一切惨酷之刑，置而不用，临事务在得情，因此并无冤狱。

李勉念房德是初犯，又是被胁迫为匪的，故私放了他，纯属同情怜惜房德，并无任何私心。遇到这样的清官，作为亲历者和受益者，房德当然是感恩戴德的。而房德的老婆却以小人之心度君子之腹：

"大凡做刑名官的，多有贪酷之人，就是至亲至戚，犯到手里，尚不肯顺情。何况与你素无相识，且又情真罪当，怎肯舍了自己官职，轻易纵放个重犯？无非闻说你是个强盗头儿，定有赃物窝顿，指望放了暗地去孝顺，将些去买上嘱下。这官又不坏，又落些入己。不然，如何一伙之中，独独纵你一个？"[③]

房德是个没有主见的人，又有利令智昏的劣根性，哪里经得起枕头风的挑唆？在老婆强大的心理攻势之下，房德也渐生疑惑，并败下阵来，完成了从准备报答恩人到密谋杀害恩人的大突转，可见，是人还是魔鬼往往就在一念之间。

当然，这种貌似荒谬的对话背后，显示出的却是当时社会存在的普遍性问题——人不为己，天诛地灭。

---
① 明·冯梦龙.醒世恒言[M].北京：人民文学出版社，2018：623.
② 畿尉：即县尉，主管缉捕盗贼的事。
③ 明·冯梦龙.醒世恒言[M].北京：人民文学出版社，2018：631.

在封建社会里，像李勉那样的清官很少，其真实性就往往容易被人忽视。这样，像房德老婆那样以恶度人的想法与做法，也就有了生存的空间。

人心叵测，人性复杂，最难捕捉。有效的攻心术要以深厚的现实为基础，如果没有敏锐的生活观察力和高超的心理分析能力，是很难说服别人的。房德和老婆之间的对话，一问一答，一紧一松，层层诱导，堪称经典。

三十一、跨越与联想

——《郑节使立功神臂弓》

由于短篇小说受到篇幅的限制,优秀的作品经常会采用诸如象征、暗示、反讽、虚构等艺术手法,在有限的篇幅中尽可能表达出深刻的思想深度和丰富的情感,这是文学作品的艺术魅力所在,也是读者阅读作品时需要运用联想和想象的原因。

联想不是无本之木,它是建立在细读文本基础之上的一种阅读体验,是深刻理解作品意义和全面把握作品内涵的重要途径之一,它需要读者积极参予的主观能动性和丰富的知识积淀。于此同时,如果学习和借鉴一些具体的联想与变通方法,这对读者的阅读而言,不是雪中送炭,起码也是锦上添花。

《郑节使立功神臂弓》就是一篇将联想方法运用得炉火纯青的代表作品。主要表现在如下四个方面。

第一,质疑追问和刨根问底。这篇小说主要讲述了郑信发迹变泰的故事。作品在人物形象刻画上着墨不多,故事情节的发展没有太多铺垫,人物的言行有时还深奥晦涩。读者如果没有打破砂锅问到底的质疑精神,就有可能陷入一知半解的境地,作品的魅力也会因之而消解许多。例如,作品在叙述郑信决定离开温柔乡"日霞宫"转而去人间建功立业的情节时,似乎显得突兀简单甚至有点生硬,但如果精读细思,前后观照对比,其行为的变化还是有迹可寻。

"这郑信拳到手起,去太阳上打个正着。夏扯驴扑的倒地,登时身死。"[①]从郑信打死无赖夏扯驴的情节中,可以看到郑信爱憎分明,而且武艺高强。投井前,郑信临危不惧,镇定从容,他身上所具备的大胆勇敢和不畏生死的品质,正是一个立志建功立业的军人所应该具备的。然而,郑信虽然

---

① 明·冯梦龙.醒世恒言[M].北京:人民文学出版社,2018:651.

具备了从军的基本素质，但从反思到决断的过程还是有些匆促，或者说笔墨不足。但是如果细细品味，不难发现，其实作者已经在前面的叙述中打下了埋伏，在张俊卿的泰山之梦中已经预先给出了谜底：郑信从军决定并非心血来潮，而是遭遇棒打之后的浪子回头。

炳灵公[①]与和尚的对话是解开作品深层内涵的一把关键钥匙。从作品的整体性进行分析，可以肯定挨打的大汉就是郑信。但泰山和尚和炳灵公是何方神圣？为何不让郑信当三年的天子？

文学是形象思维，不是逻辑推理，它的魅力在于通过运用象征、暗喻和反讽等艺术手法对某些具象进行描述，引发读者的联想和遐思，从而探寻到更多的文化密码，获得阅读的愉悦感。作品通过"泰山和尚"、"炳灵公"和"天子"三个词，瞬间就把读者引入历史与宗教互为交织的亦真亦幻的世界，更重要的是引出了具有象征意义的后唐明宗和宋朝真宗两位皇帝，可谓匠心独具，用心良苦。

普天之下，莫非王土。在封建时代，想当皇帝无可厚非，郑信想当三年的天子，为何就遭挨打呢？从作品时空转换的时机和表现内容等角度分析，不难发现，郑信井下的三年生活其实就是帝王生活的一个缩影或影射，和尚与炳灵公棒打郑信，无非就是要敲醒郑信沉睡的心灵，告诉他"不要生在福中不知福"，已经当了三年天子（井下的三年生活俨然就是帝王生活的写照）了，不应再贪图享乐，继续沉沦，该是立功建业当诸侯的时候。郑信因此发出了"在此虽是朝欢暮乐；作何道理，发迹变态"的自我责问。

第二，由点到面和类比分析。小说不是产品说明书，不可能面面俱到。小说里往往一个情节或一个情境，甚至一句话或一个动作，就可能牵出一段前尘往事，让人联想到那些被程式化了的脸谱。传统观念里，男人就应该像郑信一样血战沙场，建功立业，但如果朝庭深处的皇帝贪生怕死，即使到手的胜利果实也可能付诸东流。出于这样的思考，作者巧妙地通过郑信从军这条明线，带出几位被后人诟病唾骂的皇帝，以示后人。比如宋钦宗。"那太原府主，却是种相公[②]，讳师道，见在出榜招军。郑信走到辕门投军，献上神臂弓。种相公大喜"。[③]史料记载，北宋末代皇帝宋钦宗优柔寡断，又贪生怕

---

① 炳灵公：道教重要神仙之一，传说中的战神，东岳大帝的第三子。
② 种相公：就是种师道，北宋末年的一位抗金名将。
③ 明·冯梦龙.醒世恒言[M].北京：人民文学出版社，2018：656-657.

死，因为听信主和派谗言，没有采纳种师道的建议，终被金人俘虏，使北宋陷入水深火热之中。再比如康王，作品在收尾处巧妙地引出康王[①]渡河逃脱的片段，康王何许人也？杀害抗金民族英雄岳飞的罪魁祸首，对金一味地屈膝妥协的罪人。那么作者又为何要让神臂弓帮其逃窜？正话反说，文学作品中经常运用这种反讽的艺术手法，以达到出奇的效果。

第三，寻找事物的另一面。凡事都存在对立关系，就像硬币的正反面。有昏君，自然就有明君。从拳打夏扯驴、为民除害，到朝欢暮乐、沉缅酒色，再到跟随种师道杀敌建功、发迹变泰，郑信一生经历了肯定、否定和再肯定的波澜与起伏。而这一切，都是泰山和尚与炳灵公教导的结果。传说中的炳灵公是东岳大帝的储君，东岳大帝掌管着幽冥地府，炳灵公帮助其父专司鬼箓，专管凡人生死。可见，炳灵公有资格不让郑信当天子，而将郑信带到泰山和尚那里审问，是出于对泰山和尚的尊重，因为是泰山僧人让炳灵公得到了明宗皇帝给予的"威雄将军"的封号。由此，郑信感恩炳灵公，炳灵公感恩泰山僧人，以此类推，泰山僧人也应该感恩明宗皇帝[②]。作者虽未明说，但其用意还是依稀可见。因为后唐明宗和宋真宗、宋钦宗、宋高宗们有所不同，他的人生轨迹中有郑信的影子，又比郑信复杂，有值得人们感恩的地方。

据史料记载，明宗在位七年，杀贪腐，褒廉吏，是五代时期少有的开明皇帝，国家稳定，人民休养生息，开创了后人称赞的"长兴之治"。在历史上，明宗有三件事与众不同，即他并非靠皇权世袭制度而登上九五之尊，后唐的江山有他的血和汗；他即位后，为节省财政开支，大量裁减为皇帝生活服务的各类勤杂人员；他为天下百姓每天焚香祷天[③]。这些事都与《神臂弓》作者所持有的立场相近，这些应该都是作者想要肯定的。

第四，关键词的捕捉和分析。多数小说都含有与主题关系密切的关键词，通过对关键词的捕捉和分析，帮助读者准确地把握作品主题或发现某些

---

① 康王：即宋高宗赵构，北宋皇帝宋徽宗第九子，宋钦宗之弟。曾被封为"康王"。据说，一次在黄河北岸被金兵追逼，只剩下了赵构自己，忠臣之子李马舍生忘死地背着他逃至河边，又驾船过河，才幸免于难。事后，赵构为了标榜自己是真命天子，有天神相助，便捏造出了"泥马渡康王"的故事。他又担心李马会揭穿真相，便将李马药哑，不久杀死了李马。
② 明宗皇帝：即后唐明宗李嗣源，代北沙陀人，晋王李克用的养子。辅佐庄宗李存勖建立后唐。他骁勇善战，沉厚寡言，行事恭谨，在后唐灭后梁的战斗中屡立战功。
③ 焚香祷天：据《五代史阙文》记载，李嗣源称帝后，每天晚上都在宫中焚香，向上天祷告道："我本是一个胡人，因逢乱世，才被众人拥戴为皇帝。希望上天怜悯苍生，早日降下圣人，为万民之主。"

与主题相关的但较为隐约的内容。这篇小说的关键词不外乎是"发迹变态"和"发迹变泰"两个,这也是作者想回答的两个中心问题。

沉溺酒色,不思进取,对于这样的生活状态,经过自我反思的郑信认为这就是发迹变态,并彻底否定。仙界如此,那人间呢?"商女不知亡国恨,隔江犹唱后庭花"。边疆战事连连,大善人张俊聊不顾有孝在身,与众员外一起押妓寻欢作乐,依然过着声色犬马的生活;而且他家还隐瞒了一位年轻女子缢亡的丑事,因此受到了夏扯驴的敲诈。对此,作者运用反讽的艺术手法进行无情嘲笑。

发迹变泰却是另一番景象。讲诚信,重承诺。许诺的事决不改口,结果不用张员外劳神,就有人帮他把香罗木送到想送的地方。发善心,做善事,张员外最终获得郑信的感恩厚报。郑信精忠报国,不但后代幸福,而且自己无疾而终,回到心爱的日霞仙女身旁。后唐明宗皇帝遣走所有年轻美貌的宫女,励精图治,便迎来难得的"长兴之治"。

小说在结尾处描写了两个画面,一是郑信携后代继续奋力抗金;二是康王一路逃窜。这种意味深长的描写,再次表明了作者的态度:像郑信一样抗金的种师道、岳飞等才是发迹变泰,而康王、宋钦宗们无疑是发迹变态的代表,尤其是他们的妥协投降行为更是人天共愤。作品开篇处张员外在梦中看到郑信因欲"图王争帝"而被黄巾大力士杖打的画面,寓意深刻,其实就是暗寓着挨打的是像康王这样的民族败类。

阅读是个再创作的过程。爱因斯坦曾说,只要给我一个支点,我就能撬动地球。联想就是文学作品再创作的一个重要支点。如果我们具有爱因斯坦的探索热情,能够展开自己联想的翅膀,那么,只要小说给了一点暗示或一条线索,我们也可以发现其背后的无限风光。

红白蜘蛛斗法

三十二、人间正道是沧桑

——《黄秀才徼灵玉马坠》

扬州秀士黄损和玉娥这对有情人终成眷属，神灵胡僧的佑护功不可没。胡僧为何对黄生眷顾有加？

玉马坠是黄生的传家宝，"黄损秀才，自幼爱惜，常佩在身，不曾倾刻之离。"①也是他身上唯一贵重的宝贝。只因与胡僧一见如故，话语投机，贫困的黄生便将玉马坠赠送给胡僧。"黄生见其仪容古雅，悚然起敬，邀至茶坊献茶叙话。那老者所谈，无非是理学名言，玄门妙谛。黄生不觉叹服。"②这种把纯洁的友情看得比黄金美玉还贵重的朋友，一旦有难，有谁不帮他一把呢？

为了兑现诺言和纯真的爱情，黄生不惜放弃难得的谋生机会，千里迢迢，不畏艰难，及时赴约。不料，正待相会之时，载那玉娥的船只突然脱了绳，去若飞电，瞬息不见，黄生料也无处寻觅，只能痛哭一场，欲投江自尽。恰被胡僧阻止了，了解事情的经过后，胡僧认为这是一点儿小事根本无须投江自尽。黄生道："老翁是局外之人，把这事看得小。依小生看，比天更高，比海更阔，这事大得多哩！"③这种对爱的渴望和负责精神，怎能不让人钦佩与仰慕？

当然，黄生的高贵品质还在于他的尊重与专情。当黄生金榜有名、飞黄腾达时，"长安贵戚，闻黄生尚未娶妻，多央媒说合，求他为婿。黄生心念玉娥，有盟言在前，只是推托不允。"④富家小姐争着要嫁给他，黄生一一婉拒了，因为他的心里只惦记着玉娥。

如此专情，且视富贵如浮云的君子，世间又有几个？

---

① 明·冯梦龙.醒世恒言[M].北京：人民文学出版社，2018：660.
② 同上.
③ 明·冯梦龙.醒世恒言[M].北京：人民文学出版社，2018：667.
④ 明·冯梦龙.醒世恒言[M].北京：人民文学出版社，2018：671.

情义至上，不恋富贵，这样的黄生，哪有神仙不眷顾于他？不对他百般佑护？

黄生与玉娥能够相亲相爱，并幸福地生活在一起，离不开胡僧的帮助。而在这中间起决定作用的还是玉马坠。为了感谢胡僧与玉马坠，在故事即将落幕时，夫妻俩设下香案，并供养玉马坠于上，"忽见一白马约长丈余，从香案上跃出，腾空而起"①，云端里面里的"老翁跨上白马，须臾烟云缭绕，不知所往。"夫妻俩再回头"看案上玉马坠已不见矣"。②作品中的玉马坠象征着财富，也是一块试金石。黄生已经通过了各种考验，对财富并无执念和贪念，因此爱情美满，生活幸福。

玉马坠不见了，或许是在寻找其他主人，因为世上还有许多人也等着接受它的考验。但愿众人都能与黄生一样，虽经沧桑，终成正果。

---

① 明·冯梦龙.醒世恒言[M].北京：人民文学出版社，2018：675.
② 明·冯梦龙.醒世恒言[M].北京：人民文学出版社，2018：675.

三十三、祸从口出

——《十五贯戏言成巧祸》

不当的玩笑,时常会在生活中引起误解;酒后胡言,后果则更难以预料。"那刘官人一来有了几分酒,二来怪他开得门迟了,且戏言吓她一吓,便道:'说出来,又恐你见怪;不说时,又须通你得知。只是我一时无奈,没计可施,只得把你典与一个客人,又因舍不得你,只典得十五贯钱。若是我有些好处,加利赎你回来。若是照前这般不顺溜,只索罢了。'"①刘贵刘官人的这席话,玩笑开得有点大,因此埋下了祸根,连环害死了许多无辜之人。所以,作者劝谏世人:"劝君出话须诚信,口舌从来是祸基。"②

乱开玩笑从而酿就惨剧,这只是作者想警示世人的一个方面,另一方面则是作者对冤狱的不满和揭露。在刘官人的小娘子和崔宁被押赴市曹③行刑示众后,作者对此发出一番感慨:如果真"是小娘子与那崔宁谋财害命的时节,他两人须连夜逃走他方,怎的又去邻舍人家借宿一宵?明早又走到爹娘家去,却被人捉住了?这段冤枉,仔细可以推详出来。谁想问官糊涂,只图了事,不想捶楚④之下,何求不得。冥冥之中,积了阴德,远在儿孙近在身。他两个冤魂,也须放你不过。所以做官的切不可率意断狱,任情用刑,也要求个公平明允。道不得个死者不可复生,断者不可复续,可胜叹哉!"⑤

这篇小说多次被改编成戏剧上演,也曾拍成电影电视,因为作品中含有不少笑中有泪、泪中有带的戏剧因素,如巧遇、冲动、草率、玩笑等;具备了易于传播和被读者、观众接受的诸多条件。可见作者讲故事的能力非同寻常。

---

① 明·冯梦龙.醒世恒言[M].北京:人民文学出版社,2018:680.
② 明·冯梦龙.醒世恒言[M].北京:人民文学出版社,2018:691.
③ 市曹:市内商业集中之处。古代常于此处决人犯。
④ 捶楚:杖击;鞭打。古代刑罚之一。
⑤ 明·冯梦龙.醒世恒言[M].北京:人民文学出版社,2018:687.

三十四、蝴蝶效应

——《一文钱小隙造奇冤》

读罢本篇作品不禁让人想起了蝴蝶效应。蝴蝶效应是指在一个动力系统中，初始条件下微小的变化，能带动整个系统的巨大的连锁反应。美国气象学家爱德华曾形象地阐述这个效应："一只南美洲亚马逊河流域热带雨林中的蝴蝶，偶尔扇动几下翅膀，可以在两周以后引起美国得克萨斯州的一场龙卷风。"自然界如此，人类的社会活动又何尝不是？

两个小孩因一文钱斗气，就像蝴蝶扇动了翅膀，结果十几条人命因之而丧送。这只是说明万事万物都有所关联，并非某人的某个言行就会引起肉眼看得见的连锁反应。但是，如果众人都持有某种观念，并在这种观念驱动下开展活动，那么，就必然发生连锁反应。

"原来孙大娘最痛儿子，极是护短，又兼性暴，能言快语，是个揽事的女都头①。若相骂起来，一连骂十来日，也不口干，有名叫做绰板婆。"②孙大娘护短，杨氏也毫不逊色，拿一文钱叫儿子替她买椒泡汤吃，结果儿子久不回来，按理要骂她也"只该骂自己儿子不该撷钱③，不该怪别人。况且一文钱，所值几何，既输了去，只索罢休"。④可惜她却一时不明是非，因此惹出一场大祸，连带害了好多人的性命。值得深思的是，故事里被牵联的人物或多或少都具有护己之短和贪恋财物的劣性，应该也是酿成这场曲折离奇悲剧的主要原因之一。

本篇作品的入话故事也耐人寻味。这个故事中的吕洞宾形象与《吕洞宾飞剑斩黄龙》有所不同，尤其是吕洞宾与僧人之间的关系。《吕洞宾飞剑斩黄龙》中的吕洞宾处于劣势，而这篇作品中的吕洞宾却处于优势。这一现象

---

① 都头：军职名。唐中期诸军统帅之称，后为一部军队为一都的长官之称。此处借此来说明孙大娘的彪悍。
② 明·冯梦龙.醒世恒言[M].北京：人民文学出版社，2018: 698.
③ 撷钱：博戏名。跌钱。把铜钱丢在硬地上，看跌出的字和背以定输赢。
④ 明·冯梦龙.醒世恒言[M].北京：人民文学出版社，2018: 697.

说明，吕洞宾作为神话人物，并不是一个内涵已被确定的文化符号。随着时代的变迁和作者的不同以及作品主题的差异，吕洞宾的形象也在不断变形之中。如果将"三言"中有关吕洞宾的故事进行梳理并加以分析，吕洞宾形象的变异现象便可窥视全貌。

三十五、虐待狂和受虐狂

——《徐老仆义愤成家》

读罢这篇作品的入话故事，人们可能就会惊诧于萧颖士[①]和他的仆人杜亮之间的罕见关系。那萧颖士"般般皆好，件件俱美"[②]，但性子急，爱打人。"平昔原爱杜亮小心驯谨"，因此每次打过之后，总是懊悔，发誓以后一定不再打杜亮了；但是每每一到性发时，"不觉拳脚又轻轻地生在杜亮的身上去"[③]。当然这也不能单怪萧颖士性子急躁，那杜亮只要一听到萧颖士的叱喝声，"恰如小鬼见了钟馗一般，扑腾的两条腿就跪倒在地。萧颖士本来是个好打人的，见他做成这个要打局面，少不得奉承几下。"[④]

为什么一个愿打一个愿挨？作者说，萧颖士一生气就打人，有时还要咬上几口才舒服，这是江山易改，禀性难移；而杜亮甘愿被打，这是因为他爱萧颖士的才学。显然，这样的解释无法令人信服。但这是时代的局限，生活在明代的作者能够发现并捕捉到这样的生活现象已经很不容易。那么，怎样的解释才更接近事实真相？

随着社会的发展，尤其是现代心理学的出现，从前一些无法解释的社会生活现象，渐渐有了更加合乎情理的答案。虐待狂指虐待和折磨性对象，使之遭受痛苦和羞辱，虐待狂的行为方式包括打、咬、拧、压、针刺、鞭抽、虐袭、绳捆等动作，从被虐一方得到快感。作品中被虐者虽不是萧颖士的性对象，但虐待的行为方式却十分相似。而杜亮的行为则与受虐狂相符。弗洛伊德认为，假如人生活在一种无力改变的痛苦之中，就会转而爱上这种痛苦，把它视为一种快乐，以便自己好过一些。这种把痛苦视为一种乐趣的便可称为受虐狂。无论是虐待狂，还是受虐狂，两者都属于行为变态。虽然冯

---

① 萧颖士：唐代文学家，名士。事迹见《唐书·文苑传》。
② 明·冯梦龙.醒世恒言[M].北京：人民文学出版社，2018：719.
③ 明·冯梦龙.醒世恒言[M].北京：人民文学出版社，2018：720.
④ 明·冯梦龙.醒世恒言[M].北京：人民文学出版社，2018：720-721.

梦龙时代还没有虐待狂和受虐狂这两个概念，但是作者却睿智地捕捉到二者之间的微妙关系，并生动形象地表现出来，实属难得。

　　本篇作品的另一个亮点，就是反映了明代活跃的商业生活。徐老仆利用时空差异，将货物买进卖出，从中赚取差价，这种贸易方法至今依然通行。可见明代资本主义萌芽的真实和可贵。

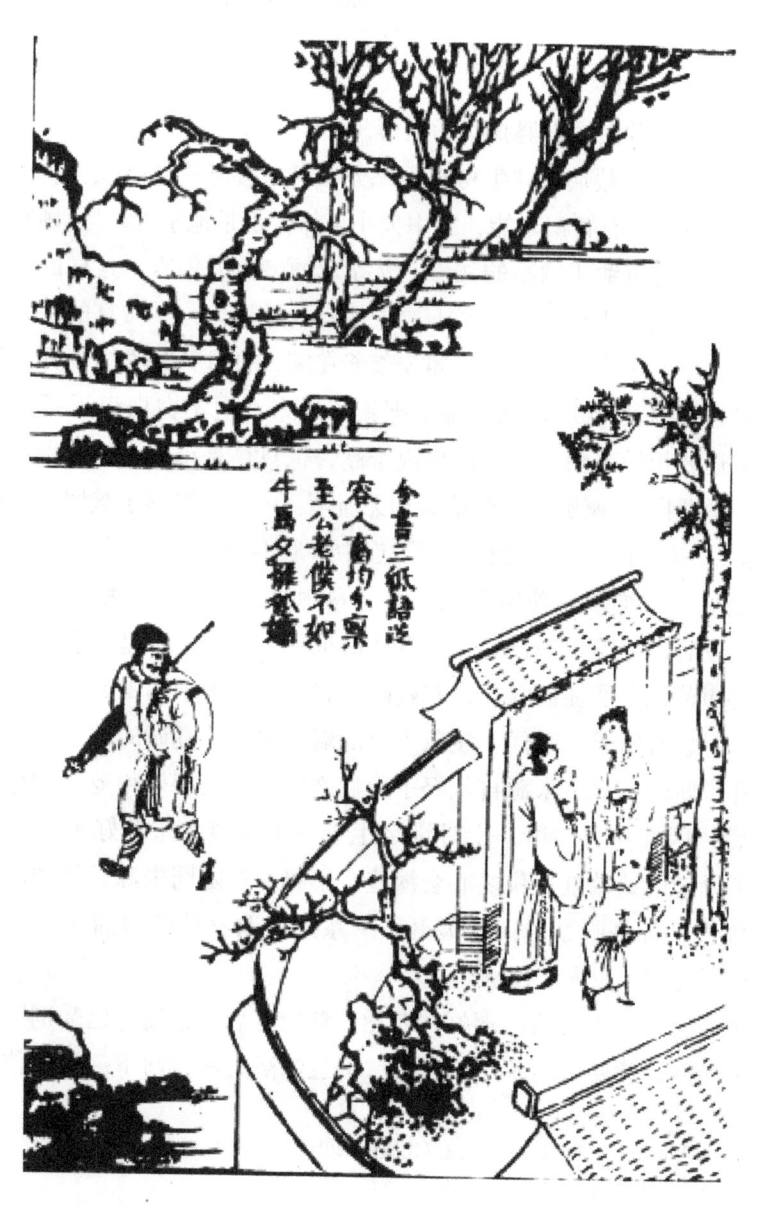

三十六、最后一击

——《蔡瑞虹忍辱报仇》

这是一个有关女性忍辱报仇的故事。

十五岁的少女蔡瑞虹"生得有十二分颜色,善能描龙画凤,刺绣拈花。不独女工伶俐,且有智识才能,家中大小事体,都是他掌管。"[1]她有两个年幼的弟弟,还有沉缅于酒精的父母。父亲恋酒,也爱做官,这样的父亲令瑞虹十分为之担忧,于是她劝父亲不要去做官。她认为,"做官的一来图名,二来图利,故此千乡万里远去。如今爹爹在家,日日只是吃酒,并不管一毫别事。倘若到任上也是如此,哪个把银子送来,岂不白白里干折了盘缠辛苦,路上还要担惊受怕。就是没得银子趁,也只算是小事,还有别样要紧事体,担干系哩!"[2]家资富厚的蔡武却无所谓:"除了没银子趁罢了,还有甚么干系!"[3]执意前往湖广赴任,以致途中惨遇不测。

瑞虹见全家被杀,独留下她一人,料想自己必然被污辱,便欲投江自尽,被拦住后,冷静下来,思量留着性命报一家之仇。于是她忍受了各式各样难忍的痛苦,有匪徒的强暴,有妓院的屈辱,有骗子的骗财骗色。尽管阴雨连绵,但总有晴天的时候。疲惫不堪的瑞虹遇到了真诚的秀士朱源,生活终于翻开了新的一页。朱源自从娶了瑞虹之后,两人相敬相爱,如鱼似水。半年之后,瑞虹身怀六甲,十月满足生下一个男孩,朱源好不喜欢。按理说,当了母亲的蔡瑞虹报仇之心会淡些。不料,在随同朱源赴任的途中,巧遇蔡家仇人,分外眼红。由此展开了一系列智取歹徒的追捕活动,历经波折,终将所有的罪犯绳之以法。

才下眉头,又上心头。瑞虹在获悉"蔡氏有后,诸盗尽已受刑"之后,便"举手加额,感谢天地不尽。是夜,瑞虹沐浴更衣,写下一纸书信,寄谢

---

[1] 明・冯梦龙.醒世恒言[M].北京:人民文学出版社,2018:739.
[2] 明・冯梦龙.醒世恒言[M].北京:人民文学出版社,2018:740.
[3] 同上。

丈夫。又去拜谢了大奶奶，回房把门拴上，将剪刀自刺其喉而死。"①

为何会有这样令人酸痛的结局？瑞虹认为，"男德在义，女德在节；女而不节，与禽何别"，更何况人人"俱夸瑞虹节孝"？

作品故事曲折，引人入胜，瑞虹的形象较为丰满逼真，主题思想深刻而又清晰，主要表现为三个方面。其一，劝世人不要嗜酒，酒多误事；其二，女人苦，路途上的单身貌美年轻女子更苦，无良男子总想在她身上占便宜；其三，为了报仇，蔡瑞虹忍受一切凌辱，但逼死她的最后一击，却是来自杀人不见血的封建礼教。所以，女人要解放，要过上独立自主的幸福生活，就必须先从封建礼教这一无形的枷锁中挣脱出来。观念思想往往是人生幸福与否的决定性因素。

---

① 明·冯梦龙.醒世恒言[M].北京：人民文学出版社，2018：761.

三十七、浪子回头金不换

——《杜子春三入长安》

杜子春与第十七卷《张孝基陈留认舅》中的过千类似，也是个败家子，有钱时花天酒地，败落时又乞讨过活。过千后来浪子回头，重振家业；而杜子春却只想消费不想奋斗，这样扶不起的富二代，太上老君为何要频频资助于他呢？

人总会犯错误，有些人错了就改，有些人的恶习却反复无常。我们又该如何对待那些未能马上悔悟的人？

太上老君不愧是神仙，他很有耐心，没有给杜子春喝太多的心灵鸡汤，而是让杜子春一次又一次地体悟世态的炎凉与冷暖，希望杜子春能从亲身经历中幡然悔悟。这样的过程有点长，但总算应验了事不过三的古训。经过五年多的多次波折，杜子春终于真心悔过，得道成仙。

项庄舞剑，意在沛公。太上老君让杜子春重新富贵，这只是手段，并非目的。杜子春三入长安得到太上老君的资助，也尝尽了世态炎凉，因此第三次回家时，他已经彻底悔过，开始重振家业，还"在两淮南北直到瓜州地面，造起几所义庄，庄内各有义田、义学、义冢。不论孤寡老弱，但是要养育的，就给衣食供膳他；要讲读的，就请师傅教训他；要殡殓的，就备棺椁埋葬他"[①]，而这也正是太上老君所希望看到的。但太上老君的愿望并没有停留在物质层面，他最终还是让杜子春从无常的人世中超脱出来，远离俗物，悟道成仙。"横眼凡民，只知爱惜钱财，焉知大道。但恐三灾横至，四大崩摧，积下家私，抛于何处？可不省哉！可不惜哉！"正是"千金散尽贫何惜，一念皈依死不移。慷慨丈夫终得道，白云朵朵上天梯。"[②]

文学允许虚构，也需要幻想。悟道成仙能否实现，这并不重要，重要的是它让人们看到了另一种幸福的可能或美好的假设，从而增添了人类生活

---

① 明·冯梦龙.醒世恒言[M].北京：人民文学出版社，2018：777.
② 明·冯梦龙.醒世恒言[M].北京：人民文学出版社，2018：784.

的信心。米兰·昆德拉曾说过，人类需要上帝；如果没有，也要创造一个上帝。

三十八、行善为民便是仙

——《李道人独步云门》

借神人之言行，说儒释道之主张，这是本篇作品的主要特色。

富翁李清天性仁厚，自幼行善，利人济物，"族中不论亲疏远近，个个亲热，一般看待，再无两样心肠。"①同时，李清还慕仙好道，"每日焚香打坐，养性存心，有出世之念。"②这样的李清，能否如愿出世成仙？

七十岁时，李清告别了族人，不畏生死，来到了仙境，但随后又被老神仙遣返人间，因为人间还有许多苦难需要他去感受和解救。人间瘟疫横行，一个个幼儿不治而亡。为此，悬壶济世，为幼儿治病，便成了李清重回人间的职业。其行医所得，除了日用之外，又全都用于慈善。"这叫作广行方便，无量功德。"李清的儒释之风骨令人敬佩。尽管这样，此时的李清还未完全具备成仙的条件，因为世间还有一件重要的事情需要他去完成。

皇帝要到泰山封禅，这是朝廷盛举，但也是百姓之灾。"那唐高宗这次诏书，已是第三次了。青州地方，正是上泰山的必由去处，刺史官接了诏，不免点起排门夫，填街砌路，迎候圣驾。那李清既有铺面，便也编在人夫数内，催去着役。"③皇帝善变，唐高宗最终还是没去泰山，尽管每次诏书一下，都要浪费无数财物。到了唐玄宗，"也志慕神仙，尊崇道教，拜着两个天师，一个叶法善，一个邢和璞，皆是得道的，专为天子访求异人，传授玄素赤黄，及还婴溯流之事。"④开元九年，邢叶二人向玄宗建议，聘请李清为朝庭效力。李清便趁着这个机会，上书规谏玄宗："陛下玉书金格，已简于九清矣。真人降化，保世安民，但当法唐、虞之无为，守文、景之俭约。恭候运数之极，便登蓬阆之庭。何必木食草衣，刳心灭智，与区区山泽之流学

---

① 明·冯梦龙.醒世恒言[M].北京：人民文学出版社，2018：785.
② 同上。
③ 明·冯梦龙.醒世恒言[M].北京：人民文学出版社，2018：803.
④ 明·冯梦龙.醒世恒言[M].北京：人民文学出版社，2018：806.

习方术者哉！"①随后羽化成仙。

　　仙人劝善，皇帝扰民，百姓遭殃。这便是本篇作品的主题思想。

① 明·冯梦龙.醒世恒言[M].北京：人民文学出版社，2018：810。

三十九、理性的光芒

——《汪大尹火焚宝莲寺》

这是一篇很特殊的作品,讲述的是广西南宁宝莲寺和尚利用一些人求子心切和迷信的心理,不守清规,巧设骗局奸淫妇人,最终被新任大尹汪旦识破,并受到严惩的故事。为什么说它特殊呢?因为很多人认为这篇作品与前面的第十五卷《赫大卿遗恨鸳鸯绦》、第二十三卷《金海陵纵欲亡身》一样都是色情味道相当浓厚的小说,可能会有一定的负面影响,但是只要细细品读,透过"表层",深入"内核",就能领略到其中深层的文化信息。

宝莲寺和尚深谙人心,骗局又设置得相当精巧,汪大尹又是凭什么去识破其中的猫腻呢?答案很简单——理性思考。这也是作品给予读者的最大"礼物"。汪大尹莅任后,真抓实干,当地百姓皆悦服于他。一日他探访得宝莲寺的祈嗣相当灵应,心内自思:"既是菩萨有灵,只消祈祷,何必又要妇女在寺宿歇,其中定有情弊。"①作者的分析入情入理、全面透彻,"你且想:佛菩萨昔日自己修行,尚然割恩断爱,怎肯管民间情欲之事,夜夜到这寺里,托梦送子?可不是个乱话!只为这地方原是信巫不信医的,故此因邪入邪,认以为真,迷而不悟,白白里送妻女到寺,与这班贼秃受用。"②这是最为理性的结论。世间上的事,只要有点儿生活常识,稍加分析就会清楚明了,又岂会有空子给和尚钻?遗憾的是疾病乱投巫的现象至今还时有发生。

生活是个万花筒,有理性,也有迷信。例如作品中写道:"又有一等人,自己亲族贫乏,尚不肯周济分文,到得此辈③募缘,偏肯整几两价布施,岂不是舍本从末的痴汉!"④这样的"痴汉"如今还有,而且有些还是大富大贵之人。

---

① 明·冯梦龙.醒世恒言[M].北京: 人民文学出版社, 2018: 816.
② 同上.
③ 此辈: 此处指和尚, 僧人.
④ 明·冯梦龙.醒世恒言[M].北京: 人民文学出版社, 2018: 815.

案破之后，以往那些曾在寺中求子的妇女，"生男育女者，丈夫皆不肯认，大者逐出，小者溺死。多有妇女怀羞自缢，民风自此始正。"①这些个妇女可怜可悲又可叹！

当然，恶有恶报。"僧佛显众恶之魁，粉碎其骨；宝莲寺藏奸之薮②，火焚其巢。庶发地藏之奸，用清无垢之佛。"③随着社会的发展和进步，封建时代的一些糟粕也慢慢消失，但迷信的残余依然存在，这不能不引起人们警惕。

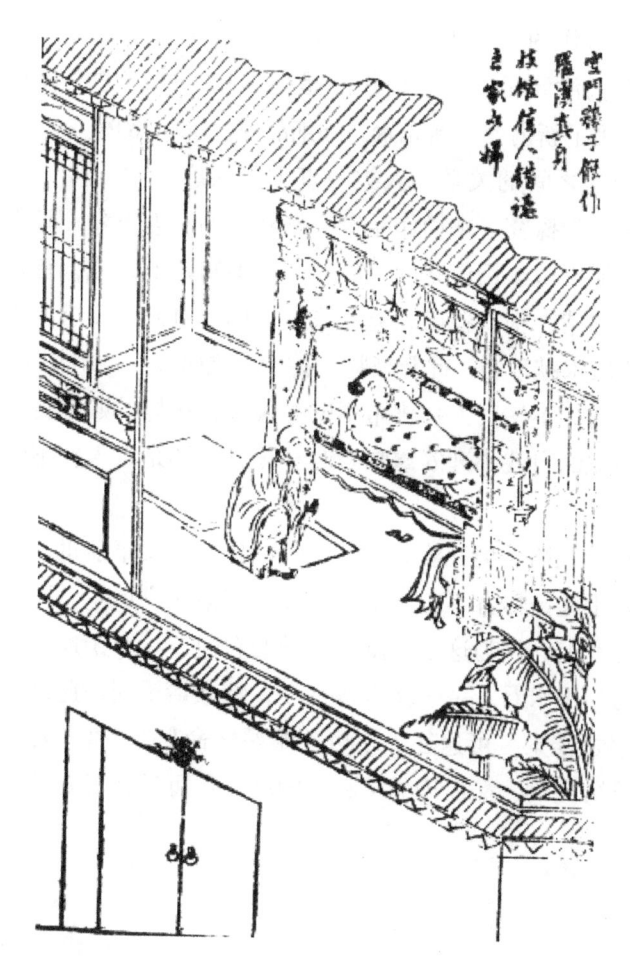

---

① 明·冯梦龙.醒世恒言[M].北京：人民文学出版社，2018：825.
② 薮：指人或物聚集的地方。
③ 明·冯梦龙.醒世恒言[M].北京：人民文学出版社，2018：825.

四十、天上人间同此凉热

——《马当神风送滕王阁》

唐代王勃所作的《滕王阁序》千古传诵，从中还衍生了一些有趣的故事，人们至今仍津津乐道。本篇作品是根据相关的历史记载和传说改编而成，而且还添缀了新内容、新元素，细细品味，如嚼橄榄。

关于人与神之间的关系，人类一直十分困惑。"三言"中的不少作品对此做出了表达和探究，本篇作品也不例外。如助力王勃一日千里的仙人马当山水君，为何不敢享用信众的供品？"汝不知殿上之钱，皆是贪利酷求之人，害物私心之辈，损人益己，克众成家，偶一过此，妄求非福，神不危而心自危之，所以求献于庙。此乃枉物，譬如吾之赃矣，焉敢用哉！"[1]贪官求神保佑官运亨通，不法商人拜佛希望财源滚滚，这样的贿赂行为有效吗？恐怕只是做贼心虚的自我心理安慰吧。时至今日，还是有人在不断重复着如此的荒唐丑事。

神仙不接受贿赂，但喜欢人才。王勃在世时，文章盖世，才华横溢，不幸英年早逝。于此，作者不走寻常路，没有渲染悲哀情绪，而是站在天地人三位一体的角度上，认为这是天堂对王勃的召唤。"今于蓬莱方丈，翠华居止，其内有马当山水君，举子文章贯古今，特来请子同往蓬莱方丈，作词文记，以表篷莱之佳景。可速往。不可违娘娘之命！"[2]原来天上人间同此凉热，都喜欢锦绣文章，都在传诵《滕王阁序》。可见，只要是人才，哪里都需要。

---

[1] 明·冯梦龙.醒世恒言[M].北京：人民文学出版社，2018：834.
[2] 明·冯梦龙.醒世恒言[M].北京：人民文学出版社，2018：836.

四十、天上人间同此凉热　261

馬當山下酒杯寿
峭倒芳花簇翠瓶
墨觀棠門餅半鑒
魯々瑞氣繞清廟

参考文献

著作：

[1] 明·冯梦龙.喻世明言[M].北京：人民文学出版社，2018.

[2] 明·冯梦龙.警世通言[M].北京：人民文学出版社，2018.

[3] 明·冯梦龙.醒世恒言[M].北京：人民文学出版社，2018.

[4] 魏同贤.冯梦龙全集(全18册)[M].南京：凤凰出版社，2007.

[5] 明·冯梦龙.三教偶拈[M].《古本小说集成》.上海：上海古籍出版社，1993.

[6] 明·冯梦龙.寿宁待志[M].福州：海峡文艺出版社，2009.

[7] 明·陈龙正等编.《四库全书存目丛书·集部·阳明先生年谱》[M].济南：齐鲁书社，1997.

[8] 谭正璧.三言二拍资料(上、下)[M].上海：上海古籍出版社，1985.

[9] 鲁迅.鲁迅全集(第九卷)[M].北京：人民文学出版社，1982.

[10] 齐裕焜.中国古代小说演变史[M].敦煌：敦煌文艺出版社，2003.

[11] 陈大康.通俗小说的历史轨迹[M].长沙：湖南出版社，1993.

[12] 陈大康.明代商贾与世风[M].上海：上海文艺出版社，1996.

[13] 日·大木康.明末江南的出版文化[M].上海：上海古籍出版社，2014.

[14] 廖咏禾.冯梦龙和三言[M].上海：上海古籍出版社，1979.

[15] 容肇祖.冯梦龙与三言[M].台北：木铎出版社，1983.

[16] 温孟孚."三言"话本与拟话本研究[M].北京：中国社会科学出版社，2005.

[17] 程国赋.三言二拍传播研究[M].北京：中国社会科学出版社，2006.

[18] 韩田富.三言二拍看明朝[M].北京：中华书局，2011.

[19] 汪玢玲 陶璐."三言"与民俗文化[M].哈尔滨：黑龙江人民出版社，2003.

[20] 吕玉华.红尘有爱——三言二拍漫谈[M].广州：海燕出版社，2013.

[21] 徐朔方：《冯梦龙年谱》[M]杭州：浙江古籍出版社，1993.

[22] 陆树仑.冯梦龙研究[M].上海：复旦大学出版社，1987.

[23]傅承洲.冯梦龙文学研究[M].北京:中国社会科学出版社,2013.

[24]冯保善.东吴畸人话说冯梦龙[M].南京:江苏人民出版社,2017

[25]龚笃清.冯梦龙新论[M].长沙:湖南人民出版社,2002.

[26]聂付生.冯梦龙研究[M].上海:学林出版社,2002.

[27]王凌.福建冯梦龙文化高峰论坛论文集[M].福州:海峡文艺出版社,2018.

[28]刘海燕 蓝勇辉.大学生品读"三言"[M].福州:福建教育出版社,2012.

期刊:

[1]梅东伟.秩序的坚守与理想的追求——论"三言""二拍"中的婚俗书写[J].广西师范大学学报(哲学社会科学版),2012,48(06):22-27.

[2]王建平,汪盼盼."三言"中的骗子形象及其骗术论析[J].湖北工程学院学报,2012,32(06):21-25.

[3]汪注,秦晓梅."三言"情爱故事的书写原则及明代市民的社会心理[J].安徽商贸职业技术学院学报(社会科学版),2012,11(04):48-51.

[4]郑慧英."三言"公案小说巧妙的叙事艺术[J].文学教(中),2012(09):21.

[5]梅东伟."三言""二拍"中的媒人与说媒场景[J].南都坛,2012,32(05):55-61.

[6]吴少平,吴少玲.论"三言"中的女性复仇书写[J].语文学刊,2012(16):50-52.

[7]刘莉.从"三言""二拍"看晚明之徽商[J].山西大学学报(哲学社会科学版),2012,35(04):37-41.

[8]程慧琴.冯梦龙"三言"的法律文化[J].福建江夏学院学报,2012,2(03):87-91+102.

[9]赖巧琳.由"三言"看阳明心学思想的渗透[J].湖北科技学院学报,2013,33(12):53-54.

[10]刘佳音."鸡黍之交"源流考辨及思想艺术变迁——从《搜神记》到《全像古今小说》[J].现代语文(学术综合版),2013(12):20-22.

[11][13]陈婵娟.冯梦龙"三言"中的文人形象研究综述[J].柳州师专学报,2013,28(04):29-31.

[12]王德军.论"三言"中的婚恋现象[J].学理论,2013(21):195-196.

[13]陈富泉."三言"中女性悲剧的审美特征探析[J].赤峰学院学报(汉文哲学

社会科学版），2013,34（05）：149-150.

[14] 赵元钊."三言"、"二拍"中女性复仇主题研究[D].中国石油大学（华东），2013.

[15] 梅东伟.婚俗小说：话本小说中独特的婚姻题材类型——以"三言""二拍"为中心[J].河南社会科学,2013,21（02）：85-88.

[16] 尉学斌.湖海空悬一片心——"三言"中的友谊主题研究[J].绵阳师范学院学报,2013,32（01）：61-66.

[17] 张姗姗.配角的力量——论"三言"、"二拍"中的媒婆[J].牡丹江大学学报,2014,23（08）：52-54.

[18] 陈冰荷.从"三言"看宋、明时期鸨母的妓院经营[J].安徽文学（下半月），2014（08）：158-160.

[19] 阳超武,刘智跃.论《三言》的情爱观[J].湖南第一师范学院学报,2014,14（04）：85-89.

[20] 房燕.小议"三言"的情节建构方式——以《宋小官团圆破毡笠》为例[J].语文学刊,2014（15）：35+83.

[21] 姚可.叙"偷情"并非"主情"——论"三言"中的偷情故事模式[J].齐齐哈尔师范高等专科学校学报,2014（04）：58-60.

[22] 黄佳佳.解读《三言二拍》中的善恶报应[J].文学教育（上）,2014（07）：55.

[23] 杨宗红.才学与神仙：三言的另类成仙故事探究[J].文艺评论,2014（06）：39-42.

[24] 王子成.《三言》中的水、水神、水妖书写与古代江右社会风习[J].明清小说研究,2014（02）：142-151.

[25] 刘爽."三言"中"助夫"主题体现出的思想内涵[J].佳木斯教育学院学报,2014（04）：84.

[26] 金艳."三言"中的爱情婚姻关系[J].内蒙古电大学刊,2014（02）：45-46.

[27] 李军.论"三言"中的判官形象[J].中国古代小说戏剧研究,2015（00）：46-50.

[28] 黄靖莉."三言"中明代官宦群像的文化内涵[J].兰台世界,2015（30）：54-55.

[29] 张嘉琦,苏思涵.简析"三言"中苏州的婚俗与葬俗描写[J].语文学刊,2015（12）：95-97.

[30] 路晴."三言"爱情小说中的女性形象分析[J].产业与科技论坛,2015,14(11):167-168.

[31] 李丽霞.从社会身份看《卢太学诗酒傲王侯》卢楠人物形象塑造[J].大众文艺,2015(10):35.

[32] 程慧琴."三言"的服饰描写与服饰文化[J].长春理工大学学报(社会科学版),2014,27(12):112-114.

[33] 罗尚荣,刘洁.探析三言中"鬼神托梦"的成因及社会意义[J].新余学院学报,2017,22(01):58-61.

[34] 罗尚荣,刘洁.从"三言"中的信物看女子爱情观[J].江西广播电视大学学报,2016,18(04):33-36.

[35] 施文斐.从"三言"故事改编看"以小说行教化"编创意图[J].中学语文教学参考,2016(33):24-27+2.

[36] 万超.论《三言二拍》的教化思想[J].集宁师范学院学报,2016,38(06):12-15.

[37] 纪军.论明清小说对唐代胡人故事的重写——以"三言二拍"为例[J].明清小说研究,2016(04):118-131.

[38] 项裕荣.《三言·月明和尚度柳翠》本事考补——再谈"度柳翠"故事的生成及其与《法僧投胎》之比较[J].明清小说研究,2016(04):149-158.

[39] 齐婷婷.论"三言"中"负心汉"形象的悲剧建构[J].贵阳学院学报(社会科学版),2016,11(04):57-60.

[40] 崔炳圭.情与淫的争论——从《三言》到《红楼梦》[J].曹雪芹研究,2016(03):63-73.

[41] 汪小琴."三言"中的爱情婚姻小说[J].大众文艺,2016(12):44.

[42] 王统."三言"中官吏形象研究[J].兰州教育学院学报,2016,32(06):27-29

[43] 韩效静."三言"和朝鲜后期爱情小说中女性自杀母题比较研究[D].山东大学,2016.

[44] 张自华.论"三言二拍"的贞节思想[J].铜仁学院学报,2016,18(03):98-103.

[45] 姚曼琳."三言"中预兆梦的描写特点与叙事作用——以《吴衙内邻舟赴约》和《宿香亭张浩遇莺莺》为例[J].闽西职业技术学院学报,2016,18(01):58-63.

[46] 任仲夷.浅析"三言""二拍"中的义仆形象[J].名作欣赏,2018(05):18-21.
[47] 任丽惠.从"三言"中看明代服饰的守旧与突破[J].纺织科技进展,2017(11):8-9+21.
[48] 蔡莹.略论"三言二拍"中的士妓关系[J].文化与传播,2017,6(05):30-33.
[49] 陈丹丹.论"三言"中的友谊观[J].广东开放大学学报,2017,26(04):66-72.
[50] 柳海松,毕岸.论明清时期商贾小说中的商妇形象——以三言二拍为例[J].辽宁大学学报(哲学社会科学版),2018,46(03):133-137.
[51] 章周.论古代小说中"三复情节"的作用——以小说"三言"为例[J].名作欣赏,2018(33):88-89.
[52] 陈红艳.试论"三言"中的侠商形象[J].湖北师范大学学报(哲学社会科学版),2018,38(04):12-16.
[53] 程慧琴."三言二拍":少数民族民俗文化的精彩呈现[J].明清小说研究,2018(03):50-60.
[54] 杨丽.社会变迁与晚明娼妓——以"三言二拍"为中心[J].海南热带海洋学院学报,2018,25(04):116-121.
[55] 陶赟.从"三言"妓女形象看冯梦龙情教观的矛盾性[J].济宁学院学报2018(1):24-29.
[56] 李小侠."三言二拍"梦境描写分类研究[J].知与行,2018(02):85-89
[57] 张一荻.男权社会下的温柔起义——女性主义视角看《警世通言》[J].戏剧之家,2019(17):233-234.
[58] 王清青."三言"中的书生形象分析[J].九江学院学报(社会科学版),2019,38(01):38-44.
[59] 吴少平."三言"中的女性复仇与死亡描写考察[J].名作欣赏,2019(02):92-95.
[60] 李新;韩松言.试论冯梦龙"三言"对苏轼的传播与接受[J].保定学院学报,2019(01):65-69.

学位论文

[1] 谢娟林.论《三言》中日常生活的现代性[D].喀什大学,2012.
[2] 苏传波."三言二拍"中的商人形象研究[D].黑龙江大学,2012.

[3] 贾峰."三言二拍"中的进士人物形象研究[D].漳州师范学院, 2012.
[4] 林代安.从"三言二拍"看汉族士人视野中的少数民族[D].云南大学, 2013.
[5] 郑慧英.论"三言"公案小说[D].渤海大学, 2013.
[6] 刘爽."三言"发迹变泰类作品研究[D].渤海大学, 2014.
[7] 闫静."三言""二拍"尼姑形象研究[D].河南大学, 2014.
[8] 任仲夷."三言""二拍"中的义仆形象研究[D].中国石油大学(华东), 2014.
[9] 李青."二拍"中的金钱、权力、色欲观念研究[D].曲阜师范大学, 2014.
[10] 刘美琳."三言"中的儒家思想[D].渤海大学, 2015.
[11] 迪更妮.论"三言二拍"中基于传统文化思想的商业伦理道德[D].中国石油大学(华东), 2015.
[12] 吕冰洁."三言""二拍"僧道形象研究[D].陕西理工学院, 2015.
[13] 林佳楠."三言"入话中历史故事的通俗化[D].喀什大学, 2015.
[14] 吕亚骞."三言二拍"中梦境描写及其叙事功能[D].河北师范大学, 2015.
[15] 李春晖.冯梦龙"三言"中的次要人物研究[D].山东师范大学, 2015.
[16] 刘力铭."三言"言情题材故事人物心理研究[D].南京大学, 2015.
[17] 魏君."三言"、"二拍"中的"偷情"故事研究[D].曲阜师范大学, 2015.
[18] 沈媛媛."三言"中的涉道作品研究[D].重庆师范大学, 2016.
[19] 李响.明代小说中的女性与科举研究[D].华东交通大学, 2018.
[20] 王晓桐."三言二拍"中的女性世俗生活研究[D].山东大学, 2018.
[21] 谢娟林.论《三言》中日常生活的现代性[D].喀什大学, 2019.